AF235887

$\mathcal{J}_{m}$

Johanna Moertl

JEDE WELLE

FLÜSTERT DEINEN

NAMEN

Roman

Content Note

Dieses Buch behandelt unter anderem die Themen
Unfälle, Behinderungen, Alkoholismus

Deutsche Erstausgabe März 2022
© Johanna Moertl
Alle Rechte vorbehalten.

1. Auflage
Inhalt: Johanna Moertl
Lektorat: Elja Janus
Korrektorat: Britta Schmeinck
Umschlaggestaltung: Dream Design - Cover and Art

Herstellung und Verlag: BoD – Books on Demand, Norderstedt

ISBN: 9783754 328712

Schreibe mir gern unter:
books@johannamoertl.com
Besuche mich auf:
www.johannamoertl.com
Instagram @johanna_moertl

Für alle Schwestern da draußen
und ihre Brüder.
Besonders für meinen.

PROLOG

Möwen kreischen und kreisen am tiefblauen Himmel. Die Sonne hat auch im Oktober noch Kraft, brennt aber nicht mehr so erbarmungslos herunter wie in den Sommermonaten.

Pfeifend stapfst du neben mir durch den Sand. Der Wind fährt energisch in dein dichtes dunkelbraunes Haar, doch es ist zu kurz, um dich zu stören. Im Gegensatz zu meinem, das fast bis an meinen Po reicht und mir ständig vor das Gesicht geblasen wird.

Lachend halte ich es dem Wind entgegen und werde befreit. In Tarifa ist es immer windig, zumindest hier am Strand, nicht umsonst gilt es als das Paradies in Andalusien für Windsurfer.

Neben einer schützenden Düne lassen wir die Strandtaschen von den Schultern gleiten und breiten die großen Badetücher des Hotels aus.

Ich krame nach der Sonnencreme und reiche sie dir. „Hier. Würdest du?"

„Klar. Aber halt die Haare fest."

Bäuchlings mache ich es mir auf dem Tuch gemütlich und fasse das Haar zu einem lockeren Pferdeschwanz zusammen. Du kniest dich neben mich, sprühst Creme auf meinen Rücken und verreibst sie.

„Dein Freund ist wieder da." Ich kann das freche Grinsen in deinem Gesicht sogar mit geschlossenen Augen sehen. „Soll ich ihn herwinken?"

Natürlich weiß ich sofort, von wem du sprichst. „Nein! Wehe, Olivier! Ich will ja nichts von ihm!" Mit heißen Wangen hebe ich den Kopf und spähe zur Surfschule hinüber.

In der Tür der Holzhütte, in der sich Bretter, Segel und sonstiges Surfequipment befinden, steht ein junger Mann, ungefähr so alt wie wir, zwanzig, höchstens einundzwanzig, und beobachtet uns. So wie er uns schon seit einer Woche beobachtet.

Er hat dunkelblondes, von Sonne und Meerwasser teilweise heller gebleichtes Haar, gerade so lang, dass er es nicht hinter die Ohren klemmen kann und es sich immer wieder aus dem Gesicht streichen muss.

Er ist groß, größer als die anderen Surfer, die sich hier so tummeln, und sieht ausgesprochen gut aus. Süß gut, nicht überheblich gut. Das ist mir aber nur aufgefallen, weil sein Äußeres so ungewöhnlich für einen Spanier ist. Denn abgesehen von dir ist er hier wohl der einzige Mann, der größer ist als ich, und der absolut einzige mit blondem Haar.

Ein spöttisches Lachen. „Na, du vielleicht nichts von ihm, aber er eindeutig von dir. Ich geh einfach mal rüber und frage ihn, ob er …"

Du erhebst dich, da bin ich schon aufgesprungen. „Hör auf, Oli. Lass das oder ich pack dir Sand in die Hose." Ich versuche, bei der Drohung ernst zu bleiben, was mir aber nicht gelingt.

„Das schaffst du nie." Breitspurig bläst du den Brustkorb auf.

„Und wie ich das schaffe." Ich hebe eine Handvoll weißer Körner auf und wiege sie bedeutungsvoll in der Hand.

„Dazu musst du mich erst mal kriegen!" Mit einem Satz sprintest du davon, ich lachend hinterher. Am Wasser machst du abrupt halt und wirbelst herum. Vor Schreck entfährt mir ein Kreischen, ich greife nach deinen erhobenen Händen und versuche, dich rücklings ins Wasser zu schieben. Doch du bist stärker und drehst den Spieß einfach um, ich habe keine Chance. Bis zu den Knöcheln stehe ich schon im Wasser.

„Aaaaah! Hilfe!"

„Gibst du auf?" Deine Strenge ist nur gespielt.

„Niemals!"

„Dann wirst du jetzt getauft."

„Neeeeeiiin! Warte, warte, Oli." Ein letzter Blick in Richtung Surfschule. „Okay, du bist stärker als ich, gratuliere, aber ich bin schneller, wetten?" Ich deute auf das offene Meer. „Wer verliert, muss bei unserer Abreise alle Koffer allein packen. Was sagst du?"

„Ernsthaft? Du glaubst, du kannst mich schlagen, obwohl ich in dieser Saison nur abgeliefert habe? Du

9

hoffst wohl, dass ich mich heute Morgen im Pool verausgabt habe, was?"

„Ach, komm schon, außer mit den Surfbrettern sind wir die ganze Woche nie weit draußen gewesen. Zumindest einmal sollten wir in diesem Urlaub richtig im Meer geschwommen sein. Oder hast du Angst, dass ich dich vernichte?" Ich kenne dich mein Leben lang, das lässt du nicht auf dir sitzen.

Du schnaubst durch die Nase und stemmst die Füße in Startposition in den Schlamm. „Bis zur ersten Boje?"

„Los!", schreie ich und es spritzt zu allen Seiten, während wir lachend nebeneinander ins tiefere Wasser laufen.

Ich bin die Erste, die hineinhechtet und loskrault. Im selben Augenblick überzieht Gänsehaut meinen gesamten Körper. Vom Wasser, das schon fast zu kalt zum Schwimmen ist, und von der Aufregung. Alles an mir ist im Wettkampfmodus.

Als wir jünger waren und noch von Papa trainiert wurden, sind wir ständig gegeneinander angetreten. Doch seit dem Wechsel in das französische Schwimmteam vor ein paar Jahren haben wir dazu nur mehr im Urlaub Gelegenheit. Und die letzten Male gewannst immer du.

Doch in diesem Jahr, ich spüre es genau, momentan bin ich in der Form meines Lebens. Der Trainer

10

sagt, alle Weichen stünden auf Olympia. Jetzt will ich es wissen.

Ich liebe das Meer, ich liebe seinen Rhythmus, die Farbschattierungen, seine Kraft. Und ich liebe es, darin zu schwimmen, mich mit den Wellen zu messen, ohne den beißenden Chlorgeruch in der Nase. Trotz der Anstrengung und Konzentration spüre ich das Lächeln, das sich in meine Mundwinkel schleicht.

Kurz vor der Boje bin ich immer noch ein Stück weit vor dir. Eins-Zwei-Atmen links. Eins-Zwei-Atmen rechts. Da ich beim Kraulen den Kopf unter Wasser und den Blick in die dunkelgrüne Tiefe gerichtet halte, bemerke ich das weiße Brett erst, als ich mich zum Luftholen erneut zur linken Seite drehe. Wie aus dem Nichts erscheint es vor mir. Beinahe lautlos gleitet es über die glatte Oberfläche.

Es kommt von schräg vorn und verfehlt mich nur haarscharf. Ich möchte schreien, doch schlucke nur salziges Wasser. Da höre ich einen dumpfen Schlag, ein einfaches *Klonk*. Nicht mehr und nicht weniger. Ein Geräusch, das ich mein Leben lang nie mehr vergesse.

Der Windsurfer strauchelt ein wenig, dann hat er das Board wieder unter Kontrolle und flitzt unbedarft davon. Im Kreis drehend trete ich Wasser, für einen Augenblick noch hoffnungsvoll, eine Sekunde später panisch.

„Oli? Olivier?" Meine Stimme ist dünn und hoch, fast nicht zu hören. Du tauchst bestimmt gleich auf. Ich versuche, mich zu orientieren. Wo bist du geschwommen? Hinter mir? Neben mir? Jedenfalls rechts.

Da sehe ich das Blut.

Es vermischt sich rasch mit den Fluten, wird heller, löst sich auf, doch es weist mir den Weg.

Mit einem hastigen Atemzug tauche ich nach unten, immer der Farbe nach. Dort ist dein dunkler Haarschopf, der friedlich im Wasser schaukelt. Die Schwaden von Blut werden dichter und du sinkst. Aber ich habe dich schon, ziehe an den Haaren, zerre dann an deinem Arm. Meine Lunge platzt beinahe, bis wir die Oberfläche erreichen. Ich greife nach deinem Kinn und schwimme und strampele, schlage einarmig Wasser zur Seite.

Um mich herum ist Stille, Stillstand, der Wind bläst nicht mehr, die Wellen rauschen nicht, die Möwen ziehen lautlos ihre Kreise. Alles, was ich höre, ist mein Herz, wie es schlägt, wie es erbarmungslos in meinen Ohren hämmert. Und die Panik, die in mir schreit.

Niemals im Leben bin ich schneller geschwommen als jetzt. Bei keinem Wettkampf. Bei keiner Meisterschaft. Und niemals wieder werde ich in diesem Tempo schwimmen. Ich weiß, dass ich gerade einarmig meinen Rekord breche. Deinen Rekord, Oli. Doch so, so habe ich das nicht gewollt.

Ich zerre dich, trage dich halb auf den Strand, schaffe es irgendwie aus dem Wasser. Du bist größer als ich und muskulös, doch die Verzweiflung treibt mich an. Hinter uns versickert eine Blutspur im Sand. Ich lasse dich runter und falle auf die Knie.

Ohne nachzudenken, lege ich meine Hände auf dein Herz und presse so fest ich kann. Wie oft soll man drücken? Dreißigmal, sagt der Autopilot in mir und ich zähle. Kopf überstrecken, Nase zuhalten. Dann lege ich die Lippen über deinen Mund, den ich zum letzten Mal auf meinem spürte, als wir noch im Kindergarten waren. Wie kalt er ist. Ich beatme dich zweimal. Und wieder 1-2-3-4 …

Zwei Surfer in Neopren rennen auf uns zu. „Ich löse dich ab", sagt der eine auf Spanisch.

„Let me do it", versucht es der andere. Doch ich ignoriere die beiden, will mich nicht verzählen.

Komm jetzt, Oli. Mach schon. Das dauert viel zu lange. Wach auf! Wieder drücken sich meine Lippen auf deinen Mund, pressen Luft in deine Lungen.

Dann steht auch der große Blonde neben mir. „Die Rettung kommen." Sein Französisch ist holprig. Woher weiß er, dass ich Französin bin? 15-16-17-18 …

Irgendwann ist der Rettungswagen da und die Sanitäter eilen herbei. Jetzt muss ich dich doch loslassen, dich hergeben. Widerwillig hebe ich die Arme,

13

sie zittern heftig von der Anstrengung. Auf Spanisch erkläre ich kurz, was passiert ist. Meine Brust hebt und senkt sich, während ich nach Atem schnappe und verzweifelt die Tränen zurückhalte.

Als der Sanitäter übernimmt, erbrichst du endlich einen Schwall Wasser, doch du bleibst bewusstlos. Du warst viel zu lange ohne Sauerstoff. Warum war ich nicht schneller?

Wie in Trance sehe ich zu, wie sie dich auf eine Trage verfrachten und zum Wagen bringen. Der blonde Surfer legt ein Handtuch über meine Schultern und streckt mir die Hand entgegen, um mir aufzuhelfen. Als ich aufblicke, sehe ich den gewohnten, überraschten Ausdruck auf seinem Gesicht, sobald er meine Augen bemerkt, doch heute könnte mir nichts gleichgültiger sein.

Ab jetzt ist alles gleichgültig, wenn du es nicht schaffst. Solltest du sterben, dann hört mein Herz zu schlagen auf, in derselben Sekunde, das ist sicher. Denn unsere Herzen haben gleichzeitig ihren Dienst aufgenommen, um dann zwei Jahrzehnte lang im Gleichtakt zu schwingen. Ohne dich bin ich nur halb. Ohne dich will ich gar nicht sein.

Ich verzichte auf die angebotene Hilfe, taumle in den Rettungswagen und verlasse diesen verfluchten Ort für immer.

EINS

Zehn Jahre später

Isabelle

Der gewohnte Chlorgeruch der Schwimmhalle umfängt mich schon im Eingangsbereich wie ein alter, aufdringlicher Freund. Weitere alte Freunde, oder zumindest etwas Ähnliches wie Freunde, begegnen mir auf dem Weg in die Umkleide. Christelle an der Kasse gähnt und winkt mich durch, François hat den Boden gewischt.

„Bonjour, Isabelle, pass auf, es ist rutschig." Wie jeden Morgen.

„Bonjour. Natürlich, François."

Oben am Sportbecken bin ich heute die Erste. Einladend liegt es vor mir, einfarbig, glatt und glänzend. Keine Welle beunruhigt es – friedlich und samtig weich. Mit einem Seufzen lasse ich mich am Beckenrand nieder und setze Badekappe und Schwimmbrille auf.

Hinter mir ertönen die schlurfenden Schritte des Bademeisters und seine rauchige Stimme. „Bonjour."

Langsam gleite ich ins Wasser, starte meine Uhr und fasse Schlag um Schlag in das kühle Nass. Zug um Zug, Bahn um Bahn, einatmen, ausatmen – der Körper führt die Bewegungen automatisch aus, der Geist versinkt in dieser wohltuenden Monotonie.

Erst als ich höre, wie die Trainerin des Schwimmverbands die Trainingsbretter auf den Boden klatschen lässt, erwache ich aus meiner Trance. Es ist also kurz vor acht. Ich bringe die angefangene Bahn zu Ende und hänge mich für einen Moment an den Beckenrand, um meinen Kreislauf wieder an die vertikale Haltung zu gewöhnen.

„Wie geht's dir, Isabelle?" Sandrine, die Trainerin, hockt sich vor mich.

„Merci. Mir geht es gut. Was macht der Nachwuchs?"

„Ach, du weißt ja, wie das ist. Ein, zwei Ausnahmetalente, der Rest okay, bin ganz zufrieden mit der Truppe … Ich treffe mich übrigens übermorgen wieder mit den Mädels von früher. Was meinst du, schaffst du es vielleicht diesmal, dabei zu sein? Der alten Zeiten wegen. Alle würden sich freuen."

Rasch hieve ich mich aus dem Wasser. „Vielleicht. Mal sehen, ich glaube, ich habe am Mittwochabend ein Geschäftsessen. Wenn ich in meinem Kalender nachgesehen habe, melde ich mich bei dir. Jetzt muss ich aber los. Salut, Sandrine." Nur weg.

16

„Mach's gut, Isabelle." Bei ihrem mitleidigen Gesichtsausdruck beginnt mein Magen zu flattern. Ich schlucke das flaue Gefühl hinunter und straffe die Schultern.

Der alten Zeiten wegen? Lasst mich bitte in Ruhe mit den alten Zeiten … Jeder Gedanke daran lässt ein weiteres Stück von dem Stein zerbröckeln, der früher mal mein Herz war.

Vierzig Minuten später bin ich im Büro angekommen. Im Spiegel des Aufzugs überprüfe ich erneut den strengen Dutt, zu dem ich meine überlangen Haare gebunden habe. Trotz des Regens ist er glatt, kein einziges Härchen hat sich gelöst. Der rote Lippenstift sitzt makellos, die schwarzen Pumps glänzen feucht.

Man möchte meinen, eine Frau, die so groß ist wie ich, fast einen Meter achtzig, benötigt keine hochhackigen Schuhe. Doch ich bin anderer Meinung. Denn eines habe ich bereits in jungen Jahren gelernt: Wenn du deine Makel nicht verstecken kannst, mach ein Markenzeichen daraus.

Du bist winzig? Trage ausschließlich flache Ballerinas. Du hast leuchtend rotes Haar? Ziehe Kleidung mit ebenso kräftigen Farben an. Du bist lang wie eine Giraffe? Mach dich noch größer. Mittelmaß kann jeder, aber außergewöhnliche, beeindruckende, einschüchternde Perfektion, das ist das Ziel.

17

Beladen mit einem Café au Lait und einem Croissant schließe ich die Glastür meines Büros hinter mir. Während ich esse, fahre ich den Computer hoch. Kaum online, poppt ein Memo auf. Mein direkter Vorgesetzter, der Leiter der europäischen Expansionsabteilung, verlässt mit sofortiger Wirkung die Hotelkette. Aus persönlichen Gründen, wie hier steht.

Ich stocke, schlucke das Stück Croissant hinunter, atme tief durch und spüre, wie mein Puls Fahrt aufnimmt. Mein Blut prickelt wie Champagner unter der Haut. Es ist also so weit. Dann schüttle ich den aufregenden Gedanken ab und beginne mit meiner Arbeit.

„Wie ist der Baufortschritt des Zubaus? Pardon? Wie bitte? Das kann nicht Ihr Ernst sein? In zwei Wochen will ich es fertiggestellt sehen! Wenn Sie das nicht schaffen, wenden wir uns eben an ein anderes Bauunternehmen. Wir haben einen Vertrag mit zugesichertem Fertigstellungsdatum und Sie kommen mir mit faulen Ausreden? Wissen Sie was? Nehmen Sie Ihre Fahrzeuge und verlassen Sie die Baustelle. Sie hören dann von unserer Rechtsabteilung. Und bestellen Sie bitte Ihrem Geschäftsführer, dass unsere Unternehmensgruppe keinen einzigen Auftrag mehr an Sie vergeben wird. Was? Ja, ich höre … Wie? Gut. Na bitte. Geht doch. Auf Wiederhören."

Zufrieden lege ich das Telefon zur Seite und sehe auf. Im Flur nicht weit vor meiner Glastür stehen drei männliche Kollegen und unterhalten sich angeregt. Als einer von ihnen in meine Richtung deutet, erhebe ich mich und öffne die Tür.

„Kann ich euch helfen? Gibt es Probleme?" Ich überrage sie alle um mindestens einen halben Kopf. Nicht nur körperlich, auch in der Leistung.

„Isabelle, wir fragen uns, wer der nächste Abteilungsleiter wird. Meinst du, der Vorstand sucht in unseren Reihen?"

„Ja, das denke ich. Doch wieso sagst du Abteilungsleiter, Frédéric? Es könnte auch eine Leiterin sein."

„Ja, natürlich, das versteht sich ja von selbst."

„Dann sag es auch, wenn es so selbstverständlich ist."

„Mon Dieu! Reg dich nicht auf. Weißt du etwas, was wir nicht wissen?"

„Ja." Ich mache ein geheimnisvolles Gesicht.

„Also doch! Dann erzähl schon, los, Isabelle." Drei Paar Augen richten sich gespannt auf mich.

Misstrauisch sehe ich mich um und beuge mich dann verschwörerisch zu ihnen. „Ich weiß mit Sicherheit, dass ihr drei jedenfalls nicht infrage kommt, wenn ihr dauernd nur rumsteht und labert, statt eure Arbeit zu machen." Das spöttische Grinsen kann ich mir nun nicht mehr verkneifen.

„Haha, sehr witzig, Isabelle."

„Na los, auf geht's, Männer! Möge der oder die Beste gewinnen. Und Etienne, gibst du mir bitte die Musterstoffe für das *Grand Plaza* in Istrien, ja? Du hattest sie doch zuletzt."

„Die habe ich beim Architekten gelassen. Ich dachte, wir brauchen sie erst im nächsten Meeting mit ihm."

„Ach, ich wollte sie mir aber vorher schon in Ruhe ansehen. Du weißt doch, dass wir so eine Entscheidung nicht aus dem Bauch heraus treffen sollen. Also bitte ruf an und lass sie mit einem Boten herbringen, ja? Danke."

Ohne ihm eine Möglichkeit zur Widerrede zu lassen, mache ich auf den Pfennigabsätzen kehrt und begebe mich voller Elan wieder in mein Büro. Ich kriege das einfach nicht aus mir raus. Auch wenn ich dem Leistungssport vor Jahren den Rücken gekehrt habe, den Wettbewerb genieße ich nach wie vor viel zu sehr.

Zwölf Stunden später ist mein Arbeitstag beendet. Ein Arbeitstag voller kräftezehrender Telefonate, zäher Verhandlungen und elendslanger Preiskalkulationen. Außerdem mit einem gähnend langweiligen Geschäftsessen, bei dem sich die angeheiterten Herren verbrüdern und die Damen ständig auf die Uhr schielen.

Ich überlege, ob ich zurück ins Büro fahren soll. Es ist schon zwanzig Uhr, doch da könnte ich weitere zwei Stunden konzentriert arbeiten. Vielleicht ist Etienne noch da und hat endlich die Stoffmuster besorgt.

ZWEI

„Immer weichst du meinen Fragen aus und flüchtest", mault Etienne. „Wir könnten doch mal gemeinsam etwas trinken gehen." Wie ein enttäuschtes Kind schiebt er demonstrativ die Unterlippe vor.

Ich drehe ihm den Rücken zu, streiche mein graues Etuikleid nach unten und schlüpfe in die schwarzen Pumps. „Wir trinken jeden Tag was zusammen, in Meetings, bei Geschäftsessen, …"

„Jaja. Das ist doch nicht dasselbe." Ich höre sowohl die Kränkung in seiner Stimme als auch das surrende Geräusch seines Reißverschlusses, als er ihn mit einem Ruck zuzieht.

Ich drehe mich wieder zu ihm. „Es ist schon spät, Etienne, ich mag jetzt nicht diskutieren, ich muss wirklich ins Bett."

Mit einer Handbewegung bitte ich ihn, die Kante meines Schreibtisches zu verlassen, auf die er sich gesetzt hat, und schiebe die Unterlagen wieder in Reih und Glied. Dann greife ich mit spitzen Fingern nach dem klebrigen Häufchen Taschentücher, wickle das Kondom darin ein und werfe alles in die Tonne in der Ecke. Morgen in aller Früh wird die Putzkolonne sämtliche Spuren beseitigen. Mein Höschen stopfe ich in meine Tasche, die am Garderobenständer hängt.

„Dann lass doch das Training mal einen Tag ausfallen", schlägt er vor.

„Ausgeschlossen." Ohne das Training würde ich verrückt werden. Es ist das Überbleibsel der täglichen Routine, an die ich seit meinem zehnten Lebensjahr gewöhnt bin. Es ist das letzte bisschen Vergangenheit, das ich mir gestatte, und das einzige Versprechen, das ich mir selbst gegeben habe: Egal, was passiert, ich schwimme weiter.

Außerdem bin ich es meinem Körper schuldig, das Bestmögliche aus ihm herauszuholen, ihn nicht verkommen zu lassen wie ein altes Haus, in dem keiner mehr wohnt. Auch wenn die Lebenslust darin schon lange das Weite gesucht hat.

Etienne steht mit hängenden Schultern mitten im Raum und wartet. Also kehre ich noch einmal um und drücke ihm links und rechts ein Küsschen auf die glattrasierten Wangen, die nun, da es bereits Nacht ist, einen dunklen Bartschatten zeigen.

Ich seufze. „Salut, wir sehen uns morgen. Sei mir nicht böse." Seine schmalen Hände umfassen meine Taille und halten mich zärtlich fest. Und ich fühle … nichts.

Als wäre mit dir auch meine Fähigkeit zu lieben untergegangen, als hättest du mein Herz mit in die Tiefe gerissen.

23

Vielleicht wäre das der Zeitpunkt, diese Farce endlich zu beenden, vielleicht hätte ich erst gar nicht damit anfangen sollen. Der Mann ist nett, gutmütig, optisch ein Leckerbissen und ich bin absolut und so was von überhaupt nicht in ihn verliebt.

Aber ich bin dreißig Jahre alt, ich habe Bedürfnisse, oder vielmehr mein Körper hat Bedürfnisse. Und wer bin ich, ihm diese zu verweigern? Um ehrlich zu sein, ist eine Sexbeziehung mit Etienne nur allzu praktisch für mich. Direkt vor Ort, immer verfügbar, allzeit bereit.

Mit ihm spare ich so viel Zeit, da ich nicht in irgendwelchen Bars abhängen oder Dating-Websites durchforsten muss, in der Hoffnung, einen annehmbaren Kandidaten zu finden, wenn ich mal Lust auf Sex habe. Lust auf Liebe verspüre ich schon lange nicht mehr. Seit Spanien, um genau zu sein. Gänsehaut überzieht meinen Rücken. Ist es der Widerwille gegen Etiennes Zärtlichkeit? Wohl doch eher der Gedanke an dieses verhasste Land …

Ich beschließe, ab sofort dankbarer für seine Dienste zu sein, und schenke ihm ein Lächeln. Dann drücke ich mich mit den Armen von seiner Brust ab und greife nach meiner Tasche.

„Vergiss die Musterstoffe morgen nicht wieder, das Meeting ist für acht Uhr angesetzt. Und mach bitte das Licht aus, wenn du gehst. Gute Nacht, Etienne."

„Schlaf gut, Isabelle", flüstert er.

24

Ich eile durch den abgedunkelten Flur unserer Etage zum Lift. Etienne und ich waren wieder mal die Letzten im Büro. Alle anderen Arbeitsplätze liegen im Dunkeln. Der Blick auf das Handy verrät, dass meine Mutter angerufen hat, doch nach dem Gespräch mit Etienne fühle ich mich nicht bereit, noch mehr Menschen zu enttäuschen.

Wie es scheint, kommt der Frühling in Paris nun doch noch in Gang. Es ist bereits Juni und das Wetter ließ bisher zu wünschen übrig. Viel zu kühl und beinahe täglich Regen. Doch als ich das Bürohaus verlasse, ist die Nacht mild und würzig und so beschließe ich, nach Hause zu laufen.

In meiner Straße begegne ich dem alten Ehepaar, das im selben Haus wohnt wie ich. Ich lächle, der Mann zieht den Hut, die Dame nickt. Wortlos. So wie wir es seit bestimmt zehn Jahren tun. Die fünf Stockwerke bis zu meiner Wohnung in der Mansarde nehme ich noch zu Fuß, doch dann bin ich unsagbar froh, die hohen Hacken loszuwerden. Erst jetzt spüre ich, welch tiefe Druckstellen und Blasen sie hinterlassen haben. Das ist das Erbe des Leistungssports. Körperliche Beschwerden kann ich ohne Probleme ausblenden, solang kein Platz für sie ist.

Unter der Dusche wasche ich Etiennes Geruch und das Make-up ab. Beim Zähneputzen vermeide ich einen Blick in den Spiegel. Hier zu Hause muss ich mein Erscheinungsbild nicht kontrollieren, hier kann mir egal sein, wie ich aussehe. Hier ist es mir egal.

Doch das war nicht immer so. Denn zu Schulzeiten wusste ich nicht so recht, wie ich mein Aussehen einordnen sollte. Die Erwachsenen beteuerten zwar, dass ich hübsch sei, für meine Mitschüler war ich jedoch stets zu groß, zu dünn, ein Freak mit unterschiedlich farbigen Augen. Und das ließen sie mich täglich spüren.

Das Einzige, was ich an mir mochte, war mein glattes, schwarzbraunes Haar und ich ließ es so lange wachsen, bis ich mich dahinter verstecken konnte. Erst nach etlichen Jahren im Leistungssport habe ich meinen Körper zu schätzen gelernt, zumindest für das, wozu er imstande ist. Und das kommt doch fast schon einer Versöhnung gleich. Nicht?

Je älter ich werde, umso mehr behauptet Maman, mein immer noch jugendliches Aussehen würde ich nicht dem regelmäßigen Training, sondern einzig und allein ihr verdanken. Nicht nur der Gene wegen. Nein, weil sie ihre Tochter von Kindesbeinen an in die Schönheitsgeheimnisse der französischen Frauen eingeweiht hat. Niemals Snacks, tägliche Haarwäsche, regelmäßige Gesichtsbehandlungen und teure Cremes, aber um Himmels Willen kein Botox.

Die französischen Frauen zelebrieren nicht nur den Wein und die Liebe, sondern auch ihre Falten. Denn eine Frau mit Vergangenheit, mit gelebtem Leben, meinen sie, sei doch erst wirklich interessant. Nur was ist, wenn man gar kein Leben gelebt hat? Sehe ich aus diesem Grund so alterslos aus? Habe ich deshalb noch keine einzige Falte im Gesicht? Weil ich es versäumt habe, zu leben?

Werden meine Züge nun Jahr für Jahr härter, steifer, bis mein Gesicht zu einer Maske versteinert? Keine Lachfalten, weil zu wenig gelacht? Keine Augenringe, weil nie an jemandes Bett gewacht? Keine Zornesfalte, weil nie zugelassen, dass jemand mich verletzt? Um ehrlich zu sein, ich kann mein Antlitz im Spiegel noch immer nicht ertragen, denn es ist kalt. Und es ist leer.

Nachdem ich meine Sachen für morgen Früh bereitgelegt habe, schlüpfe ich in den Pyjama und danach gleich unter die Decke. Ich bin hoffnungsvoll, die Entspannung nach einem Orgasmus wird mir einen schnellen, tiefen Schlaf bescheren, doch ich werde enttäuscht.

Nach kurzem Zögern greife ich mir das Foto, das umgedreht auf dem Nachtkästchen liegt. Für zwei, drei Sekunden sehe ich es an, sehe uns an, dich und mich, solange ich es ertrage. Dann verstaue ich es in der kleinen Lade.

Alte Zeiten? Die alten Zeiten sind vorbei und kommen nie mehr wieder. Warum sollte ich mich absichtlich quälen und daran denken, wie es früher war?

Was hätte sein können, wenn es nicht passiert wäre? Was hätte aus uns werden können? Wer weiß das schon? Gefeierte Olympiastars? Nationalhelden? Bekannt, beliebt, begehrt? Eine immer noch glückliche Familie? Ein Leben unter Gleichgesinnten, unter Freunden?

Vielleicht hätten wir die große Liebe gefunden, oder mehrere hintereinander. Möglicherweise hätten wir Abenteuer erlebt, nach der aktiven Laufbahn was Neues ausprobiert oder einfach nur das Leben genossen.

Dann, ja dann, hätten wir uns regelmäßig mit alten Kameraden getroffen und über früher geplaudert, gelacht und in Erinnerungen geschwelgt, in dem beruhigenden Wissen, dass noch so viel Gutes auf uns wartet. Doch da dem nicht so ist, da auf manchen von uns überhaupt nichts wartet, nämlich weder auf dich noch auf mich, da werde ich den Teufel tun und an frühere bessere Zeiten denken. Solang die Menschen das nicht verstehen, bleibe ich lieber allein.

Irgendwann falle ich doch in einen unruhigen Schlaf, durchzogen von Sand und Blut und Meer. Und unserem einstimmigen Lachen, das es nicht mehr gibt.

DREI

Am nächsten Morgen bin ich bereits um halb acht im Büro, tatsächlich ohne meine tägliche Schwimmeinheit. Die werde ich wohl oder übel erst nach der Arbeit absolvieren können. Denn die Schwimmhalle öffnet nicht vor sieben und die Meetings mit dem renommiertesten Pariser Architekturbüro, das wir endlich für uns verpflichten konnten, finden jedes Mal bereits um acht Uhr statt. Sind wohl sehr beschäftigt, die Herrschaften.

Etienne hat mir die angeforderten Stoffmuster sowie die Baupläne, um die es heute geht, auf den Tisch gelegt. Gewissenhaft sehe ich alles durch und mache mir Notizen. Punkt acht betrete ich das Konferenzzimmer und setze mich zwischen Etienne und Frédéric. Die Damen und Herren Architekten präsentieren ihre Vorschläge und möchten dann unser Feedback hören.

Als das Licht nach der Vorführung wieder angeht, warte ich auf eine Reaktion der Kollegen links und rechts von mir, doch beide grinsen zufrieden und lümmeln entspannt auf ihren Stühlen.

„Also gefallen Ihnen unsere Pläne?", fragt der Chefarchitekt.

Beide nicken begeistert. „Ja, absolut. Es wird toll."

„Entschuldigung?" Ich denke, ich habe mich verhört. „Waren Sie schon einmal in einem Hotel?", wende ich mich an die Architekten.

„Äh, natürlich." Verwirrung macht sich breit.

„Die Gäste möchten so viel Entspannung wie möglich und so wenig Anstrengung wie unbedingt nötig. Wenn Sie das Restaurant, so wie hier eingezeichnet, am äußersten Rand der Anlage einplanen, müssen die Gäste mittags vom Strand mindestens einen Kilometer weit laufen, um zu essen. Und das erzeugt Unmut. Außerdem, die Stoffe und Teppichmuster sind ja sehr schön, aber absolut ungeeignet, weil schwer zu reinigen. Und das offene Badezimmerkonzept mit Panoramablick auf das Meer ist schick, gefällt mir wirklich gut, nur sollte die Toilette unbedingt separiert werden. Bitte denken Sie an die Geruchsbelastung, die sich im gesamten Zimmer ausbreiten würde. Ferner möchte ich anregen, das Parkdeck nicht direkt unter die straßenseitigen Zimmer zu legen. Einerseits weil es die Aussicht noch verschlechtert, andererseits wegen des Lärms, den die Autos der Anreisenden bei Nacht erzeugen. Hier kann ruhig ein wenig mehr Abstand zum Hauptgebäude eingeplant werden, den Gang zum und vom Auto macht man üblicherweise je nur einmal und es könnte auch ein Transport durch ein Elektroauto angedacht werden."

Nun sehen die Architekten verstört aus, Etienne und Frédéric peinlich berührt.

„Ich würde vorschlagen, Sie überarbeiten die Pläne und mailen sie uns dann zur Ansicht, alles Weitere können wir auch telefonisch oder schriftlich klären, da müssen wir uns nicht ständig versammeln. Da wir aktuell keine Abteilungsleitung haben, werde ich das Ergebnis unseres Treffens dem Vorstand direkt berichten, damit wir von dieser Seite für den Bau grünes Licht bekommen. Vielen Dank für Ihre Präsentation. Schönen guten Tag."

Alle erheben sich, wir schütteln einander die Hände und die Delegation verlässt den Raum. Ich nicke Etienne und Frédéric zu und eile in mein Büro, habe ohnehin schon viel zu viel wertvolle Arbeitszeit vergeudet.

Zwei Stunden später bittet mich eine der Vorstandsassistentinnen zu einem Termin.

„You wanted to see me, Claire?", frage ich förmlich, als ich das schmucke Eckbüro betrete.

Die Vorständin der Finanzabteilung steht mit dem Rücken zu mir am Fenster und blickt hinaus in das graue, immer noch kühle Paris. „Ja, komm, setz dich, Isabelle. Und schließ die Tür hinter dir."

Im Gegensatz zu mir spricht sie Französisch. Auch wenn Englisch unsere Corporate Language ist, benutzen wir natürlich unsere Muttersprache, wenn kein *Internationaler* anwesend ist, wie wir die Kollegen aus allen Teilen der Welt nennen. Und auch, wenn es um Privates geht …

Überrascht nehme ich an dem kleinen Besprechungstisch in einer Ecke des Raumes Platz. Claire setzt sich mir gegenüber, sie lächelt. „Es ist so weit! Renaud hat soeben beim Vorstandsmeeting erwähnt, dass du für die Leitung der Expansionsabteilung infrage kommst. Ist das nicht großartig? Darauf hast du die letzten Jahre so hart hingearbeitet."

Mein Herz rast plötzlich wie nach einem Sprint. Dabei war der Weg bis hierhin ein Marathon. Ich kann es kaum glauben. Ist das wahr? Ich lege eine Hand an meine Brust, als könnte ich mein Herz damit beruhigen.

„Was … Was muss ich tun?" Vor Aufregung ist meine Stimme nur ein Flüstern.

Claires Lächeln verliert unmerklich an Strahlkraft, sie atmet tief ein und macht den Hals lang. Dann schließt sie für einen Moment die Augen und schüttelt beschwichtigend den Kopf. „Du sollst eigenverantwortlich die Eingliederung eines Hotels in unsere Kette abwickeln. Nichts Kompliziertes. Du wirst das phänomenal machen, davon bin ich überzeugt."

Irgendetwas sagt mir, dass sie davon nicht überzeugt ist. Sie verhält sich ungewöhnlich. Zuerst soll ich mich setzen, dann lobt sie mich über den grünen Klee. Es wird doch nicht …

„Und wo?"

Sie räuspert sich kleinlaut. „Andalusien."

Mein Mund ist trocken und es fröstelt mich so plötzlich, dass ich die Hände zwischen die überschlagenen Oberschenkel stecke. „Du weißt, dass ich Spanien nicht mache."

„Was so schade ist, bei deinen Sprachkenntnissen", beteuert sie hastig. „Ich weiß, wie hart das für dich ist. Nur dieses eine Mal. Wenn du den Job hast, schickst du immer jemand anderes hin … Frédéric vielleicht?"

Energisch schüttle ich den Kopf und erhebe mich. „Nein, niemals. Auf keinen Fall." Dann wende ich mich zur Tür. Mit einem hysterischen Lachen werfe ich noch einen letzten Blick über die Schulter. „Jetzt sag nur noch, es ist das *El Palacio* in Tarifa?"

Doch Claire schweigt, sie verneint es nicht, ruft mich nicht zurück. Mein vollkommen unpassendes Lachen erstirbt. Ich bleibe stehen und drehe mich nun vollständig zu ihr um. Mit zusammengepressten Lippen sieht sie mich an.

„Das ist nicht dein Ernst!" Meine Stimme kling mit einem Mal so schrill. Man könnte denken, es sei Panik.

33

Mit wenigen Schritten ist Claire bei mir, legt eine Hand auf meinen Oberarm. „Isabelle", raunt sie eindringlich. „Du hast Jahre auf diese Chance gewartet. Jahre, in denen immer wieder männliche Kollegen zum Zug gekommen sind, und wir beide wissen, warum. Hör mir zu. Wirf das nicht weg. Nicht deswegen. Die Vergangenheit ist vorbei. Das ist deine Zukunft, deine Karriere, deine Chance. Lass dir das nicht wegnehmen, von niemandem, schon gar nicht von deiner Angst."

Wut flammt in mir hoch, wie heiße Lava sucht sie ihren Weg nach draußen. Ich schüttle ihre Hand ab. Wie kann sie es wagen, von meiner Angst zu sprechen. Dem Ganzen überhaupt einen Namen zu geben, der ihm niemals gerecht wird. Was weiß sie schon, wie sich das anfühlt? Ich war seit zehn Jahren nicht in Spanien. Niemals wieder wollte ich einen Fuß in dieses Land setzen.

Es kotzt mich an, denn es schreit Sommer, Sonne, Lebenslust und birgt doch Unglück und Verderben. Es verfolgt mich in meinen Träumen, es lässt mir bei bloßer Erwähnung tagsüber Schauer über den Rücken laufen. Schon zehn Jahre lang. Es lässt mich nicht los, auch wenn ich Hunderte Kilometer entfernt in einem anderen Land bin.

Wenn ich zurückginge, dann ... Ja ... Was würde eigentlich passieren? Hätte ich Albträume? Die habe ich längst. Hätte ich Angst oder wie auch immer diese

34

Flut an Gefühlen heißen soll? Die habe ich auch hier. Schlechter kann es doch kaum werden. Ich will diesen Job. Diese Position. Sie gehört mir, das habe ich hundertmal bewiesen. Weil ich stark bin und niemals aufgebe. Ich lasse mich von nichts und niemandem aufhalten. Und schon gar nicht von Spanien. Gut. Wenn es Spanien braucht, um mein Ziel zu erreichen, dann soll es Spanien sein.

Die Lava in meinem Inneren bricht endlich hervor, doch sie ist schwarz und abgekühlt, nur noch Asche. Ich hebe den Blick und sehe Claire fest in die Augen. „Count me in." Dann drehe ich mich um und rausche aus ihrem Büro.

VIER

Eine Woche später sitze ich in einem Taxi, das mich vom Flughafen Málaga nach Tarifa fährt. Mein Magen flattert und meine Hände schwitzen, ich starre aus dem Fenster.

In Paris bin ich im Regen ins Flugzeug gestiegen, hier strahlt die helle Junisonne mit dem azurblauen Himmel um die Wette. Das Licht, die Stimmung hier sind so anders als daheim, als hätte man überall einen Fröhlich-Filter eingebaut. Gänsehaut überzieht meinen Körper. Ich will das nicht. Ich will hier nicht sein. In der Tasche vibriert das Handy. Natürlich. Meine Mutter. Schon drei Tage ignoriere ich ihre Anrufe. Jetzt wird es langsam Zeit, wenn ich nicht will, dass sie einen Nervenzusammenbruch erleidet.

Gequält verziehe ich das Gesicht, so eine Überwindung kostet es mich, abzuheben. „Maman! Gutes Timing. Gerade wollte ich dich anrufen, weil ich etwas Zeit übrighabe. Ich …"

Erst mal muss ich ihren ausführlichen Vorhaltungen lauschen. Mein Nacken wird nun schmerzhaft steif.

36

„Es tut mir leid, ja weißt du, es hat sich spontan eine wichtige Dienstreise aufgetan. Es geht um meine Beförderung. Die Vorbereitungen waren sehr stressig und … Also, ähm … in Tarifa … Oui … Genau da."

Es kommt nur selten vor, dass meine Mutter verstummt. Vermutlich rauben ihr die Bilder der Erinnerung die Sprache. Deshalb muss ich jetzt die Starke sein.

„Das wird hier bestimmt schnell erledigt sein, das heißt, ich werde das schnellstmöglich abwickeln und bin in einer Woche wieder zurück in Paris. Besuch mich doch dann und wir gehen gemeinsam in deine Lieblingsboutiquen. … Was? … Ja, ich weiß, mein letzter Besuch ist schon ewig her, aber den Zug zu nehmen, nur um bei euch in Toulouse vorbeizukommen? Da verliere ich massenhaft Zeit … Doch, ja, ich habe noch Urlaubstage, aber ich kann die jetzt beim besten Willen nicht antreten. Ich …" Seufzend lasse ich alles über mich ergehen und sinke tiefer und tiefer in die gepolsterte Rückbank.

„Du hast recht. Ja, natürlich … Verzeih, Maman. Gut, ich nehme den Umweg über Toulouse. Dann sehen wir uns in einer Woche. Bestimmt. Ja? Salut. Küsschen."

Hinter meinen Augen drücken Tränen. Ich schlucke mehrmals. Merde. So eine Scheiße. Erst muss ich zurück an diesen Ort und gleich danach meine Familie besuchen?

Mein Magen verkrampft sich so sehr, dass es wehtut. Mir wird übel und die Tropfen lassen sich nicht mehr aufhalten. Rasch führe ich eine Hand an meine Nase und rieche daran, ziehe den vertrauten Chlorgeruch ein, der mich schon begleitet, solang ich denken kann. Sogleich entspannt sich mein Magen. Ich atme die Tränen weg und hole das Make-up-Täschchen heraus.

Den Rest der Fahrt bin ich damit beschäftigt, wieder eine Maske aufzulegen – selbstsicher, kontrolliert, ohne Schwäche. Ich bin sicher, täte ich es nicht, fiele mein ganzes Ich auseinander und alle meine Einzelteile zerstreuten sich im warmen Levante, dem Wind, der hier an der Costa de la Luz eine seiner höchsten Geschwindigkeiten erreicht.

Am Hotel angekommen, marschiere ich mit großen Schritten durch die Hotellobby. Die Absätze meiner Stöckelschuhe tönen laut auf dem Marmorboden. Und jeder Gast und jeder Angestellte, der sich zufällig in der Eingangshalle befindet, dreht den Kopf und sieht mich an. Ich kenne diese Reaktion und ich provoziere sie bewusst. Den ersten Eindruck kann man schließlich nicht wiederholen.

Das Hotel wurde seit meinem letzten Besuch nicht renoviert. Die Polstermöbel sind immer noch dieselben, auf denen Olivier herumlümmelte.

Hier hast du auch auf mich gewartet, bevor wir an den Strand gingen für das allerletzte Mal …

Ich bin immer langsamer geworden, mit hämmerndem Herzen stehen geblieben. Meine Augen brennen urplötzlich. O Gott! *Reiß dich zusammen, Isabelle!*

Auch wenn es mir schwerfällt, drücke ich die Schultern zurück, hebe das Kinn und setze mich wieder in Bewegung. *Lass dir nichts anmerken. Zeig keine Schwäche. Du bist hier, um zu arbeiten. Bald kannst du wieder weg.*

Eine Faust in der Tasche meines roten Regenmantels geballt, die andere um den kurzen Henkel meiner Lederhandtasche gekrallt, bewege ich mich in Richtung Rezeption. Vor dem alten Concierge halte ich an, platziere wortlos meine Visitenkarte auf dem Desk und lasse stumm seine überschwängliche Begrüßung in altmodischem Französisch über mich ergehen. Soll er doch denken, ich sei hochnäsig. Die Wahrheit nämlich, dass es mir vor Schauder die Sprache verschlagen hat, empfinde ich als weitaus beschämender.

Endlich händigt er mir die Schlüssel aus. Ein junger Page bringt meinen Koffer und wartet auf Anweisungen. Mit einer viel zu barschen Handbewegung scheuche ich ihn weg, was mir sogleich leidtut. Doch ich brauche keine Hilfe. Hier kann mir ohnehin niemand helfen.

Im Aufzug, endlich allein, stelle ich den Koffer ab und rieche abermals an meiner Hand. Wie eine Süchtige beim Zug an der langersehnten Zigarette ziehe ich gierig den Duft ein. Die Anspannung in mir lockert sich ein wenig. Das wird schon. Ich packe das. Der erste Schritt wäre geschafft.

Im Zimmer lasse ich Koffer, Tasche und den viel zu warmen Regenmantel fallen und schließe als Erstes mit angehaltenem Atem die Gardine. Auch wenn ich es bis hierher geschafft habe, die Aussicht auf den Strand kann ich beim besten Willen nicht ertragen.

FÜNF

Als ich eine halbe Stunde später den Konferenzraum betrete, sind bereits drei Herren anwesend. Wie ich aus meinen Unterlagen weiß, handelt es sich um den Hoteldirektor, Carlos Moreno, und seinen Assistenten. Der dritte Mann ist vermutlich der Architekt. Die Männer nicken mir zu.

„Gentlemen." Ich marschiere an das andere Ende des Raumes, lege meine Tasche auf den großen, ovalen Konferenztisch und schenke mir ein Glas Mineralwasser ein. Bis zur Besprechung sind es noch ein paar Minuten, die ich für mich allein habe. Ich nehme dankbar jede einzelne an, um mich wieder vollends unter Kontrolle zu bringen. Dieser Ort, dieses Hotel wühlt in meinen Empfindungen, Erinnerungen. Hier ist es so viel schwerer, als ich dachte, die Fassade, die ich in Paris über die Jahre perfektioniert habe, aufrechtzuerhalten.

Die Männer drehen mir wieder den Rücken zu. Moreno, untersetzt, Mitte fünfzig, in schlechtsitzendem Anzug, raunt den beiden anderen in breitem Spanisch zu: „Schickt der Investor jetzt ein Modepüppchen voraus, um uns gefügig zu machen? Bei der Auswahl hätte ich aber gern mitgeredet, ich steh ja eher auf klein und kurvig, so wie unsere Marisol. Hehehe. Wo bleibt sie überhaupt?"

Was für ein Idiot.

Ich erhebe mich und beginne, ohne die Männer zu beachten, Unterlagen auf dem Konferenztisch zu verteilen.

Der Architekt fragt: „Marisol – ist das die junge Praktikantin? Carlos, du alter Hengst, sag bloß, die lässt dich ran."

Ganz plötzlich spüre ich meine Halsschlagader klopfen.

„Hahaha, das wird sie schon noch. Sie will ja schließlich Karriere machen bei uns." Er reibt sich die Hände. Mir dreht es den Magen um. Das hat er gerade nicht gesagt. Oder?

In dem Moment betritt eine junge, hübsche Frau den Raum, ihre Augen scannen die Anwesenden. Fast unmerklich macht sie den Rücken krumm und zieht den Kopf ein, ehe sie sich mir zuwendet.

„Buenos días … Äh … Sorry. Good morning." Sie lächelt mich schüchtern an und ich erwidere den Gruß.

Noch einen tiefen Atemzug, dann spüre ich endlich, dass ich wieder funktioniere. Mit einer Handbewegung fordere ich alle Anwesenden auf, Platz zu nehmen, bleibe selbst aber stehen.

„Guten Morgen, meine Dame, meine Herren", beginne ich in englischer Sprache. „Wie Sie bereits wissen, ist die Unternehmenssprache unserer internationalen Kette Englisch und seit der Übernahme nun auch die Sprache Ihrer geschäftlichen Kommunikation." Ich wechsle in akzentfreies Spanisch. „Aber da meine zweite Muttersprache Spanisch ist, bin ich gern bereit, die weiteren Besprechungen in dieser schönen Sprache zu führen."

Mit eiskaltem Blick fixiere ich Moreno, der sich auf seinem Stuhl windet und aussieht, als würde er sich am liebsten unsichtbar machen. „Da die Frage meiner Qualifikation im Raum stand, möchte ich Ihnen versichern, dass ich über ein abgeschlossenes Wirtschaftsstudium sowie langjährige Erfahrung in der Hotelexpansion verfüge. Daher wurde ich ausgewählt, hier klar Schiff zu machen und dieses Objekt auf das Niveau unseres Unternehmens zu heben. Wir gingen davon aus, dass die Maßnahmen, Erscheinnungsbild und Corporate Culture betreffend, in einer Woche erledigt sein würden, doch wie ich soeben feststellen musste, ist das NIVEAU dieses Hauses um einiges tiefer als erwartet. Ich werde also so lange hierbleiben müssen, bis ein neuer Direktor oder eine Direktorin gefunden ist. Señor Moreno, Ihre Dienste werden nicht mehr benötigt." Mit einem auffordernden Wink weise ich zur Tür. „Bitte."

Völlig verblüfft stammelt der entlassene Direktor vor sich hin. „Aber … Aber das können Sie nicht machen. Uns wurde versichert, dass wir alle unsere Jobs behalten. Ich habe doch nur … Das war ein Scherz! Bitte. Es wird nie wieder vorkommen. Lassen Sie mich bleiben. Ich tue alles, was Sie wollen!" Von seiner Stirn tropft der Schweiß. Er sieht regelrecht verzweifelt aus.

Ich horche auf und lächle. „Sie tun alles, was ich will?"

Hastig ereifert er sich. „Ja, ja natürlich! Zum Wohle des Hotels. Alles!" Ein erleichtertes Lächeln überzieht seine wulstigen Lippen.

„Wie schön! Das freut mich zu hören." In einer dankbaren Geste lege ich die Hände aneinander. „Dann schließen Sie bitte leise die Tür hinter sich, wenn Sie gehen, und lassen sich hier nie wieder blicken. Zum Wohle des Hotels."

Alle Farbe weicht aus seinem Gesicht. Wie in Trance verlässt er den Raum und schließt die Tür. Die anderen sehen ihm bestürzt nach, während ich meine Unterlagen ordne.

„Wollen wir anfangen?", frage ich ernst in die Runde.

SECHS

Raúl

„Buenos días, Männer!" Ich klatsche in die Hände und meine Schüler aus der zweijährigen Oberstufe, eine Horde siebzehnjähriger Burschen, versammeln sich um mich am Sportplatz. Die Sonne knallt schon um neun Uhr morgens vom Himmel und doch sind mir die frühen Sportstunden die liebsten, da die Luft noch frisch ist und die Jungs ausgeruht sind.

Jetzt stehen sie hier vor mir, in Shorts und T-Shirts, die weißen Tennissocken bis zur Mitte der Wade hochgezogen, und blinzeln in die Sonne. Große, kleine, dicke, dünne, mit wuscheligem Haar oder kurz geschoren wie kleine Möchtegern-Gangster. Ich mag sie wirklich gern.

„Raúl! Was hast du da in der Tasche? Sag bloß, das sind Baseballschläger." Der dürre Junge mit dem schwarzen Haar, das ihm hochgegelt in Spitzen vom Kopf absteht, wohnt in meiner Straße.

„Bist ja ein richtiger Schlauberger, Paco. Ich dachte, ich bringe euch heute mal meine Ausrüstung mit, die ich gekauft habe, als ich noch Austauschstudent in

Kanada war. Kommt näher, dann erkläre ich euch die Regeln."

Nach ein paar Probedurchgängen haben es die Burschen schon recht gut drauf und wir versuchen ein kleines Spiel. Iago wirft und Pepe trifft den Ball mit voller Kraft gleich beim ersten Versuch. Alle jubeln, doch der Ball fliegt und fliegt und landet schlussendlich auf dem Dach der Turnhalle.

„Ach Pepe, hättest du mit dem grandiosen Treffer nicht bis zum Ende der Stunde warten können? Jetzt muss ich mich in aller Frühe aufs Dach schwingen." Murrend verschränke ich die Hände auf dem Kopf.

„Tut mir leid, Mann!" Pepe lässt die Schultern hängen.

„Yo, du schaffst das, Raúl! Gib alles!" Die Meute grölt, während ich zuerst behände auf die große Mülltonne springe und mich dann mit einem mühelosen Klimmzug hinauf aufs Dach ziehe. Oben angekommen, greife ich mir den verirrten Ball und vollführe meinen seit meiner eigenen Schulzeit weithin berühmten Siegestanz. Dazu ziehe ich das Shirt nach oben, um mein Sixpack zu zeigen, und lasse die Hüfte kreisen. Unten wird gejohlt und gelacht.

„Señor Alvarez!" Eine empörte Stimme ertönt hinter mir. Erschrocken drehe ich mich zum Schulgebäude um und erkenne unsere Direktorin, Señora Galvez, am Fenster.

Reflexartig verstecke ich den Ball hinter meinem Rücken und lasse das T-Shirt sinken. Verdammt, erwischt.

„Ja?" Mein lässiges Grinsen fühlt sich nun gar nicht mehr so cool an, sondern hart und eingefroren, wie eine Grimasse.

Das ohnehin schon bärbeißige Gesicht der Direktorin hat eine unangenehm rötliche Farbe angenommen. „Was in aller Welt tun Sie da?"

„Ich, äh …" Wenn ich nur wüsste, was diesmal besser ankommt: die Wahrheit zu sagen oder mich dumm zu stellen?

„Ist das Ihre Vorstellung von Vorbildfunktion für Ihre Schüler? Das Betreten des Daches ist strikt untersagt. Und habe ich richtig gesehen? Baseball? Aus gutem Grund ist diese Sportart nicht im Lehrplan vorgesehen, denn das Verletzungsrisiko ist viel zu hoch. Das wird ein Nachspiel haben, das können Sie mir glauben. Jetzt hinunter mit Ihnen und fahren Sie mit dem Unterricht in angemessener Art und Weise fort, wenn ich bitten darf."

„Natürlich, Señora." Nach einer angedeuteten Verbeugung beeile ich mich, vom Dach zu kommen, doch als ich in die weit aufgerissenen Augen der Jungs blicke, kann ich mir das Grinsen kaum noch verkneifen. Zu sehr erinnert mich die vor Wut schnaubende Direktorin an eine Figur aus der alten Kindersendung *Grisu, der Drache*.

„Kein Wort, Paco." Warnend fixiere ich ihn, als ich näherkomme, denn dem Witzbold fällt bestimmt wieder ein Spruch ein, der alle anderen zum Prusten bringt. Stattdessen lasse ich die Klasse ein paar Runden laufen, damit sie auf andere Gedanken kommt. Ich muss mich erst mal von dem Schreck erholen.

Am frühen Abend nach diesem langen, heißen Schultag, der schon viel zu stressig begonnen hat, schnappe ich mir Brett und Segel, um mich wieder zu entspannen. Und nichts entspannt besser als das Windsurfen, also mich zumindest. Denn sobald ich auch nur, das Brett unter dem Arm, die Füße ins Wasser stelle, überkommt mich eine seltsame Ruhe und Kraft.

Die Wellen greifen nach meinen Knöcheln und der Herzschlag des Meeres umfängt mich wie eine liebevolle Umarmung. Das Meer ist niemals ruhig und niemals gleich. Keine Welle ist wie die andere. Es ist lebendig, es atmet. Das Meer ist immer da und wartet auf mich. Meine einzig wahre große Liebe …

Im knietiefen Wasser nehme ich das Rigg auf, steige auf das Brett und gleite hinaus ins weite Nichts. Der Wind ist heute mild und ohne Böen – Anfängerbedingungen. Und das bedeutet für einen wie mich, der schon auf dem Surfbrett stand, bevor er schwimmen konnte: keinerlei Anstrengung, sondern pure

Entschleunigung, ein kleiner entspannter Ritt in den Sonnenuntergang.

Etwas weiter draußen springen Delfine lebenslustig in die Höhe. Als sie fort sind, schließe ich die Augen und lasse mir den Fahrtwind ins Gesicht blasen. Dieser Tag kann doch noch in einem richtig schönen Abend münden.

Als ich das Board nach gut zwei Stunden auf dem Wasser wieder an seinen Platz im Surfer-Schuppen hänge, spüre ich eine zarte Hand an meinem Arm. „Na, wieder mit den Wellen getanzt, Raúl?"

Mit einer raschen Bewegung drehe ich mich um und umfasse Alicias schmale Taille, die in eine wohlgerundete Hüfte übergeht. „Und wann tanzt DU wieder mit mir? Ich kenne da einen ganz besonderen Tanz, der könnte dir gefallen."

Sie schlägt errötend den Blick nieder und lächelt. Langsam hebe ich einen ihrer Arme über ihren Kopf und beuge sie nach hinten. Mein Gesicht nähert sich ihrem bis auf wenige Millimeter.

Sie ist jung, mit ihren Anfang zwanzig fast zehn Jahre jünger als ich, und in ihren schwarzen Augen funkelt reinste Bewunderung. Wie wohltuend sich das anfühlt, man könnte so leicht danach süchtig werden.

Ich sehe, wie sie vor lauter Herzklopfen ganz hastig atmet. „Vielleicht heute Nacht im *Teatro Club*?", wispert sie und klimpert mit den Wimpern.

Eigentlich hatte ich an einen zwanglosen Tanz zwischen den Bettlaken gedacht, aber warum nicht? Ein bisschen abshaken kann sicherlich nicht schaden. So als Vorspiel.

„Ja, gut, dann sehen wir uns da." Ich stelle sie wieder aufrecht hin. Da strahlt sie, erhebt sich auf die Zehenspitzen und drückt mir einen unschuldigen Kuss auf die Wange.

„Dann bis später, Raúl." Sie läuft mit fliegendem Haar nach draußen. Richtig süß, die Kleine.

Als ich mich wieder dem Segel zuwende, kommt mein Freund Adrian mit zwei Bierflaschen in der Hand herein. „Alter, wo bleibst du so lange? Ich warte schon seit dreißig Minuten vor deinem Haus auf dich. Der Sonnenuntergang ist zwar schön, aber ein bisschen einsam so allein."

„Lo siento, Adri. Tut mir leid. War länger draußen. Was sagst du, heute abtanzen im *Teatro*? Alicia hat mich gefragt."

Adrians schulterlange Surferlocken wippen beim Lachen. „Hahaha, du kannst es nicht lassen, was? Na gut, von mir aus. Hier." Er reicht mir eine Flasche. „Dann auf einen amüsanten Abend."

„Keine Ahnung, was du meinst." Grinsend lasse ich die Bierflaschen klirren.

Drei Stunden später sitzen wir duftend, in Hemd und langen Hosen im Gastgarten des Lokals gegenüber der Diskothek und begutachten die Scharen an Frauen, die schwatzend vorbeischlendern. Eine unechte Rothaarige, ein paar Jahre älter als ich, in einem sehr körperbetonten Kleid, löst sich aus der Menge und kommt lächelnd auf mich zu.

„Raúl, mein Lieber, wie geht's?"

„Hola, Gabriela!" Mein verschmitztes Lächeln genügt und sie weiß, wie mir ihr Styling gefällt. „Setz dich doch. Ich hol dir was zu trinken."

Als ich zurückkomme und ihr einen *Sex on the Beach* reiche, ist sie mit Adrian in ein Gespräch vertieft, zwinkert mir aber vielsagend zu.

Mein Magen flattert ein wenig, nichts Großes, Bedeutsames, nicht ihretwegen. Sondern er kribbelt bei der Vorstellung, was heute alles möglich sein kann. Was in dieser gewöhnlichen Juninacht noch alles auf mich wartet: Spaß, Sex, Abenteuer …

Die Probleme, die morgen daraus entstehen, und den Unterricht, den ich zu halten habe, blende ich ganz einfach aus. Adrian sieht einen Bekannten und ruft ihn her und Gabriela nutzt die Zeit, sich zu mir zu drehen und ihre Hand auf meinen Oberschenkel, ziemlich weit oben, also Ober-Oberschenkel, zu legen.

Ich beuge mich näher zu ihr. „Hallo, Fremde, lange nicht gesehen. Wo warst du denn so lange?"

„Ach, ich hatte da was am Laufen mit einem reichen Russen. Haben ein paar Wochen auf seiner Yacht verbracht, aber jetzt musste er wieder nach

Moskau, wegen seiner Firma oder seiner Frau, keine Ahnung. Dafür habe ich jetzt wieder Zeit für dich, mein Schöner. Er war zwar reich und ein Gentleman, aber nicht annähernd so süß wie du."

Mit ihren überlangen Fingernägeln streicht sie zuerst durch mein Haar, das mir sonst ins Gesicht fällt, heute jedoch mit etwas Gel im Zaum gehalten wird, dann genussvoll kraulend durch meinen Bart. Mir ist absolut bewusst, dass sie voll auf meine Haarfarbe abfährt. Was ich an ihr toll finde, ist ihr unerschütterlicher Pragmatismus.

Ihre Hand verweilt an meinem Hals, dann zieht sie mich am Kragen zu sich und küsst mich. Lachend und geschmeichelt erwidere ich den spielerischen Kuss.

„Raúl." Das ist Adrians warnende Stimme und ich blicke auf. Nicht weit von uns entfernt stehen Alicia und ihre Freundinnen sowie ihr Bruder Fabio und zwei seiner Kumpels. Alicias Augen sind kugelrund, Fabios zu zwei Schlitzen verengt.

„Hey, Alicia, bereit zu tanzen?" Ich zeige mein schönstes Lächeln, um die Situation zu entschärfen, doch Fabio schnaubt nur durch die Nase wie ein Andalusier Hengst auf zu viel Kraftfutter, schlängelt sich durch die Loungemöbel und bleibt provokant vor mir stehen.

„Was soll das, Raúl? Hast du nicht ein Date mit Alicia? Warum machst du dann mit dieser Schlampe rum?", donnert er.

„Hey!" Gabriela empört sich. „Wie hast du mich genannt?"

Ich lege beschwichtigend eine Hand auf ihren Arm und stehe langsam auf. Ich bin mindestens zwanzig Zentimeter größer als er.

„Immer mit der Ruhe, Fabio. Ich habe deiner Schwester einen Tanz versprochen, mehr nicht. So war es doch, nicht wahr, Alicia?"

Alle Augen richten sich auf sie. Die junge Frau nickt langsam, lässt den Kopf hängen und zieht ihre Freundinnen weiter in Richtung Diskothek.

Fabio tritt ganz nahe an mich heran. Wenn er wollte, könnte er mir auch ein Klappmesser zwischen die Rippen stoßen. „Du weißt ganz genau, dass sie in dich verliebt ist, immer noch. Also hör auf, mit ihr zu spielen, Raúl. Ich warne dich. Lass sie einfach in Ruhe. Verstanden?"

„Dann sag ihr, sie soll nicht mit mir flirten, wenn sie keinen Spaß versteht. Klar?", knurre ich zurück.

So läuft das nun mal in der Liebe – verletzen und verletzt werden. Ich verstehe nicht, warum sie alle ständig danach suchen. Das ist, als würde ich Nacht für Nacht das Meer abgrasen, um einen Hai zu finden, der mir freundlicherweise ein Bein abbeißt. Und es dann Liebe nennt.

Ich brauche keine Liebe, nicht so eine. Da halte ich mich doch lieber an Gabriela, die weiß wenigstens, wie man Spaß haben kann, ohne mir ständig ein schlechtes Gewissen zu machen.

SIEBEN

Als Fabio, der selbsternannte Retter der Entehrten, sich endlich getrollt hat und ich mich zu Gabriela umdrehe, hat Adrian bereits seine Chance ergriffen, oder meine – wie man es nimmt. Die beiden sind jedenfalls in leidenschaftliches Küssen versunken.

Da habe ich echt keine Lust, mich danebenzusetzen. In die Disco mag ich nun auch nicht mehr, das haben mir Alicia und ihr wichtigtuender Bruder versaut. Also schlendere ich durch die orangefarben beleuchteten Gassen der Altstadt, deren weiße Hausmauern von prächtigen Bougainvillea-Sträuchern verhüllt oder mit unzähligen kleinen Blumentöpfen geschmückt sind.

„Hey, Raúl, huhu." Was für eine glockenhelle Stimme. Und sogleich lacht sie mich aus, weil ich viel zu lange brauche, um herauszufinden, von welcher Ecke der Café-Terrasse, an der ich vorbeilaufe, sie stammt. Mit heißen Ohren lande ich endlich an ihrem Tisch. Die hübsche Brünette kenne ich doch.

„Oh, hallo, …" Dios mío! Jetzt fällt mir ihr Name nicht ein. Dabei hatte ich erst vor ein paar Wochen Sex

55

mit ihr. Und der war gut. Wie peinlich. War es Ana? Oder Aya?

„Aina", hilft sie mir auf die Sprünge.

Lachend streiche ich mir das Haar zurück, nachdem das Gel aufgrund von Gabrielas intensiver Zuwendung ohnehin seine Wirkung eingebüßt hat. Ich hocke mich neben ihren Sessel und lege eine Hand auf ihre. „Wie schön, dich zu sehen, Aina."

Es ist wirklich eine Freude, sie zu treffen. Sie ist eine ganz wundervolle Frau mit leuchtend bernsteinfarbenen Augen. Nur einmal habe ich noch schönere gesehen.

„Ja, das finde ich auch. Das hier ist Carla, meine Cousine. Sie muss leider schon gehen. Hättest du Lust, mir Gesellschaft zu leisten?"

„Ja, ja, unbedingt." Rasch erhebe ich mich, um Carlas Platz einzunehmen, die sich auch artig verabschiedet.

Wir schweigen eine Weile, lächeln uns nur zu, sehen einander in die Augen. Ich liebe diese Zwischenphase, die Unsicherheit, in welche Richtung sich die Sache entwickelt, welche Schwingungen zwischen uns entstehen. Es ist tatsächlich ein Spiel für mich, ein Glücksspiel – oder besser gesagt, ein glücklich machendes Spiel.

„Und, Aina? Hier ist es doch recht laut. Was meinst du, suchen wir uns ein etwas ruhigeres Plätzchen?"

Mit einem Funkeln in den Augen sagt sie Ja. Oder habe ich mir das gerade nur eingebildet? Wir gehen nebeneinanderher, plötzlich strauchelt sie, da sie einem staunenden Touristenpärchen ausweichen muss, und ich fange sie auf. Von da an lasse ich meinen Arm auf ihrer Schulter und sie lehnt den Kopf an meine Brust. Dunkel ist die Nacht und warm. Das ist schön. Es fühlt sich gut an, mit ihr eng umschlungen durch die Altstadt zu spazieren. Das habe ich schon eine lange Zeit nicht mehr gemacht.

Ihr Haar duftet nach Orangen und in meiner Brust macht sich irgendetwas breit. Ein Fragezeichen. Vielleicht ist diesmal alles anders?

In einem abgeschiedenen Gässchen bleibt sie stehen und sieht mich erwartungsvoll an. Im Dämmerlicht sind ihre Augen schwarz, wie schade, dass man die schöne Farbe nicht erkennen kann.

Aina schmiegt sich an mich und holt sich einen Kuss. Langsam und entschlossen schiebt sie ihre Zunge zwischen meine Lippen und alle anderen Gedanken sind wie ausgelöscht. Süß schmeckt sie, nach dem Cocktail, den sie zuletzt getrunken hat. Und riechen tut sie verführerisch, nach Lust.

„Wohnst du in der Nähe? Können wir zu dir gehen?" Sie flüstert, obwohl niemand hier ist, der uns hören kann. Mittlerweile sind ihre Hände über meine

Brust zu meinem Bauch und dann an meinen Hosen-schlitz gewandert. Mein Atem wird flacher.

„Ich befürchte, so lange kann ich nicht mehr war-ten, du machst mich so heiß." Tatsache ist, ich nehme nie eine Frau mit zu mir.

Sie sieht sich eilig um. „Dann komm." Mit einem verschmitzten Lachen zieht sie mich in einen Haus-eingang. Ich weiß gar nicht, wie mir geschieht. Heute muss mein Glückstag sein!

In der finsteren Nische drücke ich sie an die Wand. Auch sie atmet schon schwer. Noch ein intensiver Kuss, dann drehe ich sie um. Sie stemmt die Hände gegen die Mauer, und während ich ein allerletztes Mal prüfe, ob wir allein sind, öffne ich meine Hose und rolle ein Kondom über.

Dann hebe ich ihr Röckchen hoch und schiebe den String Tanga zur Seite. Lustvoll knete ich ihre Brust und dringe ohne Vorwarnung in sie ein. Sie lässt ein leises Quieken hören, aber zuckt nicht zurück. Es war also zum Glück nicht aus Schmerz, sondern vor Ver-langen. Das steigert meine Lust noch mehr.

Doch ich will auch, dass sie Spaß an der Sache hat, also lasse ich meine Finger sanft an ihrem Bauch entlang in ihr Höschen gleiten. Sie stöhnt immer lau-ter und drückt sich stärker an mich, schlägt mit den Fäusten gegen die Wand.

O ja! WIE. WUN. DER. VOLL. EIN. FACH. GEIL. AAAAAAH! Das war's schon. Es ist vorbei. Mein

Herz rast noch. Ein kurzer Check, aber die Gasse ist leer. Ich ziehe mich zurück und bedecke sie wieder mit ihrem Rock. Dann werfe ich den Gummi in die dunkelste Ecke, schließe den Hosenschlitz und lehne mich erschöpft und befriedigt mit dem Rücken gegen die Wand. Aina stellt sich neben mich, nimmt meine Hand.

Ich lasse es bereitwillig zu oder bin noch zu schwach, mich dagegen zu wehren. Ich weiß es nicht. Sie ist ein nettes Mädchen und hübsch. Es ist nicht ihre Schuld, dass ich nicht in sie verliebt sein kann.

„Alles gut?" Mein schlechtes Gewissen regt sich.

Aufmerksam sieht sie mir in die Augen. „Ich weiß nicht. Ist es das?"

Ich nicke stumm, doch sie spürt wohl meine Zurückhaltung und lässt meine Hand los. Schweigend treten wir auf die Straße.

„Ich ruf dich an, ja?" Mir sitzt ein fetter Kloß im Hals.

Für einen Moment schließt sie die Augen und lächelt zynisch. Dann nickt sie. Wir wissen beide, dass ich das nicht tun werde.

Als ich sie zu ihrem Auto gebracht habe, dreht sie sich noch einmal um. Mit zwei Fingern schiebt sie mein Haar zur Seite, das nun endgültig nach vorn über mein linkes Auge gefallen ist.

„Ich wünschte, du wärest anders, Raúl. Nur ein bisschen. Ich bin mit wenig zufrieden. Aber gar nichts? Gar keine Gefühle ist eben doch zu wenig."

Ich öffne den Mund, doch was soll ich schon groß sagen? Was könnte ich ihr versprechen, erklären, versichern? Ich hab's versucht. Natürlich habe ich das.

Verdammt, ich bin einunddreißig und hatte genügend Gelegenheiten dazu. Aber die Liebe und ich – das soll nicht sein, das nimmt einfach kein gutes Ende.

Deshalb verstelle ich mich nicht, ich lüge keiner Frau etwas vor, um sie ins Bett zu kriegen. Jede weiß ganz genau, dass ich nicht auf eine Beziehung aus bin, wenn sie sich mit mir einlässt. Manche haben kein Problem damit, wie Gabriela. Manche kommen nicht damit klar, wie es bei Alicia den Eindruck macht. Und andere hoffen jedes Mal erneut auf ein Wunder. So wie Aina.

Ich wünschte, sie würden es nicht so schwernehmen, die Zeit mit mir nicht jedes Mal bedauern. Ich wünschte, sie wären einfach zufrieden mit dem, was ich zu geben habe. Mit Charme und Witz, Spaß und meistens gutem Sex, gern auch eine Wiederholung, wenn's nach mir geht. Doch warum bin ich ihnen, so wie ich bin, niemals genug? Wieder einmal bin ich nicht gut genug.

Nachdem sie gefahren ist, setze ich mich mit schwerem Herzen auf die kleine Mauer, die den

Parkplatz umgrenzt, und werde so von Adrian gefunden, der schon ordentlich einen sitzen hat.

„Alter! Was sitzt du hier so traurig rum? Lass uns feiern!"

Schwankend stellt er sich neben mich und legt den Arm um meine Schultern. „Mein bester, bester Freund! Mein großer, blonder Kindergartenfreund. Weißt du, wie lieb ich dich hab? Mein Bruder! Sogar Gabriela teilst du mit mir. Du bist ein echter Kumpel."

Lachend schüttle ich ihn ab. „Hahaha, Gabriela teilt sich selbst, so konsequent wie eine Zelle, das geht mich überhaupt nichts an. Kannst du denn noch stehen?"

„Wo warst du nur? Ich habe überall nach dir gesucht. In allen Bars der Stadt …"

„So riechst du auch. Igitt. Ich hab Aina getroffen."

„Die mit den Bernsteinaugen?" Er lehnt sich an die Mauer.

„Genau die. Sie ist echt nett und hübsch. Meinst du, ich sollte versuchen, mit ihr …?"

„Boah, ist mir schlecht. Bloß nicht! Vergiss die Alte! Was gibt es Besseres als ein Singleleben, hä? Ein Singleleben als Profisurfer! Hahaha! Komm doch zurück. Biiiitte. Du bist immer noch so gut wie früher …"
Seine Knie sacken langsam weg, er rutscht die Mauer entlang Richtung Boden.

„Ich bin besser als früher", murmele ich. „Komm, komm, Adri, steh wieder auf. Lass uns nach Hause gehen." Ich fasse unter seine Achsel und stütze ihn beim Gehen. Er torkelt durch die Dunkelheit und stimmt ein nicht erkennbares Lied an.

„Pscht, sing nicht so laut. Pass auf, der Stein!"

„Ich hab dich so lieb, Raúl, weißt du, wie lieb ich dich hab?"

„Jaja, ich weiß."

ACHT

Adrian benötigt den ganzen nächsten Tag, um sich von seinem Rausch zu erholen. Am Samstagmorgen steht er dann aber frisch wie der Morgentau und für meinen Geschmack viel zu früh vor meiner Tür.

Klopf. Klopf. Klopf. „Raúl."

Klopf. Klopf. Klopf. „Ich bin's, Adrian. Mach auf."

Als ich schlaftrunken zum Eingang schlurfe und öffne, lehnt er mit freiem Oberkörper in meinem Türstock, die Ärmel seines Neoprenanzugs baumeln in Höhe seiner Knie. Er grinst mich an und drückt mir eine Dose Energy Drink in die Hand.

„Auf geht's, Muchacho! Der Wind ist perfekt, der Strand leer. Nur du und ich, die Bretter und das Meer." Dann lacht er schallend über seinen gelungenen Reim.

„Nicht so laut, du weckst noch alle auf." Doch mein Herzschlag hat sich bei der Aussicht auf einen Morgen auf dem Surfbrett verdoppelt. „Gib mir zwei Minuten."

Während Adrian es sich auf der alten Holzbank vor dem Haus bequem macht, putze ich mir die Zähne und schlüpfe in Badehose und Flipflops. Mein

Haus liegt beinahe direkt am Meer, näher am Wasser sind nur noch der Surfequipment-Verleih inklusive Surfschule sowie die Strandbar. Wir brauchen also nur fünf Minuten, bis wir unsere Bretter und Segel aus dem Schuppen geholt, die Neoprenanzüge vollständig übergestreift und die Füße ins Wasser gestellt haben. Der Wind heute ist der Hammer, es juckt mich am ganzen Körper. Ich will da raus.

Plötzlich wecken Stimmen hinter uns unsere Aufmerksamkeit, wir drehen uns um. Na toll. Fabio und seine beiden Kumpel kommen ebenso ausgerüstet wie wir auf uns zu.

„Perfekte Bedingungen für einen Wettkampf, was?" Selbst aus der Entfernung kann ich sein provokantes Grinsen sehen.

„Ich mache keine Wettkämpfe mehr, das weißt du." Ohne ihn eines weiteren Blickes zu würdigen, drehe ich mich wieder in Richtung Wasser.

„Ja, weil du es nicht mehr bringst, Raúl. Wie schade, bei deinem Talent. Solltest vielleicht weniger Zeit mit Herumhuren verbringen und stattdessen was aus dir machen."

So ein kleiner Scheißer!

Und doch treffen mich seine Worte im Innersten wie spitze, kleine Pfeile. „Wozu? Ich könnte jahrzehntelang pausieren und wäre immer noch besser als du." Meine Stimme klingt rau. Warum lässt mich der Wichser nicht einfach in Ruhe? Soll er doch besser auf seine Schwester aufpassen, anstatt mir ständig ans Bein zu pinkeln.

„Das glaubst du ja wohl selbst nicht!" Alle drei lachen sich schief.

Langsam balle ich die Fäuste und sehe zu Adrian. Seine Augenbrauen sind steil zusammengezogen, er presst die Lippen aufeinander und nickt unmerklich. *Tu es*, sagt sein Blick.

Ich schlucke. Viel zu lange bin ich nicht mehr gegen jemanden angetreten, surfe seit Jahren nur noch zum Spaß. Vielleicht kann ich es wirklich nicht mehr. Womöglich habe ich den nötigen Biss verloren, den Siegeswillen. Doch diesem Arsch würde ich nur zu gern in den Hintern treten. Was soll ich tun?

Ein kurzer Blick auf das Meer, der Wind ist stark, die Wellen sind hoch. Sie laden mich ein, sie rufen mich. *Komm, komm und spiel mit uns.* Mein Herz klopft schneller, es fliegt bereits über die Gischt, pumpt reinstes Adrenalin in meine Muskeln.

Entschlossen wende ich mich an Fabio. „Also gut." Nun ist meine Stimme wieder glasklar. „Doppelloop. Jeder hat zwei Versuche."

Mein Gegner räuspert sich, nickt aber. Mit einer Handbewegung lasse ich ihm den Vortritt und setze mich mit den anderen an den Strand. Fabio trägt sein Brett ins Wasser, macht einen Beachstart und nimmt gleich schnelle Fahrt auf. Er fetzt über die weiß sprudelnden Wellen weit hinaus, dann kommt er mit Höllentempo zurück.

Da, er hebt ab. Einen doppelten Looping hat er bravourös gemeistert, ist bei der Landung nicht einmal gestrauchelt. Er ist echt nicht schlecht. Doch dann, beim nächsten Versuch, schafft er keine volle zweite Drehung, sticht senkrecht ins Wasser und wird abgeworfen. Er braucht lange, bis er wieder auf dem Brett steht und an den Strand zurückkommt.

Keuchend lässt er das Board in den Sand fallen und setzt sich daneben, um Atem zu holen. Seine Kumpel schlagen ihm auf den Rücken. „Gut gemacht. Solide Leistung, Fabio!"

Jetzt bin ich dran. Ich schließe den Reißverschluss des Neoprenanzugs und reiche Adrian meine Sonnenbrille, er gibt mir dafür einen freundschaftlichen Klaps aufs Gesäß.

„Zeig's ihm, Champ", sagt er mit voller Überzeugung.

Ich atme tief ein, greife mir Segel und Brett und laufe ins Wasser. Sobald ich das Rigg aufrichte, fährt der Wind drängend und fordernd hinein. Ich liebe das Gefühl, wie das Segel zieht und zerrt, ähnlich einem ungeduldigen Hengst. *Ho, ho, warte, mein Wilder, gleich darfst du laufen.* Ich schiebe einen Fuß in die Schlaufe, steige auf und der Ritt beginnt.

Der Wind ist stärker, als ich dachte, und böig. Jeder Muskel meines Körpers ist angespannt, Arme und

66

Beine arbeiten unaufhörlich. Surrend fliegt das Brett über die Gischt, winzig kleine Tropfen sprühen mir ins Gesicht, bleiben auf meinen Wimpern sitzen. Hopp und hopp, wir springen über die Wellen und der Wind zieht und zieht mich immer weiter hinaus aufs offene Meer, als gäbe es keine Grenze, als zähle nur die Unendlichkeit.

So lange, bis ich ihm Einhalt gebiete, und sofort spurt das Brett. Ich steuere aus dem Wind raus, wechsle die Beine und drehe um hundertachtzig Grad. Jetzt geht es zurück in Richtung Strand. Die nassen Haare peitschen mir um den Kopf, da vorn ist die Welle, auf die ich gewartet habe. In ihrem Tal hebe ich ab, bringe dann das hintere Knie und den Arm zusammen und drehe einmal, zweimal. Geschafft.

Mein Blut kocht, meine Arme vibrieren. Okay, einmal noch. Ich denke nicht an gestern, nicht an morgen. Es kommt mir vor, als würden sich alle Gedanken zurückziehen hinter dem einen großen Willen: Sieg.

Wieder wende ich, da vorn ist die Welle. Ab in die Luft mit dem Brett, eine Drehung, zweite Drehung. Ich lande für einen Moment mit dem Rücken im Wasser, die Gischt spritzt mir in die Nase, doch ich halte die Gabel eisern fest, stemme die Beine gegen das Brett. Und endlich fährt der Wind in das Segel und reißt mich hoch in den Stand. Woohooo! Ich habe es geschafft und auch den zweiten Sprung gestanden.

Fast hatte ich vergessen, wie gut es sich anfühlt, ein Ziel zu haben und es zu erreichen … Noch auf dem Surfbrett kreise ich die Hüften im Siegestanz.

Als ich erleichtert und aufgekratzt zum Strand zurückkomme, sind Fabio und seine Freunde verschwunden.

Nur Adrian sitzt in einem Liegestuhl vor dem Surfer-Schuppen und nickt mit einem vielsagenden Grinsen im Gesicht. „Du bist immer noch da."

Ich presse die Lippen zusammen und setze mich neben meinen ältesten Freund.

Scheiße, wie habe ich dieses Leben geliebt. Jede Woche sind wir in eine neue Schlacht gezogen, haben jedes Mal unser Bestes gegeben. Haben gewonnen oder verloren und unzählige Tränen vergossen, die sich mit Meerwasser mischten. Manchmal aus Freude, manchmal aus Frust. Nichts konnte damals wichtiger sein als das Kräftemessen, Besserwerden, Siegen. Das war mein wahr gewordener Traum. Nun kommt es mir vor wie ein gänzlich anderes Leben … Und eines, das für mich ein Ding der Unmöglichkeit ist.

„Denkst du, Fabio hat daraus was gelernt?" Ich will der sentimentalen Stille zwischen uns nicht allzu viel Gewicht geben.

„Nein, der sicher nicht. Aber du womöglich?" Er lehnt sich zufrieden zurück und schließt die Augen.

Ich öffne den Mund und klappe ihn wieder zu.

Ja, ich habe was gelernt, konnte es ganz deutlich fühlen. Aber um ehrlich zu sein, wäre mir lieber, ich hätte es nicht getan.

NEUN

Jemand stapft hinter uns durch den Sand, um unsere Stühle herum und stellt sich vor mich hin, steht mir direkt in der Sonne. Ich blinzle und schatte die Augen mit der Hand ab, denn vor dem Heiligenschein aus Sonnenstrahlen kann ich im ersten Moment sein Gesicht nicht ausmachen. Dass es ein Mann ist, erkenne ich jedoch sofort an den hässlichen Trekkingsandalen und den behaarten Beinen.

„Buenos días, Raúl." Die Stimme kenne ich und Diego Acosta nickt uns zum Gruß zu. Adrian hebt zwei Finger, behält die Augen aber geschlossen, so als ginge ihn der Besucher nichts an, dabei ist er seit vielen Jahren sein Manager im Surfverband.

„Hola, Diego. Wie geht's? Was machen die Kinder?"

Er zieht sich einen Liegestuhl heran und lässt sich neben mir nieder. „Gut, gut. Anstrengend wie immer. Sind halt Rabauken, die Mädchen genauso wie die Jungs …" Dann zögert er einen Moment. „Deine Doubleloops waren Weltklasse. Du hast es immer noch drauf."

„Danke. Und was machst du an einem Samstagmorgen so früh am Strand?"

„Nun, Adrian sagte mir, dass ihr …" Beide blicken wir zu meinem Freund, der uns demonstrativ den Rücken zudreht und den Kopf einzieht.

„Adri!" Ich boxe fest in seine Schulter. „Was soll das? Du hast ihn herbestellt, um mich vorzuführen wie einen dressierten Affen?"

„Wie einen RICHTIG GUT dressierten Affen." Diegos Stimme klingt sanft und eindringlich. „Raúl, ich weiß, was du vor Jahren gesagt hast. Aber wirf dein Talent nicht einfach so weg, du würdest es dein Leben lang bereuen. Willst du es nicht doch noch mal versuchen? Du bist immer noch jung. Steig jetzt wieder ein und du bist nächstes Jahr unter den Top fünf."

Verraten und überrumpelt blicke ich aufs Meer. Was bildet sich Adrian ein? Hat er etwa auch Fabio hergebeten? War das alles nur ein Trick, um den ach so dummen Raúl endlich zur Vernunft zu bringen?

Und Diego? Wir haben dieses Gespräch schon vor zehn Jahren geführt und vor fünf. Was sollte sich nun geändert haben? Bin ich denn schon so alt, dass dies meine letzte Chance ist, wieder ins Profigeschäft einzusteigen?

Unaufhörlich schwappen die Wellen ans Ufer und ziehen sich wieder zurück. *Komm schon, komm schon*, scheinen sie zu flüstern. *Ich bin ja da!*, schreit es in mir.

Ich war doch niemals weg. Wir sehen uns doch jeden Tag. Warum ist euch das nicht genug? Warum will jeder immer mehr von mir, als ich zu geben bereit bin? Sogar das Meer? Sogar du?

Immer wenn ich alles von mir gebe, immer wenn ich mein Herz verliere, verliere ich. Und das meine ich wortwörtlich.

Meine erste große Liebe, Leyre, hat mir das Herz zertrümmert. Dann verschwand das einzige Mädchen, in das ich mich nach etlichen einsamen Jahren unsterblich verliebt hatte, von heute auf morgen aus meinem Leben, ohne dass ich auch nur ihren Namen erfuhr. Und kaum hatte ich den Profivertrag unterschrieben, die eine Sache erreicht, die mir im Leben noch wirklich wichtig war, musste ich sie wieder hergeben. Es fühlt sich an, als würde ich bestraft, sobald ich für etwas Leidenschaft empfinde, wenn ich MEHR will, das Universum herausfordere.

Wie paradox, dass nun alle Welt dieses Mehr von mir bekommen will. Aber mehr von mir gibt es nicht, gibt es nicht mehr. Ich lasse das Leben dahinplätschern, genieße, was sich mir anbietet, verfolge nichts, suche nichts und träume von nichts. Es lebt sich gut so, sicher und ohne Sorgen.

Ich habe einen Job, der mir meistens Freude macht, ein wunderbares Hobby, Freunde, Frauen, Familie. Das ist doch wohl genug – das muss es sein.

Verärgert schüttle ich den Sand aus meinen Flipflops und stehe auf. „Tut mir leid, dass du umsonst hergekommen bist, Diego."

Der Angesprochene schüttelt enttäuscht den Kopf. Adrian erwacht endlich wieder von den Toten und starrt mich an.

„Du hast es doch gefühlt, Mann, oder? Da draußen. Das bist DU. Dafür bist du geboren. Warum stellst du dich so stur, du Vollidiot? Soll ich dir was sagen? Du bist einfach ein arrogantes Arschloch. Jeder mit deinem Talent würde täglich auf die Knie fallen und dem Himmel dafür danken. Und er würde es nutzen. Du aber, du lässt es einfach verkümmern. Glaubst du wirklich, du bist auch sonst so großartig, so toll, dass du es gar nicht nötig hast? Ich sage dir, ohne dein Talent bist du nichts, ein alternder Schönling, ein mittelmäßiger Lehrer und Leyre zufolge sogar ein echt mieser Liebhaber …"

Er will weitersprechen, doch jetzt reicht es mir. Wie eine Gerölllawine bricht die Wut über mich herein. Nur ein Satz und ich bin bei ihm, ramme die Schulter in seinen Brustkorb. Mit einem Kampfschrei bringe ich ihn zu Fall und prügle wie ein Wahnsinniger auf ihn ein. Er wehrt sich mit Händen und Füßen, boxt mir in die Seiten, tritt nach mir, doch ich spüre es kaum. Ich weiß gar nicht mehr, wo ich ihn überall treffe, denn zum ersten Mal im Leben sehe ich komplett rot. Und jeder Schlag fühlt sich so dermaßen gut an.

Ich erwache erst aus meinem Rausch, als ich von Diego und Javier, dem Surflehrer, an beiden Armen von Adrian weggezerrt werde. Keuchend und vor Wut schnaubend, aber wieder bei Sinnen schüttle ich sie ab, sammle meine verlorenen Flipflops ein und stapfe, ohne meinen besten Freund auch nur eines Blickes zu würdigen, davon.

Schon nach ein paar Metern kann ich die Tränen nicht mehr zurückhalten. Verdammt, tut das weh. Nicht nur mein verletzter Stolz, auch meine Fingerknochen pulsieren vor Schmerz, an meiner Lippe schmecke ich Blut, die Rippen fühlen sich an wie nach einem Sturz auf den Meeresboden, wenn sich die Welle ganz zurückgezogen hat. Und ich weiß, wovon ich spreche.

Scheiße. Wie wohl Adrian aussieht? Wann haben wir uns das letzte Mal geprügelt? Da waren wir bestimmt noch Teenager. Aber es geschieht ihm recht. Er hätte das nicht sagen dürfen, er kennt mich doch. Er ist derjenige, der mich am allerbesten kennt. Und deshalb weiß er ganz genau, wo es wehtut. Ich werde langsamer, zögere und zaudere. Soll ich mich umdrehen und sehen, wie es ihm geht? Nein.

Um ehrlich zu sein, traue ich mich nicht. Hastig beschleunige ich meinen Schritt heimwärts, schließe leise die Tür hinter mir und verstecke mich im

Badezimmer. Vielleicht kann ich mich wieder einigermaßen auf Vordermann bringen, bis mich die anderen zu Gesicht bekommen. Autsch!

Nachdem ich geduscht und mir das Blut aus dem Gesicht gewaschen habe, sehe ich immer noch schaurig aus. Das linke Auge ist blau von einem riesigen Bluterguss und die Lippe geschwollen und verkrustet. Als ich nach unten in die Küche komme, sind meine Schwester Sara und mein Neffe Aleix schon aufgestanden.

Beide blicken auf, als ich den Raum betrete. Aleix macht kugelrunde Augen und Sara schlägt die Hand vor den Mund. „Was ist passiert? Hast du dich wegen einer Frau geprügelt?"

„Pff." Als wenn ich … Das habe ich seit mindestens zehn Jahren nicht mehr gemacht! Betont lässig drehe ich mich um, um mir einen Kaffee einzuschenken. „Adri und ich waren mountainbiken und ich bin leider gestürzt. Sieht schlimmer aus, als es ist."

Sara verzieht zynisch das Gesicht. „Mit dem Mountainbike, das seit Jahren verstaubt in der Garage steht?"

„Ähm, nein. Ich habe mir eines ausgeborgt." Ich blase in meine Tasse, um ihr nicht in die Augen sehen zu müssen.

„Mhm." Offensichtlich glaubt sie mir nicht, aber sie belässt es dabei. „Tut's noch weh?"

„Geht schon." Meine große Schwester hat genug Sorgen, da braucht sie meine nicht auch noch. Trotzdem ist sie ein wahrer Sonnenschein und nach einer Minute, in der sie mich gedankenschwer betrachtet, erhellt sich ihre Miene. „Aleix und ich machen morgen einen Ausflug nach Málaga ... mit Manuel."

„Na, das läuft ja gut zwischen euch. Du verbringst richtig viel Zeit mit ihm. Und wie ist es für Aleix, mag er ihn auch?" Beide betrachten wir den Jungen, der in ein Bilderbuch vertieft ist.

„Ja, sehr sogar." Sie strahlt.

„Toll." Angestrengt versuche ich, so auszusehen, als würde ich mich für sie freuen, was ich in gewisser Weise auch tue. Wie gern möchte ich sie glücklich sehen, sie hat es auf jeden Fall verdient. Und doch kann ich die Zweifel nicht hinunterschlucken, wundere mich, wie sie nach all dem, was sie erlebt hat, noch darauf vertrauen kann, dass es diesmal besser läuft. Was, wenn sie wieder enttäuscht wird?

Und Aleix? Er gewöhnt sich so schwer an jemanden, fremdelt stark. Wie schwer wäre es für ihn, eine vertraute Person wieder zu verlieren?

Aufmerksam beobachtet sie mich. „Du machst dir zu viele Sorgen", sagt sie leise.

Kann sie meine Gedanken lesen? Ich winke ab. „Tu ich nicht."

„Weißt du, was der Unterschied zwischen uns ist, kleiner Bruder?"

76

Der Chromosomensatz vielleicht?

„Du bist ein großer, athletischer, blonder Mann. Ich bin eine kleine Frau mit braunem Haar und zu dickem Hintern." Ich schüttle den Kopf und will widersprechen, doch sie fährt bereits fort. „Aber der wahre Unterschied zwischen uns beiden ist, dass ich lieber etwas besessen und verloren habe, als es nie erlebt zu haben. Und selbst, wenn dieses Etwas nur Hoffnung oder Vorfreude war, so habe ich immer noch mehr Schönes davongetragen, als wenn ich es gar nicht zugelassen hätte …"

Ich seufze schwer, ihr Vortrag ist mir unangenehm. Was genau will sie mir damit sagen? Dass sie sich selbst in Bezug auf Manuel unsicher ist? Oder dass es in Ordnung ist, zu hoffen und wieder enttäuscht zu werden? Oder meint sie etwa, dass ich selbst schuld bin, wenn ich mich von jemandem verletzen lasse?

Aleix ist das Büchlein auf den Boden gefallen. Dankbar, dass das beklemmende Gespräch nun ein Ende findet, bücke ich mich und setze mich zu ihm, um es ihm vorzulesen.

ZEHN

Den Sonntagvormittag verbringe ich in aller Ruhe allein zu Hause, während Sara und Aleix nach Málaga aufgebrochen sind. Ich schäme mich für meinen Ausbruch gestern und versuche, dem Strand und bekannten Gesichtern fernzubleiben, doch schon mittags halte ich es nicht mehr aus.

Nach einer Portion Gazpacho im Stehen schlüpfe ich in die Badeshorts und marschiere in Richtung Surfschule. Im Equipment-Schuppen ist zum Glück niemand, Javier, der Surflehrer, macht mit einer Schülerin ein paar Meter entfernt im Sand Trockenübungen. Der Blick, den er mir zuwirft, ist warnend bis finster.

Ich wähle ein zur heutigen Windstärke passendes Segel aus und überprüfe die Steckverbindungen. Als ich mich umdrehe, steht Adrian unschlüssig in der Tür. Vermutlich hat er soeben überlegt, ob er lieber kehrtmachen soll.

Auge in Auge stehen wir da und begutachten die Schrammen, die wir einander zugefügt haben. Er hat einen Bluterguss am Kinn und eine Platzwunde am

Jochbein. Unsicher tritt er von einem Bein auf das andere. Ich weiß ebenso wenig, was ich sagen soll.

„Du bist ein Arsch", fängt er an.

„Hast du gestern schon gesagt", maule ich.

„Ich hab's nur gut gemeint und deshalb Diego eingeladen."

„Und Fabio auch gleich dazu?", fahre ich ihn an.

„Nein, das war Zufall. Sonst hätte ICH dich herausgefordert ..."

„Verstehe. Lass es einfach in Zukunft, okay?"

Er verdreht genervt die Augen, nickt dann aber. „Und was für ein Segel nimmst du?"

„Ein Fünfer."

„Blödsinn, ein Sechser ist heute das Richtige." Er kommt näher und nimmt es sich.

„Wetten, dass ich recht habe? Du quälst dich mit dem großen doch nur ab."

„Na, das werden wir schon sehen."

Hintereinander verlassen wir den Schuppen und tragen Bretter und Riggs in Richtung Wasser.

„Klar, mit Kraft kannst du es schon durchhalten, aber was ist mit dem Spaß?", hake ich nach.

„Jetzt red' nicht so blöd. Ich habe mich dafür entschieden und Schluss."

Javier grinst breit, als wir an ihm vorübergehen.

Am nächsten Morgen bin ich wegen der Versöhnung mit Adrian und dem herrlichen Surfnachmittag wieder richtig gut gelaunt. Und das, obwohl es ein Montag ist. Auf dem Weg zum Lehrerzimmer lächelt mir die sexy Vertretungslehrerin, trotz oder wegen meines demolierten Gesichts, zu und der Kaffeeautomat wurde auch endlich repariert. Ich kaufe zwei Becher Cappuccino und lasse mich von ihr ein bisschen bemitleiden.

Leider finde ich in meinem Fach eine Notiz der Direktorin, die mich bittet, in der ersten Pause in ihr Büro zu kommen. Nun gut, wenn es etwas ist, das in einer Pause besprochen werden kann, wird es nicht so wichtig sein. Vielleicht möchte sie wieder meine Stunden tauschen und ich denke, ja, ich bin sogar sicher, dass ich diesmal ohne Gegenwehr zustimmen werde. Hoffentlich habe ich dann wieder einen Stein bei ihr im Brett.

Die erste Stunde verläuft komplikationslos, also zumindest so, wie man das für eine Sportstunde der Abschlussklasse erwarten kann. Vier aufgeschürfte Handflächen, eine blutende Nase und eine verbogene Brille. Nichts, was man nicht wieder hinbekommen würde.

Nachdem ich die von Schweiß tropfenden Burschen zum Duschen geschickt und die Geräte weggeräumt habe, mache ich mich auf den Weg in die Direktion.

Señora Galvez lässt mich vor der offenen Tür warten, während sie ihr Telefonat über neue Trinkbrunnen im Schulhof zu Ende führt. Immer wieder mustert sie misstrauisch mein angeschlagenes Gesicht, von ihrer Seite kann ich wohl kein Mitleid erwarten. Dann endlich winkt sie mich herein und ich darf mich setzen.

Die Direktorin ist vielleicht zehn Jahre älter als ich, schafft es aber dennoch allein durch ihre Blicke, dass ich mir wieder wie ein Erstklässler vorkomme. Mit einem tiefen Atemzug richte ich mich auf und versuche, mich wie der einunddreißig Jahre alte Frauenschwarm zu fühlen, dessen Ruf ich mir hart erarbeitet habe. Es gelingt nur so mäßig. Dennoch setze ich mein charmantestes Lächeln auf und wünsche ihr einen wunderschönen Morgen. Versuchen kann man es ja.

Señora Galvez nimmt ihre Brille ab, sprüht sie mit einem kleinen Fläschchen Glasreinigungsmittel ein und poliert sie mit einem blauen Mikrofasertuch. Wenn sie in der Geschwindigkeit weitermacht, komme ich erst zur dritten Stunde wieder in den Turnsaal zurück.

„Señor Alvarez. Ich bin sehr unzufrieden mit Ihnen." Jetzt kommt sie doch schneller zur Sache, als mir lieb ist. Geht es noch direkter?

Fragend ziehe ich die Augenbrauen hoch.

„Ich habe das Gefühl, dass Sie die Sache hier nicht mit dem nötigen Ernst angehen. Als Sie mir von meinem Kollegen empfohlen wurden, war ich begeistert, dass ein ehemaliger Profisportler den Jungs Disziplin

81

und Durchhaltevermögen beibringen würde. Nun sehe ich aber, dass in Ihrem Unterricht der Spaß an erster Stelle steht."

„Aber Señora, ich bitte Sie. Meiner Meinung nach ist es für das weitere Leben der Jungen von unschätzbarem Wert, wenn sie körperliche Betätigung nicht als Pflicht und Qual empfinden, sondern es als wunderbaren Ausgleich zu ihrem fordernden Berufsleben begreifen. Die Ausbildung, die Sie ihnen hier angedeihen lassen, ist von so hoher Qualität, dass ich mir in puncto Disziplin und Durchhaltevermögen überhaupt keine Sorgen mache. Ganz im Gegenteil."

Na, jetzt fühlt sie sich wohl doch ein wenig geschmeichelt, sie unterdrückt ein stolzes Lächeln.

„Nun. Aber dass Sie auf das Dach geklettert sind, war wirklich ganz und gar unverantwortlich. So etwas bringt die jungen Menschen nur auf dumme Ideen. Und Baseball? Nein, wirklich, das geht einfach nicht! Ich war so frei, ihnen hier noch einmal den Lehrplan auszudrucken. Hier können Sie ganz genau nachlesen, was verlangt wird und welche Sportarten Sie mit der Klasse ausüben dürfen. Bitte." Sie schiebt mir das Blatt rüber, das ich längst auswendig kenne, so langweilig und wenig umfangreich ist es.

„Ich danke Ihnen, Señora. Es scheint, meine Euphorie ist ein wenig mit mir durchgegangen. Das wird nie wieder vorkommen."

Da die Glocke das Ende der Pause ankündigt, nehme ich das Blatt an mich und stehe auf. Ich denke, die Sache ist hiermit aus der Welt geschafft, oder sollte ich noch ein letztes Kompliment nachschieben?

Doch die Direktorin kommt mir süffisant lächelnd zuvor. „Ja. Ich hoffe wirklich sehr, dass so etwas nie wieder vorkommt und Sie sich ab sofort an alle Regeln halten. Andernfalls sehe ich für Sie in Zukunft keinen Platz hier an dieser Schule. Dies ist Ihre erste Verwarnung. Eine zweite wird es nicht geben, wenn Sie verstehen, was ich meine. Auf Wiedersehen, Señor."

Sprachlos taumele ich nach draußen. Wie bitte? Beim nächsten Verstoß werde ich gefeuert? Und das aufgrund von Nichtigkeiten? Mein Hals fühlt sich an wie ein dampfender Teekessel. So eine blöde Kuh! Tut so, als wäre alles wieder in Ordnung, um mir dann hinterrücks noch eins reinzuwürgen.

Am liebsten würde ich mit sofortiger Wirkung kündigen, dann soll sie sehen, wo sie jetzt am Ende des Schuljahres einen qualifizierten Sportlehrer herbekommt. Aber ich brauche den Job, ich brauche das Geld, schon allein für Sara und Aleix.

Ich habe ihr, nein, ich habe mir versprochen, sie zu unterstützen. Wenn ich nun arbeitslos wäre, müsste Sara alles allein stemmen und das will ich auf gar keinen Fall. Nein, ich muss diese Demütigung runterschlucken und irgendwie verdauen.

Die Klasse wartet bereits mit erwartungsvollen Gesichtern. „Raúl, spielen wir heute Hockey? Oder mal wieder Basketball?"

Mit grimmigem Gesichtsausdruck ordne ich Sit-ups und Liegestütze an. Steht ja auch schließlich im Lehrplan.

ELF

Isabelle

Eine Woche bin ich nun schon hier. Eine Woche, in der ich gearbeitet habe wie ein Ackergaul, immer den Blick vom Strand abgewendet, als hätte ich Scheuklappen auf.

Das Wetter ist herrlich, in Paris würde ich bei diesen Temperaturen am Seine-Ufer entlangflanieren. Hier verkrieche ich mich im Hotel und hinter meiner Arbeit. Die ersten Bewerbungen für den Posten der Hoteldirektion trudeln ein und sind leider alles andere als vielversprechend.

Am Nachmittag, als meine Korrespondenz für diesen Tag erledigt ist, begebe ich mich in mein Zimmer, um mich zum Schwimmen umzuziehen. Ich habe mir vorgenommen, zusätzlich zu meinem Morgentraining auch während der Siesta zu schwimmen. Denn von vierzehn bis siebzehn Uhr würde ich hier ohnehin niemanden an seinem Arbeitsplatz erreichen und es ist das einzige private Vergnügen, das ich habe.

Das Zimmer ist von den fleißigen Zimmermädchen bereits gereinigt worden. Und natürlich haben sie wieder pflichtbewusst die Vorhänge zur Seite gezogen und ordentlich drapiert. Mein erster Impuls ist, zum Fenster zu eilen und sie erneut zuzuziehen, doch dann verharre ich mitten in der Bewegung.

Der Vorstand hat unmissverständlich klargemacht, dass ich das Hotel durch die Umbauphase begleiten muss. Und nun, ohne Direktor, wird das vermutlich länger dauern als geplant. Also führt wohl kein Weg daran vorbei. Wenn ich hier nicht verrückt oder depressiv werden will, muss ich mich meinen Dämonen stellen. Wie schwierig kann das schon sein? Ich meine, es ist nur ein Strand. Wasser und Sand. Oder?

Im großzügigen Outdoor-Pool des Hotels absolviere ich meine Bahnen und lege mich dann auf eine der Liegen, um wieder Atem zu schöpfen. Doch diesmal wähle ich eine mit Blick auf den Strand.

Ruhig liegt er da, goldgelb und weit, mit einer leichten Biegung, wo sich der Abschnitt der ... nun ja ... der Windsurfer befindet, und am Ende der Biegung der Hügel, der die Bucht begrenzt. Ich atme tief ein. So weit, so gut.

Womöglich ist es ein Anflug von Masochismus, vielleicht aber auch nur schon lange überfällig. Denn ganz plötzlich verspüre ich den Drang, dort hinzugehen, an die Stelle, wo ich Olivier an Land gezogen habe.

Natürlich ist mir bewusst, dass ich im Sand keine Blutspuren oder Sonstiges vorfinden werde, und doch … irgendetwas zieht mich, lockt mich, nachzusehen. Langsam stelle ich die Füße auf den warmen Steinboden und stehe auf. Die Knie zittern, doch mit zu Fäusten geballten Händen zwinge ich mich vorwärts. Schritt für Schritt. Mein Herz klopft wild, aber ich habe mir vorgenommen, das durchzustehen. Und ich führe immer zu Ende, was ich mir vorgenommen habe.

Schließlich erreiche ich die Stelle, die es gewesen sein muss. Minutenlang starre ich sie an. Kein Blut, nicht einmal ein Tropfen, kein aufgewühlter Sand, keine verdammte Inschrift. Nichts. Als wäre nie etwas an diesem Ort geschehen. Und nach allem, was mein Kopf unzählige Male abgespielt hat, irritiert mich das. Müsste nicht, sollte nicht in irgendeiner Form erkennbar sein, dass an dieser Stelle hier zwei Herzen ihren Dienst versagt haben? Zwei Lebenswege wie durch einen Erdrutsch für immer gekappt wurden?

Müsste nicht zumindest ETWAS von dir geblieben sein?

Fassungslos blicke ich so lange hinab, bis es mir peinlich wird. Ich fühle mich beobachtet. An einem Schultag im Juni sind zwar nur wenige Menschen hier, doch wie üblich falle ich auf.

Also löse ich das Badetuch, das ich mir um die Hüften gewickelt habe, und setze mich darauf, versuche, Olivier nicht zu sehen, wie er hier bleich und ohne Bewusstsein lag, doch es will mir nicht gelingen. Düstere Schwärze sackt mir direkt ins Herz. Meine Augen brennen verräterisch.

Ich schnuppere an meinem Handrücken, um mich wieder unter Kontrolle zu kriegen, und lasse den Blick schweifen. Über die Sandburgen bauenden Kinder, hinüber zu den Kite- und Windsurfern, zum Holzschuppen der Surfschule und zur Strandbar. Schließlich in das wogende Meer, ungefähr fünf Meter vor mir.

Im seichten Wasser, das ihm ungefähr bis zur Hüfte reicht, steht ein Mann, blond, groß, breitschultrig, mit Tätowierungen auf der gesamten linken Rückenhälfte. Seine Hände halten sanft den Körper eines jungen Mannes, der rücklings im Wasser liegt und auf Höhe seines Bauches einen Wasserball festhält. Beide lachen ausgelassen und wirken sehr vertraut. Scheint wohl ein verliebtes Pärchen zu sein. Doch diese Fröhlichkeit genau hier zwischen meinen Erinnerungen bohrt sich wie eine Harpune in meine Gedärme. Getroffen wende ich den Blick ab.

Nach einer Weile wird meine Aufmerksamkeit jedoch erneut auf die beiden gelenkt, denn der Stehende nimmt den Liegenden auf seine muskulösen Arme und trägt ihn aus dem Wasser. Mein Herz setzt zwei Schläge aus. Ich erstarre.

Da fällt mein Blick auf das Gesicht des blonden Mannes. Er sieht nicht ängstlich aus, im Gegenteil, er lächelt hinter seinem Bart. Erleichtert atme ich aus. Nichts passiert.

Als sie näher kommen, stelle ich fest, dass es sich bei dem Getragenen nicht um einen jungen Mann, sondern um einen Jugendlichen handelt, vielleicht dreizehn, vierzehn Jahre alt, doch recht groß gewachsen. Seine Arme sind eigenartig gekrümmt und die dünnen Beine hängen wie leblos hinab. Ich schlucke und zwinge mich, endlich wegzusehen.

In dem Moment, als sie an meinem Platz vorübergehen, verliert der Junge seinen Ball, der angetrieben von dem leichten Wind sofort in Richtung Wasser kullert.

„Mein Ball. Mein Ball. Mein Ball." Er wehrt sich heftig mit den Armen, sodass der Mann ins Straucheln gerät.

Alarmiert springe ich auf, bereit, dem Ball hinterherzulaufen, doch es ist zu spät. Der Wind hat ihn schon ins Meer getragen. Arglos schwimmt er immer weiter hinein ins tiefe Wasser. Wie eine Salzsäule stehe ich da. Gänsehaut überzieht meinen Körper, die Beine zittern. Nein, ich kann nicht.

„Mein Ball. Mein Ball. Mein Ball." Wieder ertönt die kieksende Stimme des Jungen, der nicht weit von mir entfernt im Sand abgesetzt wird und sich einfach nicht beruhigen will.

Heiß schießt mir das Blut in Wangen und Magen, als der Mann an mir vorbeirennt, ins Wasser hechtet und nur ein paar kräftige Züge zu machen braucht, bis er den Ball zu fassen bekommt. Mit großen Schritten und finsterem Gesicht stapft er zurück an den Strand. Um seinem Blick auszuweichen, drehe ich mich weg in Richtung Hotel.

„Danke für die Hilfe", knurrt er hinter meinem Rücken.

Mit gesenktem Kopf drehe ich mich um. „Ich … Ich gehe nie ins Meer." Meine Stimme klingt dünn und bebt. Schon lange habe ich mich nicht mehr so hilflos und klein gefühlt. Und mich so geschämt. Das habe ich stets zu verhindern gewusst.

Zaghaft wage ich einen ersten Blick in seine meerblauen, zornigen Augen, eines davon ist an den Rändern violett verfärbt. Nun reißt er sie weit auf, ist für einen kurzen Moment sprachlos. Auch ich bin irritiert. Kenne ich den Mann? Allein bei der Vorstellung kann ich ihm noch weniger in die Augen blicken und sehe zu Boden.

Er fährt umso wütender fort. „Nie ins Meer? Ja, genau! Du trägst den Sport-Badeanzug sicher nur zum Sonnen. Es ist einfach zum Kotzen, wie Menschen mit Beeinträchtigungen behandelt werden. Anstarren ist erlaubt, aber wenn sie einmal Hilfe be-

90

nötigen, fühlt sich keiner zuständig." Er wendet sich dem Jungen zu. „Komm, Aleix, hier ist dein Ball. Die Dame ist sich wohl zu fein."

„Aber nein, ich … Es … Es tut mir leid." Die Tränen übermannen mich. Also wende ich mich rasch ab und fliehe. Noch im Laufen führe ich die Hand an die Nase, doch die beruhigende Wirkung will sich diesmal nicht einstellen.

Außer Sicht hinter einer Düne breche ich schluchzend zusammen. Wie gemein! Ich wollte ja helfen. Aber ich konnte nicht. Warum hat er das nicht gesehen? Er wollte nur, dass ich mich schlecht und schuldig fühle.

Als wenn ich mich hier an diesem beschissenen Ort jemals auch nur im Ansatz anders als schuldig gefühlt hätte.

ZWÖLF

Raúl

Mein Puls rast, erst vor Wut, doch nun? Ich fasse es nicht. Sie ist wieder da.

Schon als die Frau aufsprang, kam sie mir bekannt vor. Dieser schmale, durchtrainierte Körper, die geschmeidigen Bewegungen, das dunkle Haar bis zur Hüfte. All das habe ich schon mal gesehen. Und dann, als sie mich anblickte, diese Augen, die vergisst man nicht. Eines braun, eines blau. Sie ist es. Sie ist zurück.

Aleix ist glücklich, dass ich seinen Ball gerettet habe, und ich lasse mich ganz durcheinander neben ihm in den Sand plumpsen. Was macht sie hier, nach rund zehn Jahren? Hat sie mich gar nicht erkannt? Und was ist mit ihrem Typen? Hat er überlebt?

Den ganzen Abend, während ich Aleix beim Essen helfe und ihn bettfertig mache, geht sie mir nicht aus dem Kopf. Nicht einmal Sara ist hier, um mich mit ihren Geschichten aus der Arbeit abzulenken, denn sie besucht heute Abend eine Weiterbildung. Und auch Aleix ist wortkarger als sonst.

Als ich ihn nach oben in sein Zimmer getragen und zugedeckt habe, hält er meine Hand fest. „Onkel Raúl?"

„Ja?"

„Warum hast du die Frau angeschrien?" Er stellt die Frage so flüssig und fehlerlos, dass mir klar ist, dass sie ihm schon eine ganze Weile im Kopf herumschwirren muss. Seit seiner Geburt ist er nicht nur motorisch beeinträchtigt. Er denkt langsam, ist sprachlich etwa auf dem Stand eines Vierjährigen, aber wenn man mich fragt, eines sehr intelligenten Vierjährigen.

Ich seufze und setze mich an seine Bettkante. „Hm, weißt du, ich war wütend, weil sie uns nicht geholfen hat. Dabei hätte sie nur dem Ball nachlaufen müssen."

Er sieht mich mit vorwurfsvollen Augen an. „Schreien ist nicht schön." Nun spricht er wieder so schleppend wie sonst.

„Du hast ja recht, das war bestimmt nicht nett von mir. Ich denke, ich habe mich auch so aufgeregt, weil ich Ärger in der Schule hatte und deshalb schon schlecht gelaunt war. Ich mache es nicht mehr, okay?"

Er schüttelt energisch den Kopf. „Du bist viel wütend. Oft."

„Ich? Nein, also ganz normal, würde ich sagen. Mach dir keine Gedanken."

Traurig dreht er den Kopf zur Seite. „Wegen mir", flüstert er.

Jetzt saust mir die Wut wie eine aufgescheuchte Fledermaus tatsächlich schon wieder um den Kopf. Oder ist es eher eine Reaktion auf die Tränen, die hinter meinen Augen drücken? Seine Worte brechen mir das Herz.

„Nein, Aleix! Hör sofort auf, das zu denken! Du hast nichts falsch gemacht und du bist gut, so wie du bist. Diese Frau ist nicht in Ordnung. Ich kann es nicht ausstehen, wenn jemand hochnäsig ist und anderen nicht hilft. Und diese Frau habe ich noch dazu vollkommen falsch eingeschätzt. Jahrelang habe ich gedacht, sie wäre eine tolle Frau, selbstbewusst, stark und liebevoll. Doch wie ich heute gemerkt habe, ist sie ganz und gar nicht so. Sie ist nämlich unsicher und eingebildet und überhaupt nicht hilfsbereit."

Ich habe mich in Rage geredet. Warum erzähle ich ihm das alles? Weil er es ohnehin nicht versteht? Oder weil er der Einzige ist, der mich deswegen nicht auslacht?

„Kennst du sie? War sie deine Freundin?" Ganz schön neugierig, der Kleine.

„Nein, nein. Ich habe sie früher schon mal gesehen, als ich jung war. Aber wie gesagt: Ich kenne sie nicht, weiß nicht mal ihren Namen … Vergiss das wieder. Jetzt ist Schlafenszeit."

Spitzbübisch grinst er mich an und legt den Kopf ins Kissen. „Ich will auch eine Freundin."

Mit schwerem Herzen fahre ich über sein dunkles, dichtes Haar. „Wünsch dir das nicht, du Lieber, das bringt nur Probleme. Und jetzt schlaf gut." Dann stelle ich den Rausfallschutz am Bett fest und lösche das Licht.

Ich höre ihn noch „Trotzdem" murmeln, ehe ich hinausgehe, die Tür aber einen Spaltbreit offenlasse.

DREIZEHN

Isabelle

Den Rest des Tages war ich von den Erlebnissen am Strand so aufgewühlt, dass ich kaum in der Lage bin, mich wieder auf die Arbeit zu konzentrieren. Und ich habe niemanden, mit dem ich darüber reden könnte. Denn in Wahrheit spreche ich mit überhaupt niemandem über Privates, außer gelegentlich mit Claire. Von Olivier habe ich außer ihr erst recht keiner Menschenseele erzählt.

Was war das für ein fieser Typ, der aus so einer kleinen Sache einen Elefanten gemacht hat? Vollkommen cholerisch und unbeherrscht. Ich hasse es, wenn sich jemand nicht unter Kontrolle hat. Und erst recht, wenn auch ich dadurch gezwungen werde, die Fassung zu verlieren. Es tut mir ja leid für seinen Sohn, doch ich kann nun wirklich nichts dafür.

Es klopft. Ich sehe zur Tür. „Come in."

Es ist Marisol. Die junge Managementpraktikantin betritt das Büro und schließt lautlos die Tür hinter sich.

„Sie wollten mich sprechen, Miss Valle?"

„Ja. Bitte nenn mich Isabelle. Wir werden hier eine Weile zusammenarbeiten und da sind Förmlichkeiten nur hinderlich. Ich ..." Von meiner eigenen Offenherzigkeit überrascht, ist mir entfallen, weshalb ich sie eigentlich herbestellt habe. Vermutlich war ich so in Gedanken versunken, dass ich vergessen habe, wie üblich die Distanz zu wahren.

„Wirklich?" Auf ihrem herzförmigen Gesicht erscheint ein Strahlen, die schwarzen Augen sind nun doppelt so groß wie vorhin.

„Äh, ja, natürlich, in unserem europäischen Headquarter in Paris wird durchgehend geduzt, in den USA sowieso ..." Wird schon nicht schaden, es hier fortzuführen.

„Nein, ich meinte: Werden wir weiterhin zusammenarbeiten? Ich dachte, das ist mein Entlassungsgespräch. Nachdem nun schon Señor Moreno gehen musste und ich diejenige bin, die als Letzte eingestellt wurde ..."

„Señor Moreno hat sich direkt vor meinen Augen disqualifiziert, eine Hotelbelegschaft zu führen, die zu achtzig Prozent aus Frauen besteht. Für alle anderen gilt tatsächlich das Versprechen, dass sie ihre Jobs behalten. Wegen Moreno werde ich mir aus der Zentrale zwar noch einiges anhören müssen, aber sei's drum. Das ist es mir wert." Am liebsten würde ich dem Blonden auch so einen Denkzettel verpassen.

97

Marisols Augen blitzen auf. Sie schnappt sich den Stuhl und setzt sich mir gegenüber. „Im Ernst? Sie … Du hast das ohne die Autorisierung durch deinen Vorgesetzten entschieden? Kriegst du denn nun Ärger? Kann ich irgendetwas tun, um dir zu helfen?"

Ihre Reaktion stellt mich vor die Frage, wieso ich nun sogar schon meine eigenen Fehler offenlege, wie sonst nur die anderer. Ich muss ja wirklich durch den Wind sein.

„Ich könnte einen Brief schreiben", fährt sie aufgeregt fort, „in dem ich schildere, wie er uns Frauen behandelt hat. Oder … oder ich drehe ein kurzes Video, in dem ich die Mitarbeiterinnen interviewe …"

Das lässt mich nun schmunzeln. Wie freimütig und hilfsbereit sie ist. Ihre erfrischende Art ist mir gänzlich fremd.

„Nein, nein, nicht nötig. Der Vorstand wird meine Argumente durchaus verstehen und vertraut mir", rudere ich ein Stück weit zurück. „Es wird nur vermutlich eine ganze Weile dauern, bis ich geeigneten Ersatz gefunden habe. Und ich wollte so schnell wie möglich nach Paris zurück …"

„Also du kannst voll auf mich zählen. Ich unterstütze dich, wo ich nur kann. Keine Sorge, wir kriegen das ruckzuck hin." Anscheinend ist sie nicht nur voller Tatendrang, sondern auch voller Entschlossenheit. „Übrigens ist heute Noche de San Juan. Zu welcher Feier gehst du denn?", fährt sie unbekümmert fort.

„Noche de San Juan?"

„Ja, die Sommersonnenwende."

Ich erinnere mich vage an eine solche Feier. Maman, Papa und du und ich. Und unsere Herzen so leicht wie die fliegenden Funken. Meines ist nun tonnenschwer.

„Die habe ich noch nie gefeiert." Abwehrend zucke ich mit den Schultern.

„Nun, in Paris ist das vermutlich auch furchtbar langweilig und steif. Aber hier …!" Ihre Augen strahlen. „Es wird die ganze Nacht gefeiert und getanzt. Du musst mit mir an den Strand gehen. Wenn die Pappfiguren, die Juanitos, um Mitternacht verbrannt werden, ist das der Wahnsinn! Sag Ja, Isabelle. Du wirst es nicht bereuen. Mein Freund Marcos macht Musik und alle bringen was zu essen mit. Es wird einfach grandios. Das muss man einmal erlebt haben!"

An den Strand? Schon wieder? Ich weiß nicht. Beklommenheit legt sich auf meine Brust, wie eine eiskalte Hand. Mit spitzen Fingernägeln.

Doch Marisol lässt einfach nicht locker und ihre gute Laune erlaubt keinen Widerspruch. Sie kann durchaus hartnäckig sein.

Ob die Juanitos die gleiche Wirkung auf mich haben wie früher? Finde ich vielleicht ein Stück der Unbeschwertheit meiner Kindheit wieder? Wäre das möglich? Nur ein klitzekleines? Einen Funken?

Schließlich siegt meine Neugier über meine Angst. Außerdem mein Wille, mich nicht unterkriegen zu lassen. Beim zweiten Mal ist der Besuch des Strandes bestimmt nicht mehr so schlimm.

„Also, ja, okay. Vielleicht ganz kurz. Was soll ich denn anziehen? Ich weiß gar nicht, ob ich was Passendes dahabe …" Eigentlich nur Businesskleidung.

„Ach, irgendein Sommerkleid oder Jeans. Es ist echt total egal. Wie du dich wohlfühlst. Ich freue mich riesig. Und Marcos' Familie wird ganz aus dem Häuschen sein, dass ich eine Karrierefrau aus Paris mitbringe." Sie umarmt mich herzlich, als wären wir seit Jahren befreundet. Dann rauscht sie lachend aus dem Raum. „Ich hole dich in einer Stunde ab."

Ganz überrollt bleibe ich zurück. Ich weiß, dass die Spanier warmherzige Leute sind, Marisol anscheinend ganz besonders. Aber was das mit mir, die ich seit Jahren als Einzelgängerin unterwegs bin, macht, das kann ich in diesem Moment gar nicht richtig greifen.

Da ich tatsächlich nichts zum Anziehen habe, statte ich der Hotel-Boutique einen Besuch ab und kaufe ein weißes, fließendes Trägerkleid und Flipflops. In meinem Zimmer ziehe ich mich um, warte auf den Anruf der Rezeption und werde immer aufgeregter.
Ob das so eine gute Idee ist? Ich fühle mich dort bestimmt fehl am Platz. Aber jetzt kann ich wohl auch

keinen Rückzieher mehr machen. Das wäre sehr unhöflich.

Eine halbe Stunde später als verabredet teilt mir der Concierge mit, dass Marisol auf mich wartet. Pünktlicher als das kann man jemanden in diesem Land wohl nicht erwarten. Ich sollte mich daran gewöhnen. In einem romantischen gelben Kleid wartet Marisol neben Antonio, dem Concierge.

Sie strahlt mich an. „Wow, du siehst schön aus. Was für langes, seidiges Haar. Warum versteckst du es immer in einem Dutt?"

„Ich weiß nicht, es sieht einfach professioneller aus und ich denke, eine Frau wird dadurch von den Männern ernster genommen …"

Grübelnd zieht sie die Stirn in Falten. „Meinst du? Ich denke, es gibt Männer, die Frauen ernst nehmen, und es gibt Männer, die es nicht tun. Da ist ganz egal, wie man aussieht …" Auf diese Art habe ich es nie betrachtet, vielleicht hat sie sogar recht, doch Marisol lässt mir keine Zeit, darüber nachzudenken.

„Also los, Chica! Auf zur Party!" Sie hakt sich bei mir unter und führt mich über die Hotelterrasse in Richtung Strand. Dieser sieht so im Dämmerlicht richtig fremd aus, aber gut fremd. Und nicht nur dafür bin ich gerade dankbar, sondern auch für die Tatsache, dass sie mich festhält.

Schon von weitem sehen wir den großen brennenden Stapel Holz und ich richte meine Aufmerksamkeit starr darauf, als wir die Stelle des Unfalls passieren. Einzig den Schauer, der mir über den Körper läuft, kann ich nicht verhindern.

„Ist dir kalt?" Fürsorglich drückt sie mich enger an sich. „Gleich kannst du dich wärmen." Ich lächle ihr dankbar zu.

Rund um das Lagerfeuer sitzen schon einige Menschen auf Baumstämmen. Als wir näher kommen, entdecke ich einen Tisch, auf dem sich Getränke und Speisen türmen. Verschiedene Tapas, Tortillas, Churros und Buñuelos sowie einiges, das ich noch nie gesehen habe. Marisol begrüßt ein paar Freunde und stellt mich vor, zieht mich dann zur Großfamilie ihres Freundes, die mich sofort herzlich willkommen heißt.

Sein Vater, Onkel und Bruder tragen einen weiteren Baumstamm herbei, auf dem seine Großmutter eine Decke platziert, ehe sie uns zum Sitzen auffordert. Währenddessen bringen seine Mutter und Tante Teller mit allerlei Köstlichkeiten und seine Cousinen schenken uns Wein ein. Es wird geschnattert, gelacht, nach meiner Arbeit gefragt, noch mehr Essen gebracht und aufgrund der Hitze, die vom Feuer ausgeht, viel zu viel getrunken.

Mir schwirrt der Kopf von den vielen Namen, doch ich gebe mir Mühe, mit allen zu plaudern, von meinem Leben aus Paris zu erzählen, von den Plänen für das Hotel zu berichten und den Unfall zu verschweigen. Überraschenderweise gelingt mir der

Small Talk mit jeder neu dazukommenden Person leichter. Oder liegt es an jedem neu hinzukommenden Glas? Langsam entspanne ich mich.

Als die Gespräche ruhiger werden und das Feuer nicht mehr so hoch lodert, lasse ich den Blick wandern und erkenne auf der gegenüberliegenden Seite des Kreises aus Baumstämmen den großen Mann von heute Nachmittag. Er sitzt in einer Gruppe von jungen Frauen und unterhält sich prächtig. Flüstert erst der einen etwas ins Ohr, legt dann einen kleinen, improvisierten Tanz mit einer anderen hin und genießt es offensichtlich, von allen betatscht zu werden.

Wie eklig. War er nicht vor ein paar Stunden noch der kämpferische Familienvater? Ist das womöglich doch nicht die Nacht des San Juan, sondern die des Don Juan? Ich schüttle missbilligend den Kopf und schnaube durch die Nase.

„Was ist los, Isabelle?", fragt Marisol neben mir. „Alles in Ordnung?"

„Ja. Es ist nur … Der Mann da drüben." Ich deute mit einem Nicken in seine Richtung. „Ist er nicht ein Familienvater? Ich finde, er benimmt sich reichlich daneben …"

„Wer? Der Blonde da? Das ist Raúl. Ja, ein stadtbekannter Frauenheld. Gezähmt hat ihn noch keine, der ist nur für eine Nacht. Auch wenn es anscheinend immer noch genügend Frauen gibt, die das nicht wahrhaben wollen." Sie schüttelt ungläubig den Kopf. „Aber nein, er hat keine Kinder, zumindest ist nichts davon bekannt", sagt sie lachend und fährt dann ernster fort. „Aber was ich so höre, kümmert er sich liebevoll um seinen Neffen, der viel Hilfe und teure Therapien benötigt. Deshalb wohnen seine Mutter und er auch bei ihm."

Das ist gar nicht sein Sohn. Und trotzdem hat er sich so lautstark für ihn eingesetzt. Ich schlucke. „Wo ist denn der Vater des Jungen?"

„Der hat die beiden verlassen, als Aleix noch klein war. Er wollte wohl keinen behinderten Sohn", sagt sie bitter.

Mein Magen fühlt sich an, als hätte ich zu heißen Tee getrunken, ich presse die Lippen aufeinander. So ist das nun mal. Es gibt eben Menschen, die mit Behinderungen nicht klarkommen. Trotzdem schnürt es mir für einen Augenblick die Kehle zu.

Ich schaue wieder rüber zu Raúl und in dem Moment hebt er den Kopf und sieht mich. Zuerst legt sich Erstaunen auf sein Gesicht, als er mich abscannt, dann plötzlich verfinstert es sich. Jetzt hat er mich wohl erkannt.

Ich bin hin- und hergerissen. Einerseits möchte ich seinem Blick standhalten, um ihm zu zeigen, dass ich mich nicht so behandeln lasse wie heute Nachmittag, andererseits lodert das schlechte Gewissen erneut in mir auf, sodass ich die Augen niederschlagen muss.

Von da an wage ich nicht mehr, in seine Richtung zu sehen.

Neben mir bemerke ich eine Bewegung. Zwei Männer, einer um die Dreißig, der andere jünger, begrüßen Marisol und setzen sich vor uns in den Sand.

„Isabelle, das ist mein Freund Marcos und das hier ist Adrian, er ist Profisurfer. Isabelle ist die Chefin im Hotel."

Ich winke ab. „Nur so lange, bis die Stelle wieder besetzt ist."

Marcos ist ein dunkelhaariger, zurückhaltender Typ mit einer Gitarre im Arm und Augen nur für Marisol. Die beiden geben ein absolut entzückendes Paar ab. Frisch verliebt über beide Ohren, das sieht man auf den ersten Blick. Sie setzt sich zu ihm auf den Boden und schmiegt sich in seine Umarmung. Und es wirkt, als hätten die beiden augenblicklich die Welt um sie herum vergessen. Beneidenswert.

Adrian hat hellbraunes, lockiges Haar bis zu den Schultern, braune gutmütige Augen, eine markante Nase und sprüht nur so vor Energie.

Lange hält er meine Hand fest und macht keinen Hehl daraus, dass ihm meine Augen gefallen. „Wie außergewöhnlich … faszinierend. Isabel, woher kommst du? Aus Madrid?

Mit sanfter Gewalt befreie ich meine Hand. „Es ist Isabelle, meine Mutter ist Französin, mein Vater Spa-

105

nier. Wir haben aber mein ganzes Leben in Frankreich verbracht."

Hastig rappelt er sich auf und setzt sich nur eine Handbreit von mir entfernt auf den Baumstamm.

„Oh, na dann hast du ja einiges nachzuholen. Lektion eins: Spanischer Wein ... Salud!"

VIERZEHN

Raúl

„Los, jetzt steh endlich auf, Raúl, komm schon."
Cayetana zieht an meinem Arm und bewegt sogleich
die Hüften zur Musik. Marcos und seine Freunde
haben vor einiger Zeit zu spielen begonnen und immer mehr Menschen tanzen ausgelassen um das erneut hoch lodernde Feuer. Die Juanitos brennen lich-
terloh und nicht nur die Flamme, sondern auch die
Stimmung ist auf ihrem Höhepunkt.

Ich habe etwas zu viel Bier getrunken und befürchte, gleich wieder umzufallen, wenn ich aufstehe.
Doch Cayetana zieht mich entschlossen auf die Beine
und hält mich fest. Nach einem kurzen Schwindel, als
mir der Alkohol in die Beine sackt, gewöhne ich mich
an die aufrechte Haltung und wage ein paar dezente
Moves, während sie wie ein aufgescheuchtes Huhn
um mich herumspringt. Zumindest empfinde ich ihren Tanzstil so.

Eigentlich hatte ich vor, keinen einzigen Blick
mehr auf diese arrogante Französin zu werfen, doch
seit Adrian sie zum Tanzen überreden konnte und

immer weiter in meine Nähe führt, fällt es mir schwer, es nicht zu tun.

Es sieht einfach lächerlich aus. Ich meine, sie mit ihm. Mein Kumpel ist prinzipiell ein netter Kerl, meistens cool drauf und unkompliziert, aber wenn er eines nicht ist, dann ein guter Tänzer. Außerdem müsste er sich wohl auf die Zehenspitzen stellen, um sie zu küssen.

Sie dagegen, also sie … Es fällt mir richtig schwer, das zuzugeben. Sie ist eine Mischung aus Königin und Katze, majestätisch und geschmeidig, einschüchternd und anziehend. Jetzt noch mehr als früher.

Langsam und mit geschlossenen Augen bewegt sie sich zur Musik, ihr langes Haar verdeckt zum Teil ihr Gesicht. Ein Spaghettiträger ihres weißen Kleides ist nach unten gerutscht und entblößt den Ansatz ihrer Brust – klein, fest, makellos.

Babummbabumm macht mein Herz und erst jetzt merke ich, dass ich stehen geblieben bin und sie mit angehaltenem Atem anstarre. Genauso, wie ich sie angestarrt habe, als sie vor zehn Jahren schon einmal hier war. Und ich weiß immer noch nicht ihren Namen! Verdammt. Ich bin doch kein schüchterner Spätzünder mehr.

Adrian tanzt glücklich in seiner eigenen unbeholfenen Art neben ihr, greift spielerisch nach ihrer Hand. Erschrocken, wie aus einer Art Trance erwacht, reißt sie die Augen auf und starrt erst Adrian an und dann mich, der ich ein paar Schritte hinter ihm stehe. Diesmal bin ich derjenige, der zuerst den Blick abwendet. Demonstrativ beschäftigt sehe ich mich nach Cayetana um und beobachte aus den Augenwinkeln, dass Adrian sie, eine Hand an ihrem Rücken, zurück zu ihrem Sitzplatz führt. Ich bin überrascht, wie willig sie es geschehen lässt. Ihm gegenüber wirkt sie überhaupt nicht so steif und eingebildet, wie bei unserer letzten Begegnung.

Ich setze mich in die entgegengesetzte Richtung in Bewegung, umrunde das Feuer ein Stück bis zum Buffet und bücke mich, um ein weiteres Bier aus der unter dem Tisch stehenden Getränkekiste zu fischen. Da flattert plötzlich ein weißes Kleid neben meinem Kopf. Langsam und mit pochendem Herzen richte ich mich auf. Die Französin steht vor dem Buffet, in der Hand einen Teller, den Blick auf den Berg von Speisen gerichtet. Mir läuft ein leises Kribbeln über den Rücken, da sie so nahe bei mir steht, dass ich nur einen Finger ausstrecken müsste, um sie zu berühren. Tief atme ich ein.

„Ich muss … endlich diese … Süßigkeiten probieren", sagt sie mehr zu sich selbst. Dann dreht sie den Kopf und erschrickt, als sie erkennt, wer neben ihr steht.

Auch wenn die Nacht bereits rabenschwarz ist, kann ich durch den Schein des Feuers ihre verschiedenfarbigen Augen gut erkennen. Wie oft habe ich von diesen Augen geträumt, obwohl oder vielleicht WEIL ich mir verboten hatte, weiter an sie zu denken. Jetzt steht sie hier, direkt neben mir. Das muss Schicksal sein.

Spontan bin ich bereit, den Vorfall mit Aleix' Ball zu vergessen. Vielleicht habe ich da wirklich überreagiert. Sie wäre schließlich nicht die Erste, die sich in der Nähe eines Menschen mit Behinderung nicht korrekt verhält. Vermutlich war sie nur überrumpelt. Und auch wenn ich immer noch enttäuscht von ihrer Reaktion bin, die Wut ist längst verflogen. Vielleicht sogar im Bier ertrunken. Ist doch egal …

Ich frage sie jetzt einfach, wie sie heißt. Ich muss das wissen, mein jüngeres Ich muss das wissen, hat es doch nächtelang wachgelegen und darüber nachgedacht.

„Hola, wir kennen uns ja schon. Das war ein unglückliches Zusammentreffen heute. Schwamm drüber. Ich bin Raúl. Und wie heißt du?" Meinem perfekt einstudierten Flirt-Lächeln kann sie sicher nicht widerstehen.

Sie wendet sich gemächlich ab und packt Essen auf ihren Teller.

„Okay, du machst es spannend. Soll ich raten? Marie? Sophie? Louise? Oder eine Kombination daraus? Nein? Vielleicht was Ungewöhnlicheres? Soazig, Manon, Estelle?"

Ich warte darauf, dass sie sich mir wieder zuwendet und antwortet, sobald sie genug Verpflegung aufgeladen hat, doch sie steckt einen Bissen in den Mund, dreht sich um und schlendert langsam zu ihrem Baumstamm zurück. Ohne mich zu beachten, ohne eine einzige Reaktion. Ich … Äh … Was?

Ein eiserner Panzer legt sich um meine Brust, sodass mir das Luftholen schwerfällt. Die Schmach über diese Zurückweisung wabert so heiß durch meinen Körper, dass es mir in den Gliedern wehtut.

Klar, ich wurde schon von Frauen zurückgewiesen, ich bin ein Mann, das passiert. Aber auf diese Art und Weise, so knallhart und demütigend, ist mir das nur einmal passiert. Meine Nackenhaare stellen sich auf, mein Blut beginnt zu köcheln, die Kieferknochen arbeiten.

Diese plötzlich einsetzende Wut verpasst mir einen solchen Tritt in den Hintern, dass ich ihr unversehens nachstolpere. „Hey, warte!" Doch sie geht einfach weiter. „Hallo? Kannst du mir höflicherweise eine Antwort geben?", donnere ich.

Abrupt bleibt sie stehen und dreht sich um, sodass ich beinahe in sie hineinpralle. Wir stehen nur zwei Handbreit voneinander entfernt, Auge in Auge. Sie ist so groß, dass ich nur den Blick etwas senken und mich nicht hinunterbeugen muss wie bei anderen Frauen.

Himmel, sie schüchtert mich ein, allein durch ihr Schweigen. Vielleicht ist sie mit meiner Direktorin verwandt? Das würde mich nicht wundern. Ich schlucke und vergrabe die Finger in meinem Haar am Hinterkopf. Diese plötzliche Nähe zu ihr macht mich nun doch verlegen. Ihre Augen sind wunderschön, wenn auch gerade ein wenig verschleiert.

„Das war eben total unhöflich von dir. Ich habe dich doch nur was gefragt", sage ich schon einen Hauch gelassener. Ja, gut, ich war heute Nachmittag auch nicht wirklich diplomatisch ihr gegenüber, aber ich habe mich schließlich entschuldigt. Sie hätte mir doch wirklich helfen können. Und dann die Ausrede, sie würde nie ins Meer gehen, lächerlich. Was tut sie dann in Andalusien am Strand? Okay, sie war vielleicht am Strand, um sich den Unfallort noch mal anzusehen. Aber im Badeanzug?

Trotzig reckt sie das Kinn hoch. „Das … geht dich … nichts an." Sie spricht mit langen Denkpausen. Die ist ja schon sternhagelvoll.

„Was geht mich nichts an?" Ich spüre, wie meine Mundwinkel sich heben. Sie ist betrunken, alles klar. Das war also der Grund, warum mein Charme nicht bei ihr ankam.

„Wie ich heiße", lallt sie und schließt schwankend die Augen. Ich nutze den unbeobachteten Augenblick, um auf ihren Mund zu sehen. Er glänzt feucht im

Schein des Feuers. Mein Puls beschleunigt sich wieder, aber diesmal nicht aus Zorn.

„Du solltest dich setzen, komm, hier drüben ist ein freier Baumstamm für uns, lass mich nur den Sand herunterfegen." Galant weise ich auf die Sitzgelegenheit und mache zwei Schritte nach links. Plötzlich liege ich flach im Sand. Qué demonios! Was zum Teufel! Da war doch nichts. Wieso bin ich gestolpert? Ich spucke ein paar Körnchen aus und rapple mich rasch auf. Echt peinlich, so eine Bauchlandung.

Als ich mich zu der Französin umdrehe, sehe ich sie ein paar Meter weiter und nur mehr von hinten. Einmal schaut sie zurück zu mir und ich glaube, ein siegessicheres Lächeln auf ihrem Gesicht zu sehen. Was …? Das kann doch nicht sein.

FÜNFZEHN

Isabelle

So ein Idiot. Am Nachmittag schreit er mich an und jetzt glaubt er, er kann bei mir landen? Dass ich nicht lache! Eher friert die Hölle zu, als dass ich mich mit so einem jähzornigen Gigolo abgeben würde. Geschieht ihm recht, dass er über den Sandhügel gestolpert ist. Aber lustig sah es schon aus, das muss ich zugeben …

Mon Dieu, bin ich müde. Ich habe echt eine ganze Menge getrunken. Vertragen habe ich zwar noch nie viel, nur bis eben, als ich am Buffet stand, war mir nicht bewusst, *wie* viel es war. Mir ist echt schwindelig. Gott, was ist bloß los mit mir? Warum lasse ich mich so gehen? Das ist doch sonst nicht meine Art.

„Alles okay, Isabelle?", fragt Adrian besorgt. Er ist ein netter Kerl, obwohl natürlich klar ist, dass er gewisse Hintergedanken hat. So wie er mich die ganze Zeit anschmachtet … Aber zumindest ist er nicht so ein eingebildeter Arsch wie dieser Raúl, der glaubt, dass er jede haben kann. Adrian jedenfalls hat sich den ganzen Abend nett mit mir unterhalten. Und zwar nur mit mir.

„Äh, ja, geht schon. Ich denk, ich muss ins Bett … Huch!" Reaktionsschnell umfasst er meine Schultern, als ich gefährlich schwanke.

Marisol kommt dazu und nimmt mir den Teller ab. „So kannst du nicht allein zurückgehen. Ich begleite dich."

„Nein, nein! Nicht nötig. Ich schaff das schon. Bleib du bei deinem Marcos, er spielt so schön …"

„Ich lasse dich auf keinen Fall allein über den dunklen Strand zum Hotel zurücklaufen!"

„Aber dann musst doch du wieder allein zurück. Keine Sorge, mir passiert schon nichts."

„Ich gehe mit ihr. Ich passe auf sie auf." Aus treuherzigen Augen blickt Adrian mich an. „Und wenn ich sie tragen muss!"

Mein kindisches Kichern überrascht mich und ich schlage eine Hand vor den Mund. Ich kichere nie. Aber der ist doch echt lustig. Ich meine, er ist viel kleiner als ich, wie würde das wohl aussehen?

„Na gut." Marisol ist zufrieden. Sie würde mich bestimmt nicht mit ihm gehen lassen, wenn er gefährlich wäre. „Dann sehen wir uns morgen. Schlaf gut, Isabelle."

„Du auch, jaja, gute Nacht." Dankbar hänge ich mich an Adrians Arm, den er so hilfsbereit darbietet, und er geleitet mich aus dem Feuerschein hinaus, hinein in die Dunkelheit. Normalerweise lasse ich Körperkontakt nicht so schnell zu, doch gerade bin ich froh, dass ich mich noch selbst auf den Beinen halten kann. Im Boden würde ich versinken, müsste er mich tatsächlich tragen. Außerdem erlaubt es mir, an der Unfallstelle einfach die Augen zu schließen. Ich mag jetzt nicht daran denken. Zum ersten Mal seit langer Zeit fühle ich mich entspannt, wohlig betäubt. Hätte ich gewusst, dass spanischer Rotwein diese Wirkung auf mich hat, hätte ich durchaus schon früher zu trinken begonnen.

Das ist natürlich nicht mein Ernst. Himmel! Es ist echt peinlich, wie ich mich aufführe. Sogar getanzt habe ich. Und das hier, am schlimmsten Ort auf Erden. Aber jetzt, wo es nun mal so weit gekommen ist, kann ich diesen angenehmen Zustand doch nur für den Moment noch etwas auskosten.

Adrian redet leise auf mich ein, doch ich bin todmüde, ich verstehe ihn kaum. Da ist ja schon das Hotel. Au, das Licht der Lobby ist viel zu grell.

Meine Lider hängen schon auf halbmast, als der Concierge dienstbeflissen meinem Kavalier die Schlüssel aushändigt. „Danke, Antonio." Ich hoffe, er erzählt in der Belegschaft nicht herum, in welcher Verfassung und mit wem er mich zu Gesicht bekommen hat. Der ist doch wohl zu Verschwiegenheit verpflichtet, oder nicht?

Adrian bugsiert mich in den Lift. „Erster Stock?", fragt er mit Blick auf die Nummer am Schlüssel. Ich nicke nur.

Vor dem Zimmer angekommen, lehnt er mich gegen die Wand und entsperrt die Tür. Am liebsten würde ich gleich im Flur schlafen, ich schaffe es echt nicht mehr bis zu meinem Bett, ich bleibe hier …

„Na komm, Süße. Ein paar Schritte noch. Dann darfst du schlafen."

Wie bitte? Per *Süße* sind wir noch lange nicht. Doch ich bin sogar zu erschöpft, um ihn zurechtzuweisen.

Vorsichtig legt er einen meiner Arme um seinen Hals, der nach verbranntem Holz riecht, fasst um meine Taille und schiebt mich ins dunkle Zimmer.

„Danke, Adrian, das war voll nett, dass du mich hergebracht hast. Ich komme jetzt echt allein zurecht. Wirklich. Du kannst ruhig gehen. Ich will einfach nur schlafen …"

Als meine Beine endlich ans Bett stoßen, lasse ich mich genüsslich in die weichen Federn fallen. Wie süß ist er doch, der wohlverdiente Schlaf. Alles andere ist mir herzlich egal. Meine Sorgen, mein zügelloses Benehmen, dieser Ort, der Trottel Raúl, meine Familie. Egal.

Mein Handgelenk vibriert. O verdammt, ich habe vergessen, die Weckfunktion auszustellen. Nein, gut so. Wie pflegt mein Vater immer zu sagen? „Wer feiern kann, der kann auch arbeiten." Er hat so recht. Ja, der Rausch war angenehm, oder vielmehr das Vergessen.

Doch heute ist ein neuer Tag. Ich muss die Arbeit hier schnellstens beenden, damit ich so bald wie möglich wieder nach Paris und in mein gewohntes Leben zurückkehren kann.

Voller Tatendrang setze ich mich auf. Au, mein Kopf! Als ich die Augen nach der Schmerzattacke wieder öffne, fährt mir der Schreck eiskalt in die Glieder. Was macht der denn hier? Neben mir liegt Adrian, lautlos, immer noch im Tiefschlaf. Sofort sehe ich an mir herunter, doch ich bin angezogen, genau so, wie ich mich auf das Bett habe fallen lassen. Auch Adrian trägt seine knielangen Shorts und das Funktionsshirt mit dem Namen seines Sponsors.

War es gestern so spät, dass er nicht mehr nach Hause fahren wollte? Oder hatte er Bedenken, mich allein zu lassen? Ich war doch schließlich nur betrunken und nicht krank. Ein seltsamer Typ.

Irritiert, aber lautlos, um ihn ja nicht zu wecken, greife ich nach meiner Sporttasche und verlasse das Zimmer. Es wird Zeit, mich wieder auf Vordermann zu bringen, und nichts hilft besser gegen einen ausgewachsenen Kater, als ein paar Bahnen zu schwimmen. Katzen sind ja bekanntlich wasserscheu.

SECHZEHN

Raúl

Zum Glück ist dieser Tag endlich vorbei. Mit einem Hang Over in der Turnhalle oder am Sportplatz zu stehen und die Schüler anzufeuern, den Schiri zu machen und Bewegungsabläufe vorzuführen ist echt nicht lustig. Es war heute heiß und anstrengend und die Schüler waren nervig und laut.

Zu meinen körperlichen Beschwerden – den Kopfschmerzen, dem übermäßigen Schwitzen und der bleiernen Müdigkeit – kommen emotionale hinzu. Die Zurückweisung der Französin geht mir nicht aus dem Kopf. Sie hat es im Handumdrehen geschafft, dass ich mich wieder wie siebzehn fühle, als Leyre aller Welt erzählte, ich sei sexuell zu unerfahren, zu schüchtern, zu anhänglich. Sie wollte einen MANN, keinen Jungen, kein Weichei, das nervös kicherte, wenn es intimer wurde – das wusste die halbe Stadt, bevor ich es erfuhr.

Nun, ein Mann bin ich geworden, aber der Junge lebt immer noch in mir. So sehr ich mich auch bemühe, ihn loszuwerden – dann vielleicht sogar umso mehr.

Vermutlich habe ich heute deswegen mehr rumgebrüllt als erklärt, habe den harten Mann herausgekehrt und mich von den Jungs, die meine Schüler sind, abgehoben. Die Wahrheit ist, ich wünschte, ich wäre wieder sechzehn, so wie sie, unverletzt und unbedarft. Und vor allem noch ich, ohne Selbsthass und Selbstoptimierungsdrang. Vielleicht hätte mich dann die Zurückweisung gestern Abend nicht so hart getroffen.

Das einzig Positive an diesem Tag war, dass ich Direktorin Galvez nicht gesehen habe. Sie mich hoffentlich auch nicht …

Freitags holt immer Sara Aleix von der Schule ab, denn da macht sie als Regionalleiterin einer Supermarktkette früher Schluss. Also fahre ich direkt nach Hause und habe den ganzen Nachmittag für mich.

Kurz überlege ich, die Zeit zu nutzen, um zu einer Werkstatt zu fahren, denn mein Auto macht seit ein paar Tagen komische Geräusche, nicht immer, sehr leise, vermutlich ist es nichts.

Aber ich kann mich nicht dazu überwinden, mir auch dort noch mal die Beine in den Bauch zu stehen. Das Einzige, was ich möchte, ist, mich rücklings ins Meer zu legen und treiben zu lassen. Und falls ich mich dann erfrischt fühle, ein wenig in den Sonnenuntergang zu surfen.

In Badeshorts und Flipflops auf dem Weg zum Strand fühle ich mich sofort frei wie eine Möwe und wie von selbst beschleunigen sich meine Schritte. Nach ein paar Zügen in den sich heute nur sanft kräuselnden Wellen bin ich ein neuer Mensch. Ich drehe mich auf den Rücken und schließe die Augen. Fantástico! Ich liebe es. Das Meer macht einfach alles besser. Jetzt noch ein kleines Schläfchen in der Sonne und ich bin bereit für neue Abenteuer.

Da ich nicht weit rausgeschwommen bin, das ist mir aufgrund der vielen Surfer zu gefährlich, benötige ich nur ein paar Züge, um wieder im knietiefen Wasser zu sein. Von der Rückenschwimmposition drehe ich mich auf den Bauch und schiebe mich langsam auf den Händen weiter, die Beine ziehe ich hinterher. Im flachen Wasser suche ich nach besonderen Muscheln, über die sich Aleix immer freut. Na, immerhin zwei hübsche sind dabei.

Als ich mich aufrichte und aus dem Wasser wate, marschiert die Französin vorbei. Heute ganz businesslike in Bleistiftrock und ärmelloser Bluse, jedoch barfuß, die Pumps in der Hand. Urgs, am liebsten möchte ich sofort umdrehen oder in einem Sandloch versinken, jedenfalls vermeiden, ihr zu begegnen, doch sie hat mich bereits gesehen.

„Na, schon wieder eine Bauchlandung gemacht?"
Sie verkneift sich nicht sehr erfolgreich ein Grinsen.

„Blöde Schnepfe!" Ich stapfe an ihr vorbei in Richtung Surfer-Schuppen, natürlich in angemessenem Abstand, damit sie mir nicht wieder ein Bein stellt.

In dem Moment kommt Adrian aus der Strandbar, entdeckt sie und läuft ihr flink entgegen.

Mir wirft er nur ein „Hola, Raúl! Was ist dir denn über die Leber gelaufen?" zu, wartet aber keine Antwort ab.

Ich trockne mich ab und mache es mir dann in einem der aufgestellten Sonnenstühle bequem, mein Cap lege ich über mein Gesicht, um niemanden sehen zu müssen. Das Hören kann ich so jedoch nicht verhindern.

„Aber hallo, Isabelle! Was führt dich denn her?" Mein Kumpel trällert in einer Tonlage, die ich bei ihm nicht für möglich gehalten hätte.

Mir fällt beinahe die Kappe vom Gesicht. Isabelle. So heißt sie also. Ich kann nicht verhindern, dass mein Herz einen kleinen Satz vorwärts macht, doch es versteckt sich eiligst wieder.

Zu lange habe ich darauf gewartet, sie kennenzulernen. Nur um dann festzustellen, dass es sich nicht lohnt. Wie kann jemand so außergewöhnlich aussehen und sich gleichzeitig so gewöhnlich verhalten?

„Hi, Adrian, ich wollte mich noch für gestern bedanken. Tut mir leid, dass ich heute Morgen einfach so verschwunden bin, aber ich musste arbeiten."

Meine Eingeweide binden einen Seemannsknoten. Hat er etwa die Nacht bei ihr verbracht?

„Kein Problem, ich fand es auch sehr schön. Geht es dir denn wieder gut?"

„Ja, alles bestens, habe ein bisschen über die Stränge geschlagen, denn es ist, wie du sagst: Der Rotwein aus Rioja hat eine ganz besondere mineralische Tiefe und burgundische Finesse. Dem kann man schwer widerstehen …" Ihr Lachen klingt höflich, etwas gezwungen meiner Meinung nach.

Unter meinem Versteck verdrehe ich die Augen. Seit wann ist Adri ein Weinkenner? Diesen Anmachspruch hat er sich wohl für eine besondere Gelegenheit aufgehoben. Wenn er sich da mal nicht die Finger verbrennt. Ich überkreuze die Arme vor der Brust und versuche krampfhaft, einzuschlafen. Klappt natürlich nicht.

„Also, man sieht sich", ruft sie und geht anscheinend zum Hotel zurück. Was macht sie dort eigentlich? Was arbeitet sie?

Nach einer Weile entnehme ich den Geräuschen, dass Adrian einen Liegestuhl neben meinen zieht und sich zufrieden seufzend niederlässt. Er räuspert sich, vermutlich in dem Versuch, meine Aufmerksamkeit zu erregen. Doch ich schweige und gebe vor, zu schlafen.

„Was ist los?", fragt er nicht gerade sehr rücksichtsvoll.

„Nichts. Bin müde. War eine lange Nacht und hatte heute Unterricht", brumme ich.

„Ja, eine lange, lange Nacht …", sinniert er bedeutungsvoll.

Natürlich gehe ich nicht darauf ein. Aber nun kann ich meine Neugier nicht mehr im Zaum halten, nehme das Cap vom Gesicht und sehe ihn an. „Wieso ist sie wiedergekommen?"

„Hast du doch gehört. Wollte sich für die Nacht bedanken." Er grinst dümmlich und zieht die Augenbrauen hoch.

Ich schüttle den Kopf und dränge das verstörende Kopfkino beiseite.

„Nein, ich meine, wieso ist sie wieder an den Ort des Unfalls gekommen?"

„Welcher Unfall? Ich denke nicht, dass sie schon mal hier war."

„Doch, sie ist die FRANZÖSIN." Eindringlich beuge ich mich zu ihm, während ich das Wort mit meinen Fingern in Anführungszeichen setze.

„Die, in die du so verliebt warst? Das glaub ich nicht!"

„Wenn ich es dir doch sage."

„Aber sie scheint sich nicht an dich zu erinnern …"

Er zuckt mit den Achseln.

Vielleicht will sie es ja einfach nicht.

„Ich weiß nur, dass sie momentan die Leitung des *El Palacio* und die Verantwortung für die Renovierung übernommen hat. Zumindest, bis ein neuer Direktor oder eine Direktorin gefunden ist."

Ich nicke und lege mir das Cap wieder über das Gesicht. Keine Ahnung, warum, aber ich bin mit einem Mal unsagbar mies gelaunt. Waren es die erneute Begegnung mit ihr und ihr Kommentar? War es die Tatsache, dass sie zu Adrian im Gegensatz zu mir freundlich und zuvorkommend ist? Oder dass die beiden anscheinend Sex hatten? Oder verdrießt mich die Tatsache, dass sie noch längere Zeit hier sein wird und ich jeden Tag Gefahr laufe, ihr zu begegnen?

Warum hasst sie mich so? Frauen mögen mich. Alle, von achtzehn bis achtzig – von der Galvez einmal abgesehen. Es tut richtig weh, dass sie Adrian mir vorzieht. Es tut verdammt weh, nicht beachtet, nicht gemocht, nicht bewundert zu werden. Ich hasse es. Nie wieder wollte ich mich so fühlen. Ich muss aufs Surfbrett, ein paar Stunden weit draußen werden mir guttun, doch wenn ich lange auf dem Wasser bleibe, sollte ich besser meinen Neoprenanzug holen. Den habe ich jedoch leider zu Hause in der Waschmaschine gelassen.

SIEBZEHN

Isabelle

Warum laufe ich eigentlich diesem Raúl ständig über den Weg? Ich frage mich, was die Tattoos bedeuten. Sie bedecken die Hälfte seines Rückens, ziehen sich über die linke Schulter und den Arm bis nach vorn an die Brust und sehen wie eine Maori-Zeichnung aus.

Ebenso frage ich mich, warum schöne Männer immer Arschlöcher sein müssen – oder meistens. Warum? Weil sie es sich leisten können?

Olivier war auch ein schöner Mann und hat trotzdem nicht mit den Frauen gespielt. Der Gedanke an früher lässt meinen Magen rotieren.

Nur meinetwegen wirst du nie wieder mit schönen Frauen flirten.

Diese Schuld liegt wie ein Korsett um meine Rippen und zieht sich eng und enger. *Schnell. Denk an etwas anderes.*

Dieser blöde Raúl! Werde ich dem jetzt täglich begegnen? Langsam ertappe ich mich dabei, wie ich nach ihm Ausschau halte. Heute ist es mir doch tatsächlich wieder passiert, dass ich ihn mit nassem Haar nicht gleich erkannt habe und im ersten Moment dachte: *Mein Gott! Was für ein Körper!*

Und ich bin durch meine Schwimmkarriere schöne Körper wahrlich gewohnt. Doch auch bei hundert durchtrainierten Menschen in einem Raum gibt es welche, die in ihrer Physiognomie heraustechen, sei es durch ihre Symmetrie, besondere Proportionen oder keine Ahnung, was. Vielleicht ja auch nur, weil sie meinen persönlichen Geschmack treffen. Dieser Raúl ist leider so ein Typ.

Schade, wäre er nicht so ein frauenverachtender Blödmann, hätte er vielleicht Etienne ersetzen können, solang ich hier bin. Adrian kommt dafür jedenfalls nicht infrage, denn so freundlich und zuvorkommend er auch ist, optisch ist er nicht wirklich mein Typ. Schließlich brauche ich keinen Mann zum Heiraten, sondern nur einen fürs Bett.

Okay, ich sollte weniger an Sex denken und mich langsam wieder auf die Arbeit konzentrieren. Heute hat endlich die Renovierung in den oberen Stockwerken begonnen. Alle alten Teppichböden, Vorhänge und Möbel raus und neue in anderen Farben, exquisiten Materialien und modernem Komfort wieder hinein.

Glücklicherweise muss baulich nichts verändert werden, sonst würden wir vor der Hauptsaison nicht alles fertigkriegen. Aber dann hätten wir die Eingliederung dieses Hauses auch gar nicht mehr diesen

Frühling gemacht und ich hätte mich woanders beweisen müssen. Da wäre mir viel erspart geblieben. Tja, nun ist es eben so.

Da klingelt das Telefon. Ach herrje, meine Mutter, immer im passenden Moment.

„Hallo, Maman! Tut mir leid, dass ich mich nicht gemeldet habe … Ja, mir geht's gut. Viel Arbeit. Und euch? Hat Papa noch Rückenschmerzen? Aha. Das ist gut. Ja, Bewegung hilft immer."

Die nächste Frage kostet mich Überwindung. „Und … äh … Olivier?" Sie freut sich jedes Mal, wenn ich Interesse zeige, doch mir läuft es kalt über den Rücken.

„Wie toll. Schön, schön. Richte ihm meine Grüße aus. Weil … Es tut mir so leid, aber aus meinem Besuch wird nun doch nichts. Ich muss hierbleiben, bis ich einen Ersatz für den Direktor gefunden habe, und danach muss ich sofort nach Paris zurück. Bitte sei nicht enttäuscht. Ich … Maman, bitte lass mich ausreden! Ich weiß, dass du dich schon gefreut hast, und ich sagte, es tut mir lei…" Scheiße, sie ist wirklich wütend.

„Ich KANN nicht kommen. Ja, ich habe es versprochen, aber es geschehen nun mal unvorhergese… Jetzt hör mir doch mal zu! Ich bin kein kleines Kind mehr! Nein! Nein! Warum verstehst du das nicht? Nein, ich will ihn nicht sehen. Ich WILL aber nicht wissen, was in seinem Leben passiert! Ich ..." Sie hat mich weggedrückt.

Stumm lege ich das Handy weg und den Kopf in die Hände. O Gott, was habe ich gesagt?

Sie wird nie wieder ein Wort mit mir wechseln. Die Tränen rollen über meine Wangen, ich kann das Make-up schmecken, das mir in den Mund läuft. Und doch war das zum ersten Mal seit vielen Jahren die Wahrheit.

Warum nur fühle ich mich nach dieser Beichte nicht erleichtert?

Vermutlich wird sie mir nie wieder damit in den Ohren liegen, sie öfter zu besuchen. Vielleicht bin ich nun sogar an Weihnachten unerwünscht. Aber die Familie, die ich hatte, die gibt es doch schon lange nicht mehr ... Möglicherweise ist dieser Schnitt genau das Richtige. Womöglich ist es das, was gefehlt hat, um endlich nach vorn zu sehen und mein eigenes Leben zu leben. Mein Beruf ist das, was ich freiwillig gewählt habe, was ich kontrollieren kann, was mich erfüllt. Mehr brauche ich nicht. Ich war doch ohnehin schon seit Jahren nichts anderes als einsam und allein. Dann kann ich das auch in Zukunft sein.

ACHTZEHN

Raúl

Als ich immer noch übellaunig zu Hause ankomme, um den Neoprenanzug zu holen, und schon von fern Aleix' Lachen und Sara höre, die im Vorgarten für ihn Späße macht, weitet sich mein Herz. Das einzig Wichtige im Leben ist doch die Familie!

„Hallo, ihr beiden!" Ich küsse meine Schwester zur Begrüßung auf die Wange und fahre Aleix, der in seinem Rollstuhl sitzt, durch das Haar. Sara hängt die Wäsche auf die Wäscheleine, die zwischen zwei dünnen Bäumen gespannt ist, und ich stelle mich neben sie und reiche ihr die Kleidungsstücke, damit sie sich nicht ständig bücken muss.

Doch da fällt mir etwas ein. „Schau, Aleix, ich habe dir zwei neue Muscheln mitgebracht. Sind die nicht schön? Die eine ist fast komplett schwarz."

Seine Augen strahlen. „Ich geb sie in meine Sammlung. Bitte schieb mich."

Ich reiche Sara das nächste Kleidungsstück und schiebe seinen Rollstuhl in die Küche. Dann hole ich vom Schrank den großen Setzkasten und stelle ihn auf den Tisch, die Muscheln lege ich daneben. Aleix beugt sich darüber und beginnt mit der Hand, die er besser kontrollieren kann, den Inhalt zu ordnen, mal nach Farben, dann nach Formen. Damit kann er sich stundenlang beschäftigen. Deshalb lasse ich ihn in Ruhe und begebe mich wieder nach draußen zu meiner Schwester. Nebeneinander arbeiten wir weiter.

„In der Schule haben sie neue Therapiemöglichkeiten vorgeschlagen. Ich habe wieder mal einen ganzen Stoß Unterlagen bekommen, den ich durchsehen soll." Ihre Stimme klingt rau. „Natürlich schweineteuer und kilometerweit entfernt. Jede hat unterschiedliche Ziele und Schwerpunkte. Wie soll ich entscheiden, was am wichtigsten für ihn ist? Alle wahrzunehmen ist einfach nicht drin."

Ich sehe sie von der Seite an, während sie spricht, und wünschte, sie hätte ein einfacheres Leben. Müde sieht sie aus, nicht verhärmt, aber sehr müde. Meine große Schwester ist fünf Jahre älter als ich und ich habe sie immer noch in Erinnerung, wie sie nachmittags mit zwei braunen Zöpfen in Schuluniform nach Hause kam und mit mir Vater, Mutter, Kind spielte.

Ich kleiner Knirps durfte wahlweise den Vater oder das Baby spielen, doch sie war stets die Mutter – liebevoll, aufopfernd, fleißig. Hatte sie nie andere Pläne für sich? Der Scheißkerl Enzo musste sie natürlich gleich mit Anfang zwanzig schwängern, sodass sie nicht auch nur die Gelegenheit hatte, das für sich herauszufinden.

„Außerdem kann ich nicht verlangen, dass du ihn auch noch an zwei weiteren Nachmittagen nach Marbella fährst. Du hast schon viel zu viel für uns getan", fährt sie bestimmt fort.

Ich halte das feuchte Geschirrtuch fest, das sie mir gerade abnehmen wollte, und so muss sie mir in die Augen sehen. „Sara, ich tue das nicht für euch, sondern für mich. Weil mir nichts auf dieser Welt wichtiger sein könnte als ihr. Du warst immer für mich da und dann kam Aleix und machte uns wieder zu einer richtigen Familie. Also lass mich dir helfen."

Meine Schwester hat Tränen in den Augen. „Aber du solltest ein eigenes Leben haben … Irgendwann."

„Ich habe schon ein Leben." Und damit reiße ich ihr das Tuch aus den Händen und hänge es auf.

„Weißt du was? Aleix und ich holen jetzt für uns Pizza. Die haben wir uns verdient. Und dann schauen wir uns zum tausendsten Mal *König der Löwen* an. Das wird ein Fest! Surfen kann ich später auch noch. Was sagst du?" Ich mime gute Laune, obwohl mein Herz, wie durch Gewichte beschwert, nach unten gezogen wird.

Dankbar lächelt sie mich an und nickt. „Du bist der Beste. Ich hab' dich lieb, Kleiner", sagt sie leise, während ich schon durch die Eingangstür trete. Ich tue so, als hätte ich sie nicht gehört. Der Beste zu sein, tut manchmal richtig weh.

NEUNZEHN

Isabelle

Bisher habe ich davon abgesehen, einen Bericht an den Vorstand zu verfassen, denn ich bin fest entschlossen, alle Herausforderungen hier allein zu meistern. Und ich bin auch sehr zufrieden mit meiner Arbeit. Die ersten und wichtigsten Räume im Erdgeschoss wurden bereits fertiggestellt, das Hotelpersonal wurde gebrieft und auf die neue Firmenpolitik eingeschworen. So anders ist sie ja nun auch wieder nicht, das Tagesgeschäft bleibt beim Alten.

Einzig die Suche nach einer geeigneten Führungsperson war noch nicht erfolgreich. Bewerbungen gibt es zuhauf, doch nach der Geschichte mit Moreno bin ich vorsichtig. Am liebsten wäre mir eine Frau in dieser Position, doch verfügbare Hoteldirektorinnen mit Erfahrung sind rar gesät.

Also setze ich mich am nächsten Abend gewissenhaft an eine E-Mail an den Vorstand. In einem ausführlichen Bericht über die aktuelle Situation bitte ich um Anweisung, ob ich auch in den Reihen unserer nichtspanischen Direktorinnen nach Veränderungswilligen suchen soll.

Ich schicke die E-Mail ab und sehe auf die Uhr. Es ist kurz nach achtzehn Uhr. Vielleicht versuche ich noch, den zuständigen Architekten zu erreichen, um zu besprechen, wie viele Kunstgegenstände und Gemälde besorgt werden müssen. Denn unsere Kette hat es sich zum Aushängeschild gemacht, trotz unserer Internationalität die einheimische Kunstszene an den jeweiligen Standorten zu fördern. Das gibt auch den ehrwürdigsten, oder sagen wir verstaubtesten, Häusern in unserem Portfolio ein junges, sympathisches Image. Kleine Maßnahme, große Wirkung.

Während ich den Kontakt des Architekten heraussuche, läutet mein Telefon. Es ist Renaud, der Vorstandsvorsitzende. Das verheißt nichts Gutes. Positive Nachrichten hört man von Renaud für gewöhnlich nur hinter vorgehaltener Hand, über mehrere Ecken und mit zeitlicher Verzögerung, schlechte überbringt er gern selbst, und zwar sofort. Mein Herz beginnt zu rasen und der Schweiß bricht mir aus, als ich mit zitternden Fingern abhebe.

„Renaud! How are you doing?" Ich täusche Selbstbewusstsein vor, auch wenn es mir nicht helfen wird.

Und schon donnert seine sonore Stimme durch den Äther. „Isabelle, Kindchen! Sag mal, was ist in dich gefahren? Den Direktor gekündigt, einfach so, fristlos? Was fällt dir ein? Willst du, dass wir verklagt werden? Das ist ein gefundenes Fressen für jeden ehrgeizigen Anwalt und kann uns Millionen kosten. Ich bin fassungslos und maßlos enttäuscht von dir."

Mir fährt der Schreck in die Glieder. Verdammt, ich wusste, dass es riskant war, eigenmächtig zu handeln, aber dass er so in Rage kommt, hätte ich nicht erwartet. Cholerisch ist er ja immer, so abfällig selten.

„Hast du dein Hirnstübchen in Paris gelassen? So kenne ich dich nicht. Bisschen mitdenken, wie wär's damit, hä? Kann doch nicht so schwer sein. So etwas muss man strategisch vorbereiten und von der Rechtsabteilung absegnen lassen. Ich weiß, du bist eine Taffe, das mag ich an dir, deshalb bekommst du auch die Chance, auf die nächste Managementebene zu wechseln, aber so, Isabelle? Nun bin ich mir nicht mehr sicher. Wir können keine Leute gebrauchen, die aus dem Bauch heraus entscheiden und die Firma in Gefahr bringen. Jetzt muss ich heute noch mit den Juristen sprechen! Die sind sicher schon alle auf dem Weg ins lange Wochenende. Arbeitet hier überhaupt noch wer außer mir? Mich wundert, dass bisher noch keine Klage eingetrudelt ist."

In einer kurzen Atempause wage ich ein schüchternes Wort. „Soll ich zurückkommen?" In Erwartung des Schlimmsten, halte ich die Luft an.

„Pff. Nein. Du machst das jetzt fertig, und zwar tipptopp, verstanden? Ohne weitere Zwischenfälle und so, dass ich zufrieden bin. Sonst wird das nichts mit der Beförderung. Und bring mir einen neuen Direktor, verdammt! Wir brauchen dich schließlich in Paris. Wir hören uns." Und damit legt er auf.

Wie von einem Schwerlasttransport überrollt lasse ich mich gegen die Rücklehne meines Stuhls zurückfallen und stoße die angehaltene Luft aus. Zumindest wurde ich nicht abberufen, nicht hochkant rausgeworfen, nicht geköpft. Ich sollte mich erleichtert fühlen.

Doch ich tue es nicht, denn er hat recht. Es war dumm von mir. Ich entscheide nie aus dem Bauch heraus – warum habe ich es bereits an meinem ersten Tag hier getan? Ich bin immer vorsichtig, bedacht und strategisch – nur nicht in Spanien.

Ich wusste es. Dieser Ort ist nicht gut für mich, er fördert das Schlechteste in mir zutage. Macht mich impulsiv, lässt mich die Kontrolle verlieren. Und warum? Weil meine Gedanken stets um den verdammten Unfall, den Strand, das Meer kreisen. So kann ich nicht arbeiten!

Tränen der Wut drücken hinter meinen Augen. Dieses Scheißmeer! Diese Scheißangst!

Neben dem Schreibtisch steht meine Sporttasche. In einem Anfall von Trotz reiße ich sie an mich und stürze aus dem Zimmer. Dieser Angst werde ich es zeigen. Ich bin die Herrin meines Lebens. Der Unfall ist Vergangenheit. Es lässt sich nicht mehr ändern. Den Bruder, den ich liebte, gibt es so nicht mehr. Mit meiner Familie habe ich gebrochen. Oder besser: sie mit mir. Es kann nicht sein, dass mir dieser Ort, dieses Meer auch noch meine Karriere raubt.

In der Umkleide des Spa-Bereiches zerre ich mir die Kleider vom Leib und schlüpfe in meinen Badeanzug. Dann lasse ich alles einfach liegen und marschiere gesittet über die Terrasse. Auf keinen Fall darf bei den Gästen der Eindruck entstehen, es wäre etwas nicht in Ordnung. Doch kaum spüre ich den Sand zwischen den Zehen, renne ich los. Meine Uhr piepst, denn sofort ist mein Puls weit über hundertfünfzig, was weniger an der Geschwindigkeit als an der aufsteigenden Panik liegt.

Atemlos erreiche ich den Ort, an dem ich Olivier an Land gezogen habe. Ich beiße mir auf die Lippen und zögere. Eine unsichtbare Kette hat sich um meinen Körper geschlungen. *Nein! Lass mich endlich los!* Meine Füße graben sich in den Sand, als ich aus dem Stand lossprinte. *Jetzt komm! Zeig's mir, Angst! Wer ist die Stärkere von uns beiden?*

Das Wasser ist wärmer als beim letzten Mal und nicht so dunkelgrün, eher türkis. Trotzdem überzieht ein eiskalter Schauer meinen Körper. Als ich im tieferen Wasser die Beine nicht mehr heben kann, werfe ich mich in die Fluten und schwimme um mein Leben.

Dieser Angstcocktail, der wie ein reißender Fluss durch meine Adern schießt, schreit ohrenbetäubend laut *Flucht*. Vor wem oder was, ist mir nicht klar.

Vor der Vergangenheit?

Oder vor dir?

Die erste Boje liegt schon hinter mir, da vorn ist die zweite. Meine Lunge brennt. Doch nach und nach werde ich ruhiger, ausgepowert. Es verschafft mir eine perverse Art von Genugtuung, meine Muskeln gegen die Wellen antreten zu lassen. Die wachsenden Schmerzen, das Ziehen darin tut auf seltsame Weise gut, als befreie es meinen Körper von den zähen Fasern der Erinnerung.

Ja! Ich schaffe das! Ich besiege diese Angst ein für alle Mal.

Plötzlich rast ein Surfer auf mich zu. Er fliegt beinahe über die Oberfläche. Doch jedes Mal, wenn das Board auf das Wasser trifft, klatscht es laut. O mein Gott. Ich bin wie erstarrt, weiß nicht, ob ich nach links oder nach rechts ausweichen soll. Oder in die Tiefe? Der einsetzende Wirbelsturm in mir macht mich schwindelig, hilflos, orientierungslos.

Da entdeckt er mich gerade noch rechtzeitig, reißt den Mast herum und macht eine unkontrollierte Kehre, fällt nach hinten und zieht das Segel mit. Beide platschen ins Wasser und mein tobendes Herz bleibt stehen. Bitte nicht. Nicht schon wieder.

Für einen Moment wird mir schwarz vor Augen. Erst das Kreischen einer Möwe setzt meinen Herzschlag wieder in Gang. Fieberhaft schwimme ich die wenigen Züge, bis ich bei ihm angekommen bin.

Als ich wassertretend versuche, das Segel hochzudrücken, kommt mir ein blonder Haarschopf von unter der Oberfläche entgegen. Der Mann prallt beim Auftauchen beinahe gegen mich, sodass ich zurückweiche, und spuckt mir dann zuerst Wasser und dann Worte ins Gesicht.

„Was zum Teufel sollte das?" Seine Hand schließt sich fest um mein Handgelenk und zieht mich wie ein störrisches Kind zum Surfbrett.

Ungeniert und grob fasst er an meinen Po und hievt mich auf das Brett.

„Hey!", stoße ich aus. Doch ich bin so überrumpelt, dass ich mich nicht wehren kann.

Ich klettere ganz hinauf und setze mich rittlings darauf, die Beine hängen links und rechts ins Wasser. Auch Raúl zieht sich hoch und wirft ein Bein darüber.

„Das ist der Abschnitt der Surfer! Hast du es immer noch nicht kapiert? Willst du dich umbringen?" Er ist völlig außer sich. Da ist gar kein Abstand mehr zwischen seinen Brauen, so sehr hat er sie zusammengezogen. Sein Gesicht ist ganz weiß.

Verrückterweise bin ich froh, dass er noch schreien kann. Was wäre gewesen, wenn er meinetwegen ertrunken wäre? Dann hätte ich zwei Leben auf dem

Gewissen. Schnaufend sitzen wir einander gegenüber. Die blonden Strähnen hängen ihm vor die Augen und in seinem Bart glitzern Wasserperlen.

„Alles okay?" Ich merke, dass ich meine Stimme nicht unter Kontrolle habe. Sie zittert.

Er atmet hörbar aus und langsam, ganz langsam entspannen sich auch seine Züge. „Ja", brummt er. „Und du?"

„Es tut mir so leid." Vor Scham lege ich die Hände vor Nase und Mund und schließe die Augen. Ich meine nicht allein diesen Beinahe-Zusammenstoß. Ach Gott, so vieles tut mir leid. Wenn ich die Zeit doch nur zurückdrehen könnte und der Unfall nie geschehen wäre. Diese Schuld tut so weh wie ein Nagelbrett unter der Haut, und das jeden verdammten Tag.

In die triefende Nässe auf meinem Gesicht wollen sich Tränen mischen, um sie aufzuhalten, ziehe ich mehrmals die Nase hoch. Wie peinlich. Gerade vor ihm will ich ganz sicher nicht weinen. Ich hasse es, dass er mich schon wieder schwach erlebt.

Doch Raúl bleibt stumm und so schwanken wir eine Weile einträchtig auf den Wellen. Erst jetzt spüre ich, dass sich unsere Knie berühren. Hat er es aufgrund des Neoprens gar nicht bemerkt? Die Stelle an meinem Bein wird warm. Mein Drang zu weinen endet seltsam abrupt.

Als ich irritiert die Augen öffne, sieht er mich mit unergründlicher Miene an. Seine Haut hat wieder Farbe angenommen und zumindest ist er nicht mehr so wütend wie vorhin. Ich ertrage es nicht, heute noch ein weiteres Mal angeschrien zu werden.

Seine meerblauen Augen suchen nach etwas in meinem Gesicht. Erst wundere ich mich, dass ihn der Anblick meiner Irisfarben nicht überrascht, doch dann fällt mir ein, dass er sie ja schon am Strand gesehen hat, als er mit seinem Neffen da war. Und da ist er auch wirklich ordentlich erschrocken. Jetzt kommt bestimmt ein doofer Spruch, wie *Haben deine Tränen auch unterschiedliche Farben?* oder *Na, na, wer wird denn mit zwei so schönen Augen weinen müssen?* Kotz.

Doch zu meiner Überraschung murmelt er ungläubig: „Du siehst keinen Tag älter aus als vor zehn Jahren …" Dann lächelt er schüchtern.

„Warum … Wie … Wie meinst du das?" Wir haben uns doch vorgestern zum ersten Mal gesehen. Oder?

„Das warst doch du? Nicht wahr? Du warst schon einmal hier, mit deinem Freund, der dann … Den du … gerettet hast? Hast du ihn gerettet?" Er kann richtig sanft klingen, wenn er möchte, gar nicht mehr wie so ein selbstgefälliger Arsch.

Die Erinnerung überfällt mich wie ein wildes Tier. War er der blonde Junge im Surfer-Schuppen? Schmaler, noch ohne Bart und ohne Tattoos? Und war damit Zeuge der schlimmsten Minuten meines Lebens?

Vor meinem inneren Auge erscheint wieder das Blut, dein bleiches Gesicht. Ich kann deine kalten Lippen auf meinen spüren. Atemlos. Mir wird speiübel.

Das Board schaukelt hin und her, die tiefstehende Sonne blendet mich. Am liebsten würde ich mich seitlich ins Wasser fallen lassen und einfach sinken und sinken. Und endlich vergessen. Doch ich weiß natürlich, dass er mich nicht untergehen lassen würde. Das brauche ich wohl nicht einmal versuchen.

Reiß dich zusammen, Isabelle! Es kann nicht sein, dass du dir hier vor ihm die Blöße gibst. Krieg dich endlich wieder in den Griff. Also atme ich tief ein. „Das war nicht mein Freund, sondern mein Bruder. Mein Zwillingsbruder Olivier. Er lebt." Und ich schicke ein Lächeln hinterher, das sich schon unecht und traurig anfühlt. Wie wenig nach Lächeln mag es dann wohl aussehen? Kauft er es mir ab?

„Das ist gut", erwidert er, macht aber ein verständnisloses Gesicht. Wir schweigen wieder.

ZWANZIG

Raúl

Wieso sieht sie so verunsichert aus? Sie müsste doch erleichtert sein, dass er überlebt hat. Ich werde aus ihr nicht schlau. Und aus mir auch nicht. Sie ist so eine arrogante, unvernünftige Ziege und aus irgendeinem Grund habe ich trotzdem Angst, dieses seltsame Gespräch könnte zu schnell enden. Oder sind es viele Gründe?

Zum ersten Mal spricht sie richtig mit mir und sogar offen und ohne Schutzschild. Ich wette, sie ist nicht der Typ Frau, der oft und schnell losheult, wie sie es eben beinahe getan hätte. Ich kann mir vorstellen, dass ihr die Sache hier ziemlich unangenehm ist. Und deshalb darf ich das jetzt nicht verbocken. Offensichtlich redet sie nicht gern über ihren Bruder …

„Hast du mir gestern eigentlich ein Bein gestellt?", frage ich mit meiner besten Lehrerstimme und verschränke die Arme vor der Brust.

Und mein Plan geht auf. Sofort schleicht sich ein kleines Lächeln auf ihr Gesicht. Dann schüttelt sie den Kopf und hebt zwei Finger. „Ich schwöre."

„Mhm." Mit zynischem Kopfnicken gebe ich ihr zu verstehen, dass ich ihr kein Wort glaube, dabei würde ich ihr mit diesem Lächeln in Wahrheit ALLES glauben.

Ich übertreibe nicht. Sie sieht genauso schön aus wie damals, schöner noch. Ihr Lächeln ist nicht so ungezwungen wie vor dem Unfall, und doch ist es das gleiche, in das ich mich verliebt habe, als ich sie das erste Mal mit ihrem Bruder sah.

Nun wird es noch breiter und mein Herz tanzt in meiner Brust, wie schon lange nicht mehr. Denn ich habe es doch tatsächlich geschafft, dass sie sich meinetwegen besser fühlt und nicht mehr so traurig ist. Eine Weile schwelge ich in diesem glückseligen Gefühl und lächle zurück.

Währenddessen mustert sie mich. Ihr Blick gleitet von meinem Gesicht über den engen Neoprenanzug herunter und hinauf. Mein Herzklopfen intensiviert sich. Wieder bei meinen Augen angekommen, beginnt sie hastig zu sprechen. „Ähm. Was bedeuten eigentlich deine Tattoos?"

Ich winke ab. „Verschiedenes." Einer Fremden – IHR – von ihrer Bedeutung und meinen Beweggründen zu erzählen, käme einem Seelenstriptease gleich, den ich mir gern erspare.

Stattdessen siegt meine eigene Neugier über mein Vorhaben, sie nicht zu vergraulen. „Warum bist du wieder hier?"

„Aus beruflichen Gründen." Nicht gerade sehr informativ.

„Und warum bist du rausgeschwommen, wo du doch weißt, dass es hier gefährlich ist? Und außerdem behauptet hast, du würdest nie ins Meer gehen?"

Nun seufzt sie. „Du fragst ziemlich viel. Was ist mit dir? Bist du Profi wie Adrian?"

Bäm, den Finger zielgenau in die Wunde gelegt. Das brennt. Mit Absicht?

„Das war ich mal. Ich bin Lehrer am Gymnasium." Genauso gut könnte ich sagen: *Ich bin der Loser der Nation.* Würde sich nicht viel schlechter anfühlen. Komisch, bei allen anderen Frauen hat mir das nie etwas ausgemacht, denn Lehrer haben doch immer einen Vertrauensvorschuss, nicht?

„Das erklärt zumindest die vielen Fragen …" Nachdenklich sieht sie in Richtung Strand und gerade, als ich denke, sie verabschiedet sich und schwimmt zurück, schluckt sie. „Ich bin rausgeschwommen, weil ich so große Angst davor hatte." Und sogleich beißt sie sich auf die Unterlippe, als hätte sie zu viel verraten.

Für einen Augenblick vergesse ich meine eigenen Unsicherheiten. „Machst du immer die Dinge, vor denen du Angst hast?"

„Das war die einzige Sache, sonst fürchte ich mich vor nichts." Sie beeilt sich allzu sehr mit der Erklärung.

„Blödsinn, es gibt niemanden, der vor nichts Angst hat", rutscht es mir lehrerhaft heraus. Beim Wort *Blödsinn* beginnen ihre Augen gefährlich zu funkeln, und ich bemühe mich, so rasch als möglich zurückzurudern. „Ich meine, womöglich war das nur die größte Angst."

Stirnrunzelnd sieht sie mich an. „Du meinst, sie hat andere Ängste überdeckt, die jetzt erst zum Vorschein kommen werden? Na toll! Danke, Herr Lehrer, für diese optimistische Prognose." Jetzt sieht sie wieder sauer aus. Irgendwie läuft das Gespräch nicht wie erhofft. Wir schaukeln zwar auf denselben Wellen, liegen aber überhaupt nicht auf einer Wellenlänge.

Ein letzter Versuch, mich bei ihr beliebt zu machen. „Aber du hast sie doch überwunden, also werden alle nachfolgenden Ängste ein Klacks für dich sein." Ich zwinkere ihr aufmunternd zu.

„Ja, vielleicht." Niedergeschlagen sieht sie ins Wasser.

Ich gebe es auf. Mit ihr bin ich weder charmant noch witzig. Ihre ganze Art verunsichert mich. Kann sie mich wirklich nicht ausstehen? Zwischendurch lief es doch ganz gut. Wo genau bin ich aus der Kurve geflogen?

Aber somit muss ich wohl keine Rücksicht mehr auf die Stimmung nehmen. „Und wie geht's deinem Bruder so?"

Sie vermeidet es, mir in die Augen zu sehen. „Gut, danke der Nachfrage." Eine höfliche Antwort, auch wenn sie wie einstudiert klingt. Dann blickt sie sich nach dem Ufer um.

„Willst du zurück? Du hattest doch ein paar Stunden bei Javier, als du hier warst, nicht? Also nimm das Surfbrett."

„Nur über meine Leiche."

Das lässt mich grinsen. „Also gibt es doch noch etwas, wovor du Angst hast?"

Ihre sonst so anziehenden Augen durchbohren mich wie Dolche. „Nein, aber ziemlich vieles, das ich nicht ausstehen kann." Sofort stellt sie sich auf dem wackeligen Brett hastig auf die Beine, macht einen Kopfsprung ins Wasser und krault an Land.

Am Strand angekommen marschiert sie hocherhobenen Hauptes in Richtung Hotel zurück und doch kann ich erkennen, dass sie einen kurzen Seitenblick auf mich wirft, wohl um zu überprüfen, ob ich noch da bin. Oder ist es ihr vielleicht doch wichtig, dass ich ihr nachsehe?

Schmunzelnd lege ich den Kopf in den Nacken und lasse mir die Sonne ins Gesicht scheinen. Ich kann mir nicht helfen, aber irgendwie macht es mich nun doch froh, zu wissen, dass sie noch eine Weile hier festhängt. Und dass ich sie nicht ganz so kalt lasse, wie sie gern vorgibt. So wie es scheint, hat sich die Tür zu dem Hochsicherheitstrakt, den sie um sich errichtet hat, soeben einen winzigen Spalt geöffnet.

EINUNDZWANZIG

Isabelle

Gut. Ich habe mich meiner größten – Blödsinn! – meiner EINZIGEN Angst gestellt und bin ins Meer hinausgeschwommen. Die Beine zittern zwar noch, wenn ich an gestern denke, doch ich habe es durchgezogen. Natürlich habe ich geschafft, was ich mir vorgenommen habe. Jetzt kann ich mich hoffentlich voll und ganz auf die vor mir liegende Aufgabe konzentrieren ...

Dieser Raúl ist also der Junge von damals. Der große Blonde, der uns immer beobachtet hat, der mich überhaupt erst dazu gebracht hat ... Ach, daran will ich jetzt nicht denken.

Das warme Timbre seiner Stimme, als er gefragt hat, ob ich Olivier retten konnte, geht mir nicht mehr aus dem Kopf. So, als würde es ihn wirklich interessieren.

Lehrer soll er sein? Was er bloß unterrichtet? Und wieso ist er nicht mehr Profi-Surfer? Sein Blick, als ich gefragt habe ... Auch der geht mir nicht aus dem

Kopf. Vielleicht weil er so anders war als seine üblichen Blicke. So echt und auch so unglücklich.

Ein Klopfen an der Tür reißt mich aus meinen Gedanken, Marisol überreicht mir eine Liste mit den aussichtsreichsten Bewerbern und den Interviewterminen, die sie für mich ausgemacht hat. Sie ist ein richtiger Sonnenschein und es ist einfach entzückend, wie sie für unser Hotel und ihre Arbeit schwärmt.

Ich muss gestehen, eine so angenehme und fleißige Mitarbeiterin wie sie werde ich ihn Paris vermissen. Mühelos lenkt sie meine Gedanken in die richtige Richtung und befreit damit meinen Geist von den gestrigen Ereignissen. Nun bin ich wieder motiviert und bereit, loszulegen. Marisol schicke ich ins Wochenende.

Soweit läuft alles nach Plan. Die Renovierung ist in vollem Gange. Einen Direktor oder eine Direktorin habe ich bestimmt auch bald gefunden. Ach verdammt, die Kunstobjekte muss ich ja auch noch besorgen. Die habe ich beinahe vergessen.

Es kostet mich geschlagene zwei Stunden, alle Kunstgalerien zwischen hier und Málaga auszuforschen, deren Adressen zu notieren und, soweit noch erreichbar, Besichtigungstermine zu vereinbaren. Will ja schließlich nicht vor verschlossenen Türen stehen. Gegen neunzehn Uhr mache ich Schluss und begebe mich direkt in das Untergeschoss, um zu sehen, wie weit die Arbeiter mit der Bibliothek gekommen sind.

Wieder frage ich mich, wer die hirnlose Idee hatte, eine Bibliothek in den Keller ohne Tageslicht zu legen. Aber wenn ich an die Architekten denke, mit denen ich bisher zu tun hatte, wundert es mich wieder nicht.

Hier riecht alles nach frischer Farbe und es scheint auch sauber gearbeitet worden zu sein. Ich befreie ein paar der Möbel von der Plastikfolie, mit der sie zum Schutz vor den Malerarbeiten abgedeckt wurden, und lasse den Raum auf mich wirken. Zufrieden stelle ich fest, dass die Maßnahmen eine deutliche Verbesserung herbeigeführt haben. Die neu eingebauten Lichtspots über neuralgischen Punkten wie großen Pflanzen und ausgewählten Kunstobjekten werden ihren Teil dazu beitragen und dem Raum Tiefe und Vielschichtigkeit verleihen. Und wie ich hoffe, Wärme und Ruhe vermitteln.

Im Aufzug nach oben knurrt mein Magen lautstark. Mir fällt auf, dass ich heute kaum etwas gegessen habe. Also betrete ich zuerst das für das Wochenendgeschäft glücklicherweise noch rechtzeitig fertiggestellte Restaurant. Großartig sieht es aus, nun da auch die neuen Tische für das Dinner elegant eingedeckt wurden. Die zeitlos-modernen Vorhänge und Bezüge in hellem Grau machen sich ausgesprochen gut. Da höre ich leise Musik.

Elena, eine der Kellnerinnen des heutigen Abends, kommt an mir vorbei und ich bestelle gleich bei ihr etwas zu essen und zu trinken. „Ich werfe nur noch einen Blick in die Bar, bin aber gleich wieder da."

Daraufhin nickt sie eifrig und fliegt in die Küche, um meine Bestellung aufzugeben. Ich haste noch einmal durch die Lobby und betrete die Bar, in der schon anregende Rhythmen erklingen. Um zu feiern, dass auch dieser Raum fertiggestellt wurde und um mehr Leute anzulocken, habe ich Livemusik gebucht und ich bin überrascht, dass schon jetzt einiges los ist. Nicht weit von der Tür entfernt bleibe ich stehen, um alles genau überblicken zu können.

Für mich ist eine Bar immer das Herzstück eines Hotels, die Visitenkarte. Ist die Bar nicht nur gemütlich, sondern auf gewisse Art auch sexy, ist sie ein Magnet für Einheimische, ein beliebter Treffpunkt für Businessgespräche und daraus resultierend die beste Werbung für den Rest des Hotels. Auf diese Bar habe ich bewusst ein besonderes Augenmerk gerichtet und nun, da die Arbeit vollendet ist und langsam die Nacht hereinbricht, kann ich den Anblick endlich in voller Pracht in mich aufnehmen.

Die vertäfelte Decke, die hinterleuchteten dunklen Holzregale gefüllt mit den unterschiedlichsten Alkoholika, grüner Marmor auf Tresen und Tischen, ebenso die Wandfarbe in dunklem Flaschengrün, cognacfarbene Ledersessel und goldglänzende Lampen.

Maskulin mit einem Hauch Feminität. So, wie es sein soll.

„Die Musik klingt toll … Du kennst Marcos?" Die sanfte Stimme neben mir erkenne ich sofort, denn sie spukt mir trotz aller Ablenkungsversuche seit gestern im Kopf herum.

Überrascht wende ich den Kopf. Direkt neben mir steht lächelnd Raúl, die Hände in den Taschen seiner beigen Chinohose vergraben, das Haar zurückgegelt. Ein hellblaues Hemd schmiegt sich an seine muskulöse Brust und er duftet frisch und männlich, nach einer Mischung aus Grapefruit, Zedernholz und Benzin. Was macht er hier so herausgeputzt? Hat er ein Date?

„Äh, ja, ich kenne Marcos von Marisol und der Noche de San Juan …"

Er lacht. „Richtig, da …"

Doch er wird von Elena aus dem Restaurant unterbrochen. „Señora Valle, die Speisen sind serviert. Würden Sie und der Señor mir bitte folgen?"

„Aha, okay", erwidert er.

Sieh an, er hat also auch einen Tisch reserviert. Bin gespannt, mit welcher oder wie vielen Frauen diesmal. Galant lässt er mir den Vortritt und beide folgen wir Elena ins Restaurant. Sie führt uns an einen Tisch für zwei, auf dem bereits zwei volle Teller stehen.

„Bitte." Mit einer Handbewegung deutet sie auf den Tisch. „Das Wasser bringe ich sofort." Und schon ist sie verschwunden.

Raúl steht mit verdattertem Gesichtsausdruck neben mir. „Du lädst mich zum Essen ein? Oder hast du jemand anderes erwartet?" Suchend blickt er sich im Raum um.

Peinlich berührt stelle ich fest, dass die Gäste vom Nebentisch griesgrämig zu uns herüberglotzen. Nicht schon wieder die beiden! Das ältere Ehepaar hat sich schon zweimal beschwert – einmal, nur weil es im Saal etwas lauter war und ein anderes Mal, als ein Kind mit dem Essen gespielt hat. Vermutlich fragen sie sich nun, warum wir hier vor ihrem Tisch herumstehen und nicht endlich Platz nehmen. Das gibt bestimmt eine schlechte Online-Bewertung, wenn sie sich heute wieder nicht wohlfühlen.

Was soll ich denn jetzt machen? Ich kann ihn unmöglich bitten …

Mach die Augen zu, spring ins Wasser und schwimm.

Also schön.

Seufzend beuge ich mich zu Raúl und wispere ihm ins Ohr. „Nein … also eigentlich waren die zwei Teller für mich, aber ich wollte sie nacheinander. Das sieht jetzt wirklich blöd aus, wenn der da so unberührt steht und kalt wird. Die anderen Gäste schauen schon, die sind eh so mühsam. Kannst du dich vielleicht kurz setzen?" Meine in ungeahnte Höhen kletternde Stimme deutet nur im Ansatz an, wie unangenehm mir diese Frage tatsächlich ist.

Raúl lacht kurz auf, reagiert aber schnell. Lässig zieht er die Serviette vom Tisch und wirft sie sich über den Schoß, während er Platz nimmt.

Mit einem freundlichen Lächeln wendet er sich an die Gaffer nebenan. „Buenas noches! Nun lasse ich es mir aber schmecken. Köstlich sieht das aus. Nicht wahr? Die Küche hier ist einfach großartig. Schmeckt es Ihnen auch so gut, Señora?" Die Begeisterung und sein Interesse klingen absolut echt.

Die bisher ziemlich sauertöpfig dreinschauende ältere Dame sieht nun sehr geschmeichelt aus. Bestimmt wird sie nicht oft von so einem Prachtexemplar von einem Mann angesprochen.

Kokett wickelt sie ihre überlange Kette um einen Finger. „Ja, da haben Sie wirklich recht. Es hat uns bisher alles sehr gut geschmeckt. Ich wünsche Ihnen einen guten Appetit." Und sie lächelt ihm schwärmerisch zu, ehe sie sich wieder auf ihren Ehemann besinnt.

Raúl wendet sich seinem, also eigentlich meinem Teller zu und greift nach dem Besteck. „Na dann."

Erst jetzt bemerkt er, was vor ihm steht. „Das hast du bestellt?", raunt er. Fassungslos starrt er auf die Fabada Asturiana, einem kalorienreichen Bohneneintopf mit Schweinefleisch, Speck, Paprikawurst und Blutwurst. Er schluckt.

„Tut mir leid. Ich habe heute noch nichts gegessen, aber zwei sehr anstrengende Schwimmeinheiten hinter mir …", flüstere ich zurück und kann mir ein Grinsen nicht verkneifen.

ZWEIUNDZWANZIG

Raúl

Endlich verlässt das Pärchen vom Nebentisch das Restaurant und ich schiebe den Teller weit von mir. Ich habe heute schon eine riesige Pizza gegessen und jetzt das.

Isabelle blickt den Gästen nach und spricht endlich wieder in normaler Lautstärke. „Das klingt bestimmt blöd, aber mir ist wirklich wichtig, dass alles perfekt ist, solang ich hier die Leitung habe. Beschwerden und schlechte Bewertungen kann ich mir nicht leisten." Entschuldigend zuckt sie die Schultern.

„Dir scheint dein Job ja sehr wichtig zu sein."

„Ja, das ist er. Dir deiner etwa nicht?" Ihr vollkommen offener und interessierter Blick trifft mich unerwartet. Bisher haben wir uns auf die Teller vor uns konzentriert und die meiste Zeit geschwiegen. Allein dieser Blick lässt mein Herz ungewöhnlich schnell schlagen.

Ich presse die Lippen aufeinander und schüttle den Kopf. „Nicht so."

„Was unterrichtest du denn?"

„Sport."

„Aha." Ist sie jetzt enttäuscht?

„Ich habe auch einen Abschluss in Geografie, an dieser Schule wurde aber nur ein Sportlehrer gebraucht."

„Verstehe." Sie lässt nicht erkennen, was sie davon hält. Es wirkt, als würde sie nachdenken. „Ähm. Also, du kannst ruhig gehen, wenn du willst. Ich habe dich schließlich lange genug aufgehalten. Du hast doch bestimmt noch was vor …?"

Möchte sie denn, dass ich gehe? Oder will sie nur herausfinden, ob ich verabredet bin?

Unsicher nestle ich an der Serviette herum, um ihrem Blick auszuweichen. „Nein, ich habe nichts vor. Wollte nur mal sehen, was neu ist in der Bar."

Die Wahrheit ist, ich kam mit dem Vorhaben her, mit ihr zu flirten, falls ich das Glück haben sollte, ihr zu begegnen. Wollte den leicht geöffneten Spalt in ihrem Herzen ein Stück weiter aufzustoßen. Und nun, da mir der Zufall Tür und Tor geöffnet hat, kann ich ihr nicht mal in die Augen sehen. Zu groß ist die Angst, mich sofort zu verraten. Was für eine Ironie.

„Und? Wie gefällt sie dir?", fragt sie weiter.

Natürlich meint sie die Bar, doch diese Chance darf ich nicht verstreichen lassen. Vielleicht sieht sie dann etwas anderes in mir als den unbeholfenen Trottel, der ich in ihrer Gegenwart viel zu oft bin. Also nehme ich meinen ganzen Mut zusammen und lege jede nur mögliche Zweideutigkeit, nein, eigentlich nur eine einzige Bedeutung in meinen Blick, als ich ihn langsam hebe und ihr fest in die Augen schaue.

„Sie gefällt mir unglaublich gut." *Poch-poch, poch-poch* spüre ich das Blut an meiner Kehle.

Unsere Blicke heften sich aneinander, zwei Atemzüge lang. Und tatsächlich, da ist etwas zwischen uns. Ich spüre es genau. Doch plötzlich trübt sich ihr Blick, als schöbe sich eine Diaplatte in Schwarz-Weiß davor, ein Gedanke, eine Erinnerung. Und sie unterbricht den Kontakt. Scheiße. Das war unmissverständlich. Sie hat kein Interesse an mir.

Die Kellnerin kommt an unseren Tisch. „Darf ich Ihnen noch etwas bringen?"

„Ich habe noch, danke", erwidert Isabelle mechanisch.

„Und Sie, Señor?" Zwei Paar Augen richten sich auf mich. Ich sollte gehen. Ich MUSS gehen, bevor sie es wieder tut.

„Nein danke, ich … werde mich nun verabschieden." Die Kellnerin lässt uns allein und ich stehe schwerfällig auf.

Mit einem Räuspern gebe ich meiner Stimme mehr Kraft. „Also dann, es war ein interessanter Abend. Die Renovierung ist ja ein voller Erfolg. Ich gratuliere dir. Wir sehen uns bestimmt noch." Nur weg.

Isabelle sieht überrumpelt aus. Mit einem unverbindlichen Lächeln drehe ich mich um und will das Weite suchen.

„Raúl", sagt sie hinter meinem Rücken. Es ist das erste Mal, dass sie meinen Namen ausspricht und es klingt wunderschön. Viel zu schön. In meinem Magen beginnt es zu kribbeln. Langsam drehe ich mich um und sehe sie an.

Auch sie ist aufgestanden. „Danke für deine Hilfe." Das ist das wärmste Lächeln, seit wir uns begegnet sind.

Ich starre auf ihren Mund und schlucke. „Klar. Jederzeit."

Dann reiße ich mich von dem Anblick los, mache kehrt und verlasse erst das Restaurant, dann das Hotel über den Strandausgang. Draußen muss ich erst einmal ein paar tiefe Züge Meeresbrise inhalieren, bevor ich in der Dunkelheit nach Hause stapfe.

Keine Ahnung, was ich von dem Abend halten soll. Keine Ahnung, was sie von mir hält. Sie scheint mich nicht mehr zu hassen. Ansonsten bin ich genauso schlau wie vor zehn Jahren. Vielleicht sollte ich sie einfach vergessen ... Ja, ich schlage sie mir ein für alle Mal aus dem Kopf.

Der Sand rieselt mir in die Leinenschuhe. Also ziehe ich sie aus und schlendere nun über den nassen Sand. Kitzelnd lecken die winzigen Ausläufer der

Brandung an meinen Füßen und ihre großen Schwestern rauschen im Takt: *Isa-belle-Isa-belle.*

Was seid ihr doch für Verräter! Ich greife die Schuhe fester und renne, so schnell ich kann, nach Hause.

DREIUNDZWANZIG

Isabelle

Am nächsten Morgen schnappe ich mir die Liste der Galerien und nutze den freien Samstag, um sie alle der Reihe nach abzuklappern. Leider ist meine Ausbeute gering, denn irgendwie ist aktuell unter den lokalen Künstlern und Künstlerinnen niemand dabei, dessen Stil in das neue Erscheinungsbild des Hotels passen will. Die Kunstwerke sind allesamt zu erotisch, zu unruhig oder zu düster. Ich kenne Renauds klassischen Geschmack und das lässt er mir ganz sicher nicht durchgehen.
Beim Betrachten der Bilder schweifen meine Gedanken ein ums andere Mal ab. Die Erinnerung an einen Duft, ein Lachen, diesen ganz besonderen Blick. Und immer fließt die schwarze Tusche der Vergangenheit darüber und löscht alles wieder aus.

Gegen vierzehn Uhr, als die Galerien schließen, raufe ich mir verzweifelt die Haare. Was soll ich nur tun, wenn ich keine passenden Kunstwerke finde?

„Bleib ruhig, Isabelle", sage ich zu mir selbst, „du hast noch Zeit. Es findet sich schon was."

Gerade als ich in mein gemietetes Cabrio gestiegen bin, läutet das Telefon. Schnell verbinde ich es mit der Freisprechanlage und setze den Motor in Gang.

„Claire! Schön, von dir zu hören!" Endlich eine Person, mit der ich sprechen kann. Ich wähle den Weg über die Landstraße, da ist es nicht so laut wie auf der Autobahn.

„Isabelle. Wie geht es dir da unten im Süden? Kommst du klar? Ist es denn sehr belastend für dich?"

Der Anblick der sanft geschwungenen Hügel vor mir, deren Grün immer wieder von orangeroter Erde und karstigem Fels durchzogen wird, weitet mein Herz. Tief ziehe ich die würzige Luft in meine Lungen.

„Ach, es geht, ich komme schon zurecht. Am Anfang war es schrecklich, nun gewöhne ich mich langsam an den Ort … Doch Renaud war leider ziemlich sauer wegen des Direktors."

„Das habe ich gehört. Hat er dir den Kopf gewaschen?"

„Du weißt ja, wie er ist. Aber schon okay, ich mache es in Zukunft besser. Nun will ich ihn aber auf keinen Fall noch mal enttäuschen."

„Verstehe ich. Läuft es denn sonst gut?"

„Die Renovierung läuft super und ab Montag treffe ich die aussichtsreichsten Bewerber. Einzig die

Gemälde und Skulpturen machen mir Sorgen. Bisher war nichts Passendes dabei. Ich überlege, einen international tätigen Künstler mit spanischen Wurzeln zu nehmen, da weiß ich wenigstens, dass er Renauds Geschmack trifft ..."

„Wenn du mich fragst", unterbricht sie mich, „ist das die falsche Entscheidung. Gerade gestern wurde in der Vorstandssitzung die Regionalität als herausstechendes Merkmal betont. Ich weiß, es ist nicht so leicht, aber such weiter. Wenn du den einfachen Weg gehst, wird der Vorstand nicht zufrieden sein, das kann ich dir versichern. Frédéric hat Ähnliches in Kroatien versucht und musste alle Verträge mit den Künstlern wieder auflösen. Sehr unangenehm und teuer."

Ich seufze. „Puh, na gut, danke für deinen Rat ..."

„Und jetzt zu meiner wichtigsten Frage. Wie sind denn die spanischen Männer so?" Ich kann ihr schelmisches Grinsen regelrecht sehen. „Die sollen ja ziemlich gefährlich sein ..." Claire ist über fünfzig, aber ihre Libido entspricht eher der einer Fünfundzwanzigjährigen. Schlagartig muss ich wieder an Raúl denken. Der würde ihr mit Sicherheit gefallen.

„Auch nicht gefährlicher als andere. Und überhaupt, ich kann das nicht beurteilen, mein Vater ist schließlich Spanier ..." In der Ferne höre ich einen seltsamen Knall, der mich erschreckt, und unwillkürlich greife ich das Lenkrad fester, denn die Landstraße ist eng und kurvenreich.

„Dann kann deine Mutter vermutlich ein Liedchen davon singen." Sie lacht laut auf.

„Aah! Hör auf! Das mag ich mir gar nicht vorstellen …"

Hinter der nächsten Kurve sehe ich ein Auto, das von der Spur abgekommen und über die flache Böschung in die ausgedörrte Wiese gefahren ist. Die Kühlerhaube raucht und ist verbeult, denn sie ist an einen großen Findling geschrammt. Himmel! Ich hoffe, niemandem ist etwas passiert.

„Claire, ich muss aufhören. Hier gab es einen Unfall."

„O nein! Mach's gut, Isabelle! Wir hören uns."

Ich lenke an den Rand der Spur und halte neben dem Wagen. Dann steige ich zögerlich aus. Mein Herz klopft schneller. Was mag ich im Inneren vorfinden? Bei diesen engen Kurven kann das Auto jedoch nicht sehr schnell gewesen sein. Der Fahrer sitzt hinter dem offenen Fenster und reibt sich den schmerzenden Kopf.

Mir stockt der Atem. O Gott, es ist Raúl.

War doch klar! Wenn man vom Teufel spricht. Oder an ihn denkt … Und das viel zu oft.

„Alles in Ordnung mit dir?"

„He, was machst … du denn hier?" Er klingt etwas benommen.

„Was ist passiert?"

„Ich … Ich weiß nicht, konnte nicht mehr lenken, der Lenker hat … blockiert." Dann reißt er die Augen auf und dreht sich panisch um. „Aleix? Bist du okay?"

Ich sehe durch das hintere Fenster in den Fonds des Wagens. Sein Neffe sitzt mit riesigen Augen und zitternden Händen auf dem Rücksitz, scheint aber unverletzt zu sein.

In aller Eile schnallt Raúl sich ab, drückt die Tür auf und will zu ihm. Da scheint ihm schwindelig zu werden, die Beine sacken ihm weg. Gerade noch rechtzeitig kann ich ihn auffangen und sitzend an den Wagen lehnen. Er legt den Kopf zurück, schließt die Augen und atmet hastig.

Sanft lege ich eine Hand auf seine Schulter, um sicherzugehen, dass er nicht zur Seite kippt. Mit der anderen Hand wähle ich die Nummer der Rettung, die mir sofort weitere Instruktionen gibt.

„Es sind zwei Personen, ja, ansprechbar … Aha … Okay, das kriege ich hin."

Nachdem ich Bescheid bekommen habe, dass sie in zehn Minuten hier sein wird, wende ich mich an den Jungen, der immer noch wie paralysiert hinter dem Beifahrersitz kauert.

„Ähm, die Rettung ist gleich da. Keine Sorge." Die Dame vom Rettungsdienst hat gesagt, ich soll auf die Vitalzeichen achten und bei ihnen bleiben, bis der

Krankenwagen da ist. Hier abseits der Spur sind sie zumindest in Sicherheit.

Aleix ist bestimmt sehr erschrocken, scheint aber unverletzt zu sein. Mit seinen Kulleraugen sieht er mich stumm an und langsam füllen sie sich mit Tränen.

„Tut dir was weh? Hast du Schmerzen?" Er antwortet nicht. Vermutlich sollte ich zu ihm gehen und nach ihm sehen, doch ich kann Raúl nicht aus den Augen lassen, denn zu meinem Bestürzen scheint er bewusstlos zu werden. Ich lege die Hände an seine Wangen.

„Raúl, schau mich an, nicht einschlafen." Doch es nützt nichts. Also lege ich seinen Kopf und Oberkörper am Boden ab, hebe sein rechtes Knie und den rechten Arm an und bringe ihn in die stabile Seitenlage. Meine Hand lasse ich zur Sicherheit auf seinem Brustkorb liegen, doch er hebt und senkt sich regelmäßig. Er wirkt völlig friedlich, als würde er nur schlafen. Trotzdem flattert mein Herz vor Angst.

Auch Aleix ist so ruhig, dass ich immer wieder zu ihm blicke. Doch er starrt nur zurück – ängstlich und stumm.

Nach endlos langen Minuten trifft der Rettungswagen ein. Raúl wacht nicht auf, als sie ihn auf die Trage heben und in das Ambulanzfahrzeug verfrachten. Erst jetzt wird mir bewusst, wie zittrig ich bin. Was für ein mieses Déjà-Vu!

Warum komme ich in Spanien immer in solche Situationen? Wie oft muss ich hier noch die Retterin spielen, bis das Land mich endlich loslässt? Zur Retterin bin ich einfach nicht geboren – das müsste doch gerade dieser verfluchte Ort am besten wissen.

Aber anders als du war er noch bei Bewusstsein. So schlimm wie damals wird es schon nicht sein. Und außerdem ist das Raúl, der mir doch total egal sein kann.

Es geht ihm bestimmt gut. Ja, ganz bestimmt.

„Der zweite Passagier hat also nicht über Schmerzen geklagt?", fragt mich der Sanitäter.

„Nein, alles ist gut. Das hier hinten ist sein Neffe." Ich deute auf den Jungen im Wagen.

Er geht um das Auto herum, öffnet die Tür und hockt sich daneben. „So, junger Mann, tut Ihnen etwas weh?"

„Nein", erwidert der leise.

„Soll ich Sie dennoch untersuchen?"

„Nein", ruft Aleix zuerst leise, dann immer hysterischer. „Nein! Nein! Mama! Ich will meine Mama!" Verwundert über diesen Ausbruch eines Teenagers sieht der Sanitäter mich fragend an.

Leise sage ich: „Er ist … ähm … beeinträchtigt." Es ist mir unendlich peinlich, das vor Aleix aussprechen zu müssen. Sagt man das überhaupt so? Ist das verletzend?

„Kennen Sie die Familie? Können Sie jemanden anrufen? Oder warten Sie auf die Polizei, damit sie ihn mitnimmt?"

„Neiiiin! Mamaaaa!", schluchzt Aleix, als er das hört.

„Ja, ich denke schon, dass ich die Telefonnummer seiner Mutter herausfinden könnte …" Ganz durcheinander greife ich mir an den Kopf.

„Gut. Wir müssen jetzt wirklich los, wir bringen ihn nach Algeciras ins Hospital Punta de Europa. Sollte der Junge doch noch Schmerzen bekommen, kann seine Mutter mit ihm jederzeit ins Krankenhaus kommen oder zu einem Arzt ihres Vertrauens gehen. Alles Gute." Er springt in den Wagen, ehe ich auch nur protestieren kann. Dann braust der Krankenwagen davon.

Zurück bleiben ich und ein schluchzender Junge, beide ängstlich und einander fremd.

Fahrig fische ich mein Handy heraus und wähle Marisols Nummer. Ich erreiche jedoch nur die Mailbox.

„Hallo, ich bin's, Isabelle, ich habe Raúls Neffen hier, weil sie einen Unfall hatten und Raúl ins Krankenhaus gebracht wurde. Aber keine Sorge, er ist nicht schwer verletzt. Bitte ruf seine Schwester an und sag, dass ich Aleix mitnehme. Und schick mir bitte seine Adresse. Danke." Dann stecke ich mein Telefon wieder weg.

Mein Herz klopft nun immer lauter und nervös kaue ich auf meiner Unterlippe. Ich habe keine Erfahrung mit Menschen mit Behinderung, ich weiß doch noch nicht einmal, wie stark er eingeschränkt ist in seinem Denken und Handeln. Wie viel versteht er von dem, was ich sage? Ist er vielleicht sogar aggressiv oder gefährlich?

Einen Moment stehe ich unschlüssig vor Raúls alter und nun auch noch stark beschädigter Karre, dann halte ich das verzweifelte Schluchzen nicht mehr aus, gehe um den Wagen herum und hocke mich in gebührendem Abstand vor Aleix. Sofort verstummt er und sieht mich mit gequältem Gesichtsausdruck an.

„Aleix, ich bin Isabelle. Es tut mir leid, was passiert ist, ich bringe dich zu deiner Mama, okay? Du musst keine Angst haben. Ich bin eine Freundin von Raúl."

„Nein." Trotzig schüttelt er den Kopf.

Was mache ich nur, wenn er gar nicht mit mir mitfahren will? Vielleicht weigert er sich, wie bei dem Sanitäter.

„Aber du wolltest doch zu deiner Mama. Wir können nicht hierbleiben, sonst musst du mit der Polizei mitfahren. Und deine Mama wird sich Sorgen machen, wenn du nicht bald nach Hause kommst."

Streng blickt er zu mir auf. „Nein, du bist nicht seine Freundin." Er spricht schleppend und ich brauche eine Weile, bis mein Kopf seine undeutlich gesprochenen Worte entschlüsselt hat. Mich schaudert. Was für ein Schicksal. Und doch fällt mir ein Stein vom Herzen. Er versteht mich und aggressiv scheint er auch nicht zu sein.

Ich schlucke. „Hm, ja, du hast recht. Wir kennen uns kaum, aber ich meinte damit, ich bin keine Fremde, ich will dir helfen und dich nach Hause bringen." Warum nur fühle ich mich verantwortlich? Etwa wegen Raúl? Oder weil ich nicht geholfen habe, als sein Ball ins Wasser rollte?

Glücklicherweise nickt er. „Gut. Aber meine Mama ist nicht zu Hause. Sie ist auf … ähm … Weiterlernung. Raúl ist heute bei mir."

O Gott, auch das noch! Was mache ich denn nun mit ihm?

„Wohin wolltet ihr denn, du und Raúl?"

„Ins Kino." Betrübt schließt er die Augen.

Tja, dafür ist es wohl zu spät. Doch dann fällt mir etwas ein. „Warst du schon einmal im Hotel *El Palacio*?"

Mit leuchtenden Augen blickt er auf. „Nein!"

Ich atme erleichtert aus. „Na, dann bekommst du heute eine persönliche Führung. Wollen wir los?" Im Hotel gibt es bestimmt jemanden, der ihn betreuen kann. Das ist eine gute Lösung.

„Jaaaa." Irgendwie sieht er süß aus, wenn er so glücklich lächelt. Fast wie *Mogli* aus dem *Dschungel-*

buch. Fast normal. Sofort schäme ich mich für diesen Gedanken.

„Na dann." Zuallererst öffne ich Raúls Kofferraum und tatsächlich, hier ist sein Rollstuhl. Froh, etwas tun zu können, verfrachte ich ihn auf den Rücksitz meines Cabrios. Das wäre schon mal geschafft. Dann öffne ich die Beifahrertür und lasse sie offenstehen. Jetzt kommt der schwierige Teil, denn jetzt ist Aleix dran.

Verunsichert und gehemmt bleibe ich vor ihm stehen. Wie nehme ich ihn denn nun aus dem Auto, wo packe ich ihn an? Schaffe ich das überhaupt? Es ist mir sehr unangenehm, dass ich ihn anfassen soll. Wann berührt man schon den Körper eines Fremden? Und dieser ist körperlich kein Kind mehr, das zeigen mir sein dunkler Bartflaum und der jugendliche Schweißgeruch.

Und wie fühlt sich das an, gelähmte Beine und Arme mit versteiften Gelenken zu berühren? Ein weiterer Schauer läuft mir über den Rücken. Ach Gott! Warum muss gerade ich das tun?

Die einzige Lösung, die mir einfällt, ist tief durchzuatmen und es mit Ehrlichkeit zu versuchen. „Also ich … Ich weiß nicht … Wie soll ich dich denn nehmen? Ich habe noch nie jemanden getragen …" Doch, fällt mir ein, doch, ich habe schon einmal jemanden getragen.

Dich. Und du warst so viel größer und schwerer. Sofort drücken Tränen hinter meinen Augen, ich blinzle sie fort.

„Komm zu mir", sagt Aleix verständnisvoll und ich mache einen Schritt auf ihn zu, beuge mich zu ihm hinein und löse den Gurt. An meinem Hals spüre ich seine Arme, die so anders aussehen, aber weich und warm sind. Genau wie alle Arme, bemerke ich. Als ich mich aufrichte, hält er sich überraschend kraftvoll fest und ich schiebe einen Arm unter seine dünnen Knie, mit dem anderen stütze ich seinen Rücken und so schaffe ich es, ihn die paar Schritte bis zu meinem Wagen zu tragen.

Während ich ihn in den Sitz hinunterlasse und sein dunkles, dichtes Haar von oben sehe, flackern erneut Bilder über meine innere Leinwand. Sein Schopf sieht haargenau wie deiner aus. Wie gern habe ich ihn dir früher zerzaust, wenn du mich geärgert hast. Der Schmerz zieht mich in eine dunkle Tiefe. Die Scham für mein Versagen springt hinterher.

„Ich bin", reißt Aleix mich plötzlich wieder an die Oberfläche, „noch nie ohne Dach gefahren." Er strahlt richtig.

Ich dränge meine Beklemmung weg. „Dann ist heute wohl dein Glückstag. Ich schnalle dich an und dann geht es los."

Doch zuerst laufe ich noch einmal zurück und sehe nach, ob Raúl nichts Wichtiges im Auto gelassen hat.

Natürlich, da liegen Handy, Geldbörse, Zulassungs-schein und Sonnenbrille. Ich nehme alles an mich und stecke noch den Schlüssel ins Zündschloss, damit der Abschleppdienst keine Probleme hat. Die Polizei wird wohl alles in die Wege leiten, sobald sie den Unfall aufgenommen hat. Dann mache ich mich mit meinem ungewohnten Passagier auf den Heimweg.

VIERUNDZWANZIG

Raúl

„Aber liebe Schwester Carmen, wenn ich doch sage, dass es mir blendend geht. Schauen Sie mich an – sieht so jemand aus, der nicht fit ist?" Ich schenke ihr mein schönstes Lächeln.

Unter ihren blaugetuschten Wimpern und mit gekräuselten Lippen mustert sie mich in meinen enganliegenden, grauen Boxershorts. Eingehend, um nicht zu sagen lüstern. In einem dieser Krankenhauskittel wollte ich dann doch nicht schlafen. Trotz allem lässt sie sich nicht erweichen.

„Sie müssen die Visite abwarten und dann dürfen Sie bestimmt nach Hause. Gedulden Sie sich, die Doctores sind schon unterwegs." Damit tätschelt sie meinen Unterschenkel und verlässt das Zimmer mit dem Frühstückstablett in der Hand.

„Aber Carmen! Ohne mein Handy weiß ich nicht mal, ob es meinem Neffen gut geht. Ich mache mir wirklich Sorgen. Bitte!", rufe ich ihr verzweifelt nach, während sie zur Tür hinausmarschiert. „Kann ich jetzt wenigstens meine Schwester anrufen?"

„Aleix geht es gut", sagt eine Stimme, die mir bekannt vorkommt und zu der Frau gehört, die soeben das Zimmer betritt.

Carlos und José, meine beiden Zimmernachbarn, die gerade noch hämisch gelacht haben wegen meiner erfolglosen Versuche, Carmen zu überreden, pfeifen leise durch die Zähne und starren sie an. Strahlend wie eine Magnolie, nämlich in einem weißen Tank Top und hellrosa Shorts, schwebt Isabelle ins Zimmer. Erst auf den zweiten Blick erkenne ich, wie blass sie um die Nase ist.

„Hast du ihn nach Hause gebracht?" Sie nickt. „Das beruhigt mich sehr. Ich hatte schon befürchtet, er hätte den Abend auf einer kalten Polizeistation oder im Jugendamt verbracht." Erleichtert lege ich die Hand auf mein galoppierendes Herz. Sie ist zu mir gekommen.

„Na ja, Marisol konnte deine Schwester anfangs nicht erreichen, also habe ich ihn mit ins Hotel genommen. Er hatte in unserem Kinosaal ziemlich viel Spaß mit uralten Mickey Mouse-Filmen und wollte dann gar nicht nach Hause, als sie kam. Kann natürlich auch an der persönlichen Verköstigung durch unseren Küchenchef gelegen haben." Sie grinst kurz, dann presst sie wieder nervös die Lippen aufeinander. Hat sie es eilig?

Eine Welle der Dankbarkeit überflutet mich, warm wie das Wasser der Karibik. „Danke, Isabelle", flüstere ich.

Sie errötet ganz leicht und steckt die Hände in die Hosentaschen. „Ach ja, hier sind deine Sachen. Handy und so. Nicht, dass dich deine Groupies nicht erreichen können", sagt sie dann mit leisem Spott, aber eigentlich klingt es nett.

Ich nehme meine Sachen entgegen und sehe hastig nach, ob auf dem Display des Handys irgendwelche einschlägigen Nachrichten erkennbar sind, von Gabriela oder so, man kann ja nie wissen. Doch mit Erleichterung stelle ich fest, dass es nur das Foto von Sara, Aleix und mir zeigt.

„Oh, danke schön! Ehrlich, das hättest du nicht machen müssen." Meine Brust weitet sich noch ein Stück mehr.

„Ja, schon gut, ich war gerade in der Gegend." Wieder wirkt sie ungeduldig, macht einen Schritt näher zur Tür.

In dem Moment füllt sich das Zimmer mit der Visite. Mehr und mehr Ärztinnen und Ärzte, Auszubildende und Pflegekräfte drängen in den kleinen Raum, sodass Isabelle gezwungen ist, sich zwischen mein Bett und die Fensterwand zu stellen, was ihr nicht sehr zu behagen scheint. Ihr freundlicher Gesichtsausdruck verschwindet nun ganz.

178

Die Ärzte und Ärztinnen jedoch lächeln uns zu und wünschen einen guten Morgen, dann ergreift der Oberarzt das Wort. „So, Señor Alvarez, Sie haben eine leichte Gehirnerschütterung. Aber alle Tests sind unauffällig, nachts sind keine weiteren Beschwerden aufgetreten und es scheint Ihnen ja auch wieder gut zu gehen. Nicht wahr?"

Ich nicke überzeugend.

„Sie sollten jedoch noch ein bis zwei Tage sportliche Betätigungen vermeiden sowie nicht selbst Auto fahren. Aber die Gattin ist ja schon da, um Sie abzuholen." Er nickt Isabelle freundlich zu, die den Mund öffnet, aber nichts sagt. „Also lassen Sie es noch eine Weile ruhig angehen, ja? Hier sind die Entlassungspapiere. Alles Gute." Und damit drehen sich alle um und machen mit José weiter.

Mit einem entschuldigenden Grinsen werfe ich einen Blick auf Isabelle, die mit bleichem Gesicht an der Wand lehnt und nach Luft schnappt.

Fragend ziehe ich die Augenbrauen hoch und sie japst leise: „Können wir los? Die Gattin muss hier raus."

So schnell ich kann, ohne noch mehr Menschen die Gelegenheit zu bieten, einen Blick auf meine Unterhose oder das, was sich darunter abzeichnet, zu werfen, schnappe ich mir meine Kleidung und verschwinde im Bad. Als ich angezogen rauskomme, hat Isabelle bereits wieder meine wenigen Habseligkeiten zusammengesucht und verstaut sie fahrig in ihrer Tasche.

„Du bist wirklich eine wundervolle Ehefrau. Wie schön, dass ich dich habe." Dafür ernte ich entzückte Blicke der Ärztinnen aus der letzten Reihe.

Isabelle schüttelt nur den Kopf und läuft voran aus dem Zimmer, durch den Flur, einen Stock tiefer und aus dem Gebäude.

Keuchend folge ich ihr. „Hey, der Arzt hat gesagt, ich soll langsam machen."

An der frischen Luft, im Sonnenschein, wird sie endlich etwas ruhiger und bleibt stehen. „Tut mir leid, ich habe unterschätzt, was ein Besuch in diesem Krankenhaus bei mir auslöst." Sie schüttelt sich, wohl in dem Versuch, ihre Beklemmungen abzuwerfen.

„Mal wieder versucht, eine Angst zu bekämpfen?"

„Eher Erinnerungen", murmelt sie und deutet mir, ihr zu ihrem Auto zu folgen.

„Danke jedenfalls. Dann umso mehr." Wir steigen ein. „Kann ich mich irgendwie revanchieren? Ich meine, du hast schon ziemlich viel Zeit für mich aufgewendet, und für Aleix."

Sie seufzt. „Ich wüsste nicht, wie, außer du kennst DEN angesagten Künstler der Region, dessen Werke auch noch zum neuen Stil des Hotels passen? Ich hatte bisher kein Glück, obwohl ich alle Galerien in der Umgebung abgeklappert habe. Langsam verzweifle ich hier."

„Warst du schon bei Jesús in Setenil de las Bodegas?"

„Meinst du das Dorf unter den Klippen?"

„Ja, Jesús, der selbst Maler ist, hat dort eine wahre Künstlerkommune aufgebaut. Soll großartig sein."

„Aber das ist doch recht weit von hier, sicher zwei Stunden Fahrt."

„Das schon, ist aber immer noch die Provinz Cádiz …"

„Du hast recht, wenn ich hier nichts finde, muss ich den Radius eben ausweiten. Meinst du, ich kann da heute hin? An einem Sonntag?"

„Klar, so etwas wie Öffnungszeiten gibt es dort nicht, da ist wohl immer jemand vor Ort, der dich herumführen kann."

„Toll, dann fahre ich dich nach Tarifa zurück und mache mich gleich auf den Weg. Danke für den Tipp."

„Hm, ich überlege gerade, wenn du mich erst nach Hause fährst und dann wieder zurück, verlierst du noch eine Stunde. Ich kann auch einfach mitkommen, darf ohnehin nichts weiter tun, als rumzusitzen. Und vielleicht kann ich dich dort zum Essen einladen? Nur so als Dankeschön? Das Dorf ist berühmt für seine Würste."

Sie zögert. Ob sie sich davor scheut, mit mir ein paar Stunden im Auto zu verbringen? Wahrscheinlich reicht ihre Sympathie doch nicht so weit. Doch warum ist sie eigentlich hergekommen? Nur, um mir meine

Sachen zu bringen? Und das, obwohl sie anscheinend panische Angst vor Krankenhäusern hat – zumindest vor diesem. Handy und Portemonnaie hätte sie auch Sara mitgeben können.

Entweder ist sie doch richtig hilfsbereit und nett, viel netter, als ich nach unseren letzten Begegnungen vermutet hätte. Oder sie steht auf mich.

Ich würde ja gern auf Letzteres tippen, doch ich bin unsicher. Auch bei unserem letzten Gespräch kam so gar nichts von ihr, was auf mehr als Freundlichkeit hindeuten würde. Gott, wie sie so dasteht und ihr Haar in der sanften Brise um ihren Körper tanzt. Ich wünschte wirklich, sie würde auf mich stehen. Sag doch endlich was.

„Ja, gut, wie du willst." Gleichgültig zuckt sie mit den Schultern und drückt auf den Wagenschlüssel. Jetzt bin ich genauso schlau wie vorher.

FÜNFUNDZWANZIG

Isabelle

Raúl setzt sich neben mich und fungiert als mein lebendiges Navi. Das Wetter ist prachtvoll und so lasse ich auch auf der Autobahn das Verdeck offen, was ein richtiges Gespräch unmöglich macht, zumindest für den Großteil der Strecke. Ich wüsste nicht, worüber ich mich so lange mit ihm unterhalten sollte.

Einmal schläft er kurz ein oder ruht sich aus und ich entspanne mich so weit, dass ich mich traue, ihn aus den Augenwinkeln anzusehen. Dass er ein schönes, maskulines Gesicht und einen tollen Körper hat, wusste ich ja bereits, aber mir gefällt auch sein entspannter Look – hellblaue Jeans und ein stinknormales weißes T-Shirt mit Rundhalsausschnitt, dazu helle Old School Sneakers. Passt gut zu ihm, dieser Surfer Lifestyle. Viel besser als das schicke Hemd und die Gelfrisur. Sein Outfit erinnert mich tatsächlich ein wenig an den Jungen von früher.

Leider kommt auch diese Erinnerung mit Bitterkeit im Gepäck und ich starre wieder angestrengt nach vorn.

„Wir sind fast da. Die übernächste Abfahrt musst du raus!", schreit er gegen den Fahrwind.

„Alles klar!"

Das Dorf Setenil de las Bodegas ist wirklich einzigartig, wunderschön und beklemmend zugleich. Es sieht aus, als würde sich der Felsen über und zwischen den Häusern ausbreiten wie eine dunkle, zähe Masse verbrannten Haferbreis. Tatsächlich wurden die Häuser direkt darunter in die Schlucht hineingebaut.

Wohnen möchte ich hier jedenfalls nicht, zu dunkel und beengt wirken die Gassen auf mich. Und ich wundere mich, dass sich gerade hier eine Künstlergemeinschaft niedergelassen hat, dachte ich doch, für Kreativität benötigt man Weite, Raum und keine starren Grenzen.

Und tatsächlich lotst mich Raúl nicht nach unten in die schmalen Straßen, sondern auf ein Plateau über dem Dorf, mit Weitblick über all die weißen Häuser, die braunen Felsen, die arabische Burg und Stadtmauer sowie die malerischen, grünen Hügel ringsum.

In der Künstlergemeinschaft herrscht gelassene Geschäftigkeit. Einige Menschen liegen in Hängematten oder auf weichen Teppichen, manche widmen sich mit Hingabe überdimensionalen Gemälden und Skulpturen, andere speisen gemeinsam an großen Tischen unter alten, knorrigen Bäumen. Unser Erscheinen wird weder bemerkt noch kommentiert, hier darf jeder machen und sein, was er will.

Raúl fragt sich durch und nach einiger Zeit finden wir den Gründer Jesús in einem großen Blumengarten hinter dem alten Bauernhaus. Er sitzt mit einem Strohhut auf dem Kopf am Boden und skizziert Blütenkelche.

„Jesús! Buenos días! Wie geht's dir? Isabelle hier würde gern ein paar Kunstwerke für ihr Hotel kaufen. Hast du Zeit?"

Der alte Mann steht auf und umarmt erst Raúl und dann mich. „Ach, meine Lieben, so schön, euch zu sehen. Es tut mir unendlich leid, aber ich bin gerade mitten in einer Sache, die keinen Aufschub erlaubt. Geht doch einfach in unser Lager, seht alles durch und fragt nach Jimena. Sie wird eine Liste machen und das Geschäftliche mit euch regeln. Verzeiht mir, meine Freunde."

„Danke, Jesús. Und gutes Gelingen!" Raúl lächelt herzlich und macht kehrt in Richtung der großen Scheune.

Ich sehe noch mal zurück, als Jesús außer Hörweite ist. „Woher kennst du ihn denn?"

Sein Grinsen ist breit. „Jeder kennt ihn. Aber wir sind uns persönlich noch nie begegnet, falls du das meinst."

Auch meine Mundwinkel ziehen sich nach oben. Vielleicht war es doch eine gute Idee, dass er mich begleitet hat.

Mit staunenden Augen und angehaltenem Atem betreten wir dann das Lager. Es ist vollgestopft mit Statuen, Skulpturen, Ornamenten und Bildern aller Größen, Arten und Stile. Ich finde Gefallen an einigen abstrakten Marmorfiguren und Raúl entdeckt einen Stapel Kohlezeichnungen, die laut Signatur aus Jesús' Hand stammen. Es sind genug, um alle Zimmer des Hotels damit auszustatten, und in einem schlichten schwarzen Rahmen mit Passepartout werden sie unglaublich elegant und zeitlos aussehen. Genau wie ich es mir vorgestellt habe. Nun hüpft mein Herz immer schneller.

„Sieh mal hier!" Dann laufe ich in eine andere Ecke. „Und dort drüben! Sind sie nicht unglaublich?" Für die großen Räume wie Lobby, Speisesäle, Bibliothek, Bar und einige weitere wähle ich große Malereien mit wenigen, aber starken Farben von einer jungen Künstlerin aus Ronda.

Obwohl ich nun schon genug beisammenhabe, kann ich nicht aufhören zu stöbern, und während Raúl nach draußen geht, um Jimena zu holen, fällt mir eine kleine, quadratische Leinwand in die Hände. Eine einzige perfekte, sich kräuselnde, azurblaue Welle ist darauf zu sehen. Sie erinnert mich daran, wie sehr ich das Meer einst geliebt habe. Auch dieses Bild lasse ich Jimena auf die Liste setzen. Nicht für das Hotel, sondern für mich.

Als das Geschäftliche mit der älteren Frau geregelt ist, verlasse ich selig das beeindruckende Kunstlager und geselle mich wieder zu Raúl, der am äußersten Rand des Gartens auf mich wartet und ins Tal hinunterblickt. Anscheinend hört er mich kommen, denn er dreht sich um und sieht mich mit warmen Augen an. Ich hätte nicht gedacht, dass Augen von so einem kühlen Blau so warmherzig gucken können. Macht mich das ein bisschen nervös?

„Puh, ich bin fertig, ich meine, ich habe alles beisammen. Es war großartig. Ich freue mich so sehr, wenn die Lieferung kommt und wir die Stücke aufhängen können. Am liebsten würde ich das sofort machen. Aber mir knurrt der Magen, dir nicht auch? Wollen wir jetzt schnell was essen und dann zurückfahren?" Errötend fällt mir auf, dass ich wild drauflos plappere, was ich selten tue, nur wenn ich richtig, richtig fröhlich bin.

Ein Lächeln erhellt sein Gesicht, während er mir aufmerksam zuhört. Vielleicht ist es die Freude oder die Erleichterung über die gefundenen Kunstwerke, aber wenn er mich so ansieht, beginnt es in meinem Magen ganz plötzlich zu kribbeln, fast so, als hätte ich zu viel eiskalten Cava getrunken.

Und ich muss ehrlicherweise zugeben, er hat es einfach drauf. Mich wundert jedenfalls nicht mehr, dass er so ein Frauenschwarm ist. Denn abgesehen von seinem gelungenen Äußeren, schafft er es wieder mit nur einem Blick, mir das Gefühl zu geben, dass er sich wirklich für mich interessiert, lässt mich für einen Moment sogar glauben, dass ich die Einzige bin, die ihn jemals interessiert hat. Wie gefährlich. Vielleicht ist es das, was Claire gemeint hat …

„Ich dämpfe nur ungern deine Begeisterung, aber ich denke, wir sollten mit der Rückfahrt noch warten." Mit der Hand deutet er hinter sich in Richtung Horizont und der ist rabenschwarz, obwohl direkt über uns noch tiefblau der Himmel strahlt.

In der Ferne erkenne ich grelle Blitze, die zur Erde flitzen, und wie verschwommen das Tal uns zu Füßen liegt, deutet auf starke Regenfälle hin. Wie es scheint, kommt das Unwetter mit rasanter Geschwindigkeit näher. Nun ist auch bei uns ein kalter Wind zu spüren.

Wie gebannt verfolge ich dieses Naturschauspiel und würde gern länger hier stehen bleiben, um dem Sturm direkt ins Auge zu sehen, doch mein Begleiter zieht mich besorgt an der Hand. „Komm, komm weg. Das kann hier auf der Hochebene brutal gefährlich werden, vor allem in der Nähe der Bäume. Lass uns ins große Haus gehen. Ich gehe davon aus, dass sie einen Blitzableiter und etwas zu essen haben."

„Ja, gut." Nach einem letzten Blick reiße ich mich von der Wolkenfront los und folge ihm, der immer noch meine Hand in der seinen hält. Erstaunlicherweise verspüre ich keinen Widerstand dagegen. Das Kribbeln in meiner Magengrube ist wieder da und meine Finger fühlen sich dort, wo sie seine berühren, glühend heiß an. Nun fallen schon die ersten dicken Tropfen und wir laufen in Richtung des Bauernhauses, in das schon einige andere Menschen geströmt sind.

„O nein! Ich habe das Verdeck offengelassen." Wie vom Donner gerührt bleibe ich stehen und verliere seine Hand, als ich mich in die Richtung wende, wo ich das Auto geparkt habe. Über meine nun leere Rechte weht ein unangenehm kalter Wind, sodass ich sie eilig zu einer Faust balle, um zumindest ein bisschen von der wohligen Wärme zu behalten.

„Nein. Ich mach das. Gib mir den Schlüssel und lauf ins Haus." Drängend nimmt er mir den Autoschlüssel ab, den ich aus der Hosentasche gekramt habe. „Schnell!" Dann läuft er zum Parkplatz.

Mittlerweile schüttet es aus Kübeln und der Inhalt dieser Kübel ist eisig. Plötzlich fährt ein Blitz herab, ganz in der Nähe, und der Donner ist in dieser felsigen Schlucht laut wie eine Explosion. Erschrocken haste ich unter das vorstehende Dach des Bauernhauses und halte zitternd nach Raúl Ausschau.

Bisher habe ich Gewitter nur in Städten – in Toulouse, wo ich aufgewachsen bin, und in Paris – erlebt und in Wahrheit kann man da kaum von *erleben* sprechen. Denn die Häuser, die Straßen, der Smog – all das dämpft die Kräfte der Natur, die hier auf dem Land umso gewaltiger wirken.

Wieder fährt ein greller Blitz aus den schwarzen Wolken zur Erde und ich gebe zu, langsam, nur ein kleines bisschen, würde mir nun die Angst um Raúl unter die Haut kriechen, sähe ich ihn nicht in diesem Moment auf mich zulaufen.

Atemlos stellt er sich neben mich unter das Dach, schüttelt Wasser von seinen Armen und streicht sich das tropfnasse Haar zurück.

„Danke." Bibbernd umfasse ich meine nackten Oberarme.

„Klar." Er lächelt und dreht sich vollends zu mir. „Ist dir kalt? Ich kann dir leider nicht mal eine Jacke anbieten." Besorgt legt er die Stirn in Falten.

Ich sehe an ihm herunter. Das weiße Shirt klebt ihm am Leib, so durchsichtig, dass sogar die Tattoos, über die er nichts verraten will, durchscheinen. Die Jeans sind an den Oberschenkeln dunkel, die Sneakers nun eher braun als weiß.

Dann erst wird mir bewusst, dass auch mein weißes Tanktop nass geworden ist und mir am Körper klebt. Ich ziehe den Stoff etwas weg, doch es ist zu eng, der spitzenbesetzte Stoff meines BHs ist klar zu erkennen. Doch Raúl vermeidet es höflich, den Blick dorthin zu richten, er sieht mir nur ins Gesicht und macht einen Schritt auf mich zu.

„Ähm. Deine Wimperntusche ist verschmiert. Soll ich?"

Er hebt eine Hand, doch wartet er geduldig. Mit einem Mal trommelt der Puls an meinem Hals so ungestüm, wie der Regen auf dem Dach. Will ich, dass er mir so nahekommt? Will ich derart vertraut berührt werden? Von ihm?

Doch, ja, ich denke, ich will.

Ich meine, ich will auf keinen Fall mit Panda-Augen unter die Leute treten, also gebe ich mit einem knappen Nicken mein Einverständnis und halte still. Seine Hände sind warm und sanft, als er beide auf meine Wangen legt und mit den Daumen unter meinen Augen entlangfährt.

Ich schlucke und sehe ihm aus dieser ungewohnten Nähe direkt ins Gesicht. Doch er blickt mir nur ganz kurz in die Augen, konzentriert sich vollkommen auf seine Aufgabe. Das Kribbeln in meinem Bauch wandert zu meinem Rücken und krabbelt die Wirbelsäule entlang bis nach oben zu meiner Kopfhaut. Von den Schultern abwärts stellen sich kitzelnd die Härchen an meinen Armen auf und in meiner Brust ballert mein Herz drauflos wie ein Schlagzeuger auf Ecstasy.

Wann habe ich mich zuletzt so gefühlt? Habe ich mich überhaupt schon mal so gefühlt? So pulsierend? So lebendig? Alles in mir, mein Innerstes, jede Zelle atmet auf und lacht und sehnt sich nach mehr von seiner Wärme, nach einer Umarmung, einem Kuss.

Ja, bestimmt küsst er mich jetzt … So, so macht man das doch als geübter Verführer, oder nicht? Beinahe hätte ich vergessen, was für ein Playboy er ist. Wie geschickt er sich verstellen kann. Sogar gegenüber der älteren Dame im Hotel. Wie oft hat er solche Gewitterstürme schon erfolgreich genutzt? Als Retter in der Not? Bei wie vielen Frauen mag das bisher geklappt haben? Verdammt, nein! Ich will bestimmt nicht die Nächste in der Reihe sein.

Ach! Wenn er es doch endlich täte! Dann wüsste ich vielleicht, wohin mit meinen wirren Gefühlen.

SECHSUNDZWANZIG

Raúl

Was ist passiert? Da war wieder so ein Moment. Ganz sicher. Wie sie mich angesehen und die Lippen geöffnet hat. So gern wollte ich sie küssen, doch plötzlich hat sich etwas verändert, die Energie, auch ihr Gesichtsausdruck.

Plötzlich war sie wieder verschlossen, als wären vor ihrem Hochsicherheitstrakt auch noch die eisernen Rollläden nach unten gerattert. Und bevor ich mir die Finger einklemme, nehme ich lieber Abstand.

Vielleicht ist es auch besser so. Sie ist echt kompliziert, zu kompliziert für mich, das gibt nur Ärger. Außerdem geht sie ohnehin bald nach Paris zurück, da hätte unsere Beziehung ja doch keine Chance …

Warte mal. Habe ich soeben daran gedacht, eine Beziehung einzugehen? Das ist doch lächerlich. Beziehungen sind nichts für mich, funktionieren für mich nicht. Oder funktioniere nur ich nicht in ihnen? Nein, ich wurde am Kopf verletzt und habe mich wohl zu wenig geschont. Das muss der Grund für diese Anwandlung sein. Verdammt, ist das kalt hier.

„Lass uns reingehen." Ich öffne die Tür und Isabelle folgt mir stumm. In der geräumigen Stube wurde bereits ein großes Feuer im Kamin entfacht und an allen Ecken und Enden sitzen Menschen beisammen, plaudern, essen, Kinder spielen. Es ist behaglich, laut und warm.

Jimena erkennt uns wieder und scheucht ein paar Kinder vom Feuer weg. „Kommt hierher, ihr seid ja völlig durchnässt. Lasst euch wärmen."

„Habt ihr vielleicht etwas zu essen für uns?", fragt Isabelle. „Wir bezahlen auch gern …"

„Aber natürlich! Ines, Nicolas, bringt doch unseren Gästen ein paar Tapas", ruft sie einem jungen Pärchen zu, das sich auch gleich auf den Weg in die Küche macht.

Etwas überfordert sitzen wir nur eine Handbreit voneinander entfernt auf der Bank vor dem Kamin. Das Feuer wärmt unsere Rücken und das, was abgesehen vom Essen am meisten fehlt, ist unverfänglicher Gesprächsstoff.

Endlich kommen Ines und Nicolas mit zwei Gläsern Hauswein und einem großen Tablett, das sie uns auf die Knie stellen. Wir müssen also noch näher zusammenrutschen und dankbar dafür, endlich eine Beschäftigung zu haben, stopfen wir die Speisen in uns hinein. Immer wieder berühren sich unsere Ellbogen, was einem leisen Stromschlag gleichkommt. Für mich jedenfalls.

Aber allem Anschein nach sind die Chorizo und die anderen Würste hier tatsächlich, wie angepriesen, die besten des Landes, denn Isabelle langt ordentlich zu und wird lockerer.

Als ich einen Schluck vom Wein nehmen will, hebt auch sie ihr Glas und prostet mir lächelnd zu. Der Wein ist köstlich, fruchtig und leicht – genauso leicht wird mein Herz.

„Hey, die wollte ich gerade nehmen." Gespielt finster blickt sie auf die letzte mit Speck umwickelte Dattel, die ich mir soeben in den Mund stecken will.

„Äh, tut mir leid. Halbe-halbe?", frage ich sowohl überrascht als auch überrumpelt. Nach gut dreißig Minuten Stille spricht sie also wieder mit mir. Und in meinen Ohren klang das gerade fast wie flirten.

Einladend halte ich ihr die Dattel vor den Mund, doch nun winkt sie verlegen ab. „Ach, egal … Nimm du sie. Ist schon okay."

„Jetzt beiß schon ab."

„Na gut." Sie nähert sich der Dattel und öffnet ihren Mund, dann schließen sich ihre Zähne um die Frucht, die durch das Fett des Specks sofort zu tropfen beginnt. Blitzschnell halte ich meine andere Hand darunter, um die Tropfen aufzufangen, und das Tablett auf unseren Knien wackelt und scheppert unheilvoll.

Isabelle quiekt erschrocken, was sich unsagbar süß anhört, wie so ein kleines Eichhörnchen. Die lange, dünne Speckscheibe löst sich von der Dattel und hängt ihr nun wie eine gestreifte Zunge aus dem Mund.

„Na, großartig. Das hast du doch geplant, damit ich nichts abkriege!", rufe ich scherzhaft. Daraufhin verschluckt sie sich fast vor Lachen, während sie versucht, die zähen Fasern abzutrennen, was ihr jedoch nicht gelingt.

Ihr Glucksen klingt so wundervoll befreit, ihr Blick tanzt förmlich mit meinem. Und mit einem Mal ist die ganze Anspannung von vorhin wie weggeblasen.

Da kann ich nicht anders, es ist mir jetzt egal, was für Konsequenzen das nach sich zieht. „Lass mich mal." Rasch beuge ich mich zu ihr, nehme den heraushängenden Speck in den Mund und knabbere mich vorwärts bis zu ihren Lippen.

Mit weit aufgerissenen Augen sieht sie mich an, doch sie weicht nicht zurück. Und dann schließt sie sie und drückt ihren Mund auf meinen. Mir wird schwindelig. Wie oft habe ich mir diese Situation vorgestellt, wenn auch natürlich ohne Fett am Kinn und Speck im Mund.

Lange und gefühlvoll liegen unsere Lippen aneinander. Keiner von uns bewegt sich, kaut oder macht ein Geräusch. Nur atmen, ganz leise atmen wir. Wie der Flügel eines Schmetterlings fühlt sich der Hauch aus ihrer Nase an meiner Wange an.

Es ist ein keuscher Kuss, Zunge aufgrund des Essens nicht möglich. Und doch oder vielleicht gerade deswegen fühlt er sich für mich besonders an. Und irgendwie so, als würde etwas in mir aufgefüllt wie eine leere Batterie.

Irgendwann öffnet sie ihre Lider und ich löse mich von ihr. Beklommen, Auge in Auge sitzen wir da. Ich bin gespannt, was sie dazu zu sagen hat, atme tief ein und aus und warte. Doch sie sagt nichts. Wieso sagt sie nichts? Oder lächeln, sie könnte doch zumindest lächeln.

Ihr Blick sieht vielmehr seltsam ängstlich aus. Es versetzt mir einen Stich, dass sie mich schon wieder im Dunkeln tappen lässt, dass sie mir nicht auch nur einen Schritt entgegenkommt. Mir keine eindeutigen Zeichen gibt. Mochte sie den Kuss? Oder nicht?

Verletzt unterbreche ich den Blickkontakt und stelle das Tablett auf den Boden vor uns. Isabelle steht auf und dreht sich zum Feuer. Sie hat doch mitgemacht, oder fühlt sie sich in Wahrheit überfahren? War mein Verhalten etwa übergriffig?

Ich streife mein feuchtes Haar zurück, das mir in die Augen hängt. Verdammt! Warum habe ich das getan? Sie mag mich nicht, von Anfang an schon nicht. Das heißt, vielleicht mag sie mich, aber eben nicht genug. Warum fällt es mir so schwer, das zu akzeptieren?

Der Halsausschnitt meines Shirts engt mich ein, es fühlt sich an, als würde er um meine Kehle immer fester. Ich ziehe mit dem Finger daran, um ihn zu weiten. Vor zehn Jahren hat sie sich nicht für mich interessiert und jetzt tut sie es auch nicht. Ich sollte endlich aufhören, mir etwas vorzumachen oder herbeizuwünschen. Was bin ich nur für ein Träumer? Ich wage nicht, in ihre Richtung zu sehen.

„Männer, wir brauchen eure Hilfe", ruft jemand von der Tür in den Raum. Ein Blick aus dem Fenster zeigt mir, dass das Unwetter vorbei ist. „An der Zufahrtstraße ist ein Baum vom Blitz getroffen worden und auf die Fahrbahn gestürzt. Jeder, der helfen kann, kommt mit."

Fast alle anwesenden Männer erheben sich und folgen dem Mann nach draußen. Auch ich stehe auf und wende mich zur Tür.

Da hält Isabelle meinen Arm fest. „Tu das nicht. Du sollst dich doch noch schonen."

„Was? Hast du etwa Angst um mich?" Voll Groll schüttle ich ihre Hand ab und schließe mich den Männern an.

Als ich nach einer guten halben Stunde wieder ins Bauernhaus zurückkomme, gibt Jesús allen Helfern ein Bier aus und ich sehe mich nach Isabelle um. Sie sitzt mit Jimena und einer anderen Frau in einer Ecke und lässt sich traditionelle andalusische Stickereiwaren zeigen.

Als sie mich bemerkt, sieht sie mir kurz in die Augen, mit einem Blick, den ich beim besten Willen nicht deuten kann. Da sie sich jedoch wieder abwendet und keine Anstalten macht, ihr Gespräch zu beenden, ziehe ich mich mit meinem Bier in eine andere Ecke zurück.

Hier spielen vier Jungen an einem Tisch Karten, und als einer von ihnen von seiner Mutter aufgefordert wird, zu gehen, werde ich gebeten, als vierter Spieler herzuhalten.

Die Jungs spielen gut und ehrgeizig. Sie erinnern mich an Adrian und mich in der Unterstufe, in der Zeit, als wir anfingen, das Surfen ernster zu nehmen, uns eine Zukunft darin auszumalen. Und ich denke auch an Aleix, der wohl nie in irgendetwas Profi sein wird. Außer in der Meisterung seines Lebens. Da hat er mir einiges voraus. Denn ich will Dinge, die ich nicht kriegen kann, und hänge immer noch in meiner Vergangenheit fest.

Mit jeder gelegten Karte wächst meine Bitterkeit. In der Zukunft, die nun meine Gegenwart ist, bin ich weder Profi noch bekomme ich Isabelles Herz. Verstohlen werfe ich einen Blick in ihre Richtung und bemerke überrascht, dass sie mich beobachtet. Ich zucke fragend mit den Schultern und sie deutet mit dem Kopf zur Tür. *Wollen wir gehen?*, formen ihre Lippen.

„Jungs, tut mir leid, bin auch abgeholt." Sie maulen, als ich ihnen meine Karten zurückgebe.

„Nur, weil du zweimal verloren hast!", ruft einer mir frech nach. Das kann ich so nicht stehen lassen.

Ich drehe mich noch einmal um, stütze die Ellenbogen auf den Tisch und wende mich vertraulich an die drei Halbstarken. „Männer, bitte glaubt mir. Es geht im Leben nicht immer ums Gewinnen. Es geht darum, etwas zu finden, das ihr liebt. Das ihr auch noch liebt, wenn es nicht genau so ist, wie ihr euch das vorgestellt habt. Ich hoffe, ihr findet es."

Aleix werde ich mein ganzes Leben lang lieben, auch wenn die Umstände nicht so einfach sind, wie ich sie gern gehabt hätte. Und das Surfen, das Meer gehören zu mir, ich muss nicht die Siegerlisten anführen, um mich frei zu fühlen. Bestimmt kann ich auch so glücklich sein …

Mit einem aufmunternden Nicken verabschiede ich mich und treffe Isabelle an der Tür.

„Soso, du hast also kein Glück im Spiel?"

Ist das etwa ihr Versuch, das Eis zwischen uns zu brechen?

Dafür Glück in der Liebe, hätte ich charmant zu jeder anderen Frau gesagt. Es liegt mir regelrecht auf der Zunge, doch ich lasse es sein. Ich habe keine Lust mehr, mich anzustrengen, um ihr zu gefallen. Ich habe keine Lust mehr, irgendwas vorzutäuschen und zu flirten. Ich bin es leid.

Und außerdem stimmt es ja nicht mal.

Auf der Heimfahrt im nunmehr geschlossenen Cabrio sehe ich aus dem Fenster und döse. Der Tag war aufregend und anstrengend, mein Kopf schmerzt wieder. Und morgen ist auch noch Montag. Urgs. Auch Isabelle schweigt. Was wohl in ihr vorgehen mag?

Vermutlich bin ich eingeschlafen, denn ich schrecke auf, als ich ihre Stimme höre. „Wir sind da. Wo genau wohnst du?"

Mein Hals ist kratzig, die Zunge belegt, sodass ich mich räuspern muss. Ich setze mich aufrechter hin. „Kurz vor der Strandbar rechts." Unauffällig betrachtete ich ihr Gesicht, das sie wieder der Straße zugewendet hat.

Eigentlich würde ich gern etwas sagen. Kann man einfach so fragen: *Magst du mich? War der Kuss für dich okay?* Vermutlich könnte man. Wenn einem die Angst vor der Antwort oder vor keiner Antwort nicht die Zunge lähmen würde.

Im Garten vor meinem Haus sitzt Aleix in seinem Rollstuhl und schreit „Onkel Raúl!", als ich aus dem Auto steige. Sara läuft aus dem Haus heraus, umarmt mich und nötigt dann Isabelle, ihrerseits auszusteigen.

„Vielen Dank, Isabelle, dass du ihn hergebracht hast und überhaupt! Noch mal tausend Dank, dass du dich um Aleix gekümmert hast nach dem Unfall, er hat den ganzen Tag nur von dir gesprochen. Komm, bitte, setz dich, trink noch etwas mit uns."

Isabelle lächelt gezwungen, vermutlich hat sie schon viel zu viel Zeit mit mir verbracht und möchte mich endlich loswerden, doch dann bettelt Aleix so

201

herzerweichend, dass sie nicht Nein sagen kann. Deshalb entschuldige ich mich und verschwinde in meinem Schlafzimmer, um mich umzuziehen. Meine Kleidung trage ich schon den zweiten Tag und seit dem Gewitter ist sie schlammbespritzt, vermutlich stinke ich auch.

Schnell dusche ich mich ab und schlüpfe in kurze Hosen und ein Shirt. Während ich meine Haare trocken rubble, fällt mein Blick aus dem Fenster. Isabelle sitzt, die Finger krampfhaft im Schoß verschränkt, neben Aleix und lauscht ihm angestrengt. Für Außenstehende spricht er wohl ziemlich undeutlich und auch sehr langsam und es zieht eigenartig in meinem Herzen, zu sehen, dass sie sich redlich bemüht, alles zu verstehen.

Sara kommt mit kalten Getränken dazu und Isabelle blickt in Richtung Haus. Tief in mir drinnen möchte irgendetwas glauben, sie hält Ausschau nach mir, also gehe ich raus und setze mich dazu.

SIEBENUNDZWANZIG

Isabelle

„Ach nein, Großeltern haben wir leider keine in der Nähe, unser Vater hat sich nach der Scheidung totgesoffen, das ist aber schon zwanzig Jahre her, muss dir nicht leidtun, und unsere Mutter hat vor ein paar Jahren wieder geheiratet und ist mit ihrem Mann zurück in ihre Heimat ganz im Norden gezogen." Sara grinst, als Raúl wie aufs Stichwort aus dem Haus heraustritt. „Sie ist Baskin, deshalb ist mein Brüderchen hier auch so hübsch blond."

Fast so, als wäre er unsicher, mit gesenktem Blick und die Hände in den Taschen seiner Bermudas vergraben, kommt er näher. Und mein Herz klopft wild. Überraschend wild. Wann ist es passiert, dass sich mein Puls bei seinem Anblick derart beschleunigt? Also freudig? Er war doch der Choleriker am Strand, der Casanova mit dem Frauenverschleiß, er ist es doch noch. Es hat sich nichts geändert.

Und sein Kuss? Keine Ahnung, was ich davon halten soll. Ich kann meine Gefühle noch immer nicht einordnen. Denn mal ehrlich, die Gelegenheit war einfach zu gut, die Sache mit dem Speck ja fast schon eine Steilvorlage dafür. Wie ernst kann dieser Kuss dann wohl gemeint gewesen sein? Wobei, wie ernst kann irgendein Kuss von ihm schon sein?

„Aber zu Weihnachten und zu Ostern kommt Oma her", nuschelt Aleix.

Mein Magen verkrampft sich jedes Mal, wenn ich ihn sprechen höre. Oder wenn ich ihn nur ansehe. Zu sehr erinnert er mich an all das, wovor ich seit zehn Jahren flüchte. Was ich weder sehen noch wahrhaben will. Was ich so rigoros aus meinem Leben gestrichen habe. Dabei ist er ein sehr lieber Junge. Es ist mir unendlich unangenehm, dass ich ihn so schlecht verstehe. Und ich habe Angst, ihn durch ein unverständiges Gesicht oder einen allzu neugierigen Blick zu verletzen. Am liebsten würde ich weglaufen.

Im Gegensatz zu Raúl, der sich neben ihn setzt und einen Arm um seinen Neffen legt. „Ich bin so froh, dass dir bei dem Unfall nichts passiert ist, Kumpel. Das hätte ich mir nie verziehen." Sanft strubbelt er ihm durch das Haar. Sara legt liebevoll eine Hand auf den Arm ihres Bruders. Die Geste sagt stumm, wie froh auch sie ist, dass es den beiden gut geht.

Der Duft von Raúls Parfum oder Duschgel weht zu mir herüber, obwohl der Junge zwischen uns sitzt. Plötzlich fühle ich mich schrecklich einsam, so einsam, dass ich heulen könnte. Und mir wird bewusst, wie unterschiedlich wir doch sind. Wie wenig wir gemeinsam haben. Er hat eine Familie, um die er sich liebevoll kümmert, und ich bin schon Jahre vor meiner Familie auf der Flucht.

„Nun, also, ich muss dann mal." Im Aufstehen räuspere ich mich. „Danke für das Getränk, Sara. Macht es gut. Wir sehen uns …"

„Adiós, Isabelle! Und danke noch mal", ruft Sara. Sie wirkt überrumpelt von meinem abrupten Abschied.

Raúl hebt den Kopf und wirft mir einen Blick zu, dem ich nicht standhalten kann. Er beunruhigt mich, denn dieser Blick sieht traurig aus, ja sehnsuchtsvoll. Aber ich kann mir nun wirklich nicht vorstellen, warum gerade ER traurig sein sollte. Er hat doch alles, was ein Mann braucht.

Ich winke Aleix zu und flüchte zum Auto, steige ein und fahre, ohne mich noch einmal umzudrehen, davon. Auf der Fahrt schnuppere ich an meinem Handrücken, der nur mehr ganz schwach nach dem Chlorwasser von meinem morgendlichen Training riecht. Zu viel ist heute passiert, aber es genügt, um diese unklaren, verwirrenden Gefühle für den Moment abzuschütteln und mich einigermaßen neu zu ordnen.

Ich habe alle notwendigen Kunstgegenstände gefunden und bin sicher, dass Renaud damit zufrieden sein wird. Jetzt brauche ich nur noch einen Nachfolger für Moreno zu finden, und dann kann ich endlich nach Paris zurückkehren und Raúl und Aleix und dieses ganze aufwühlende, herzliche und zu Herzen gehende Spanien vergessen.

Als ich die Hotellobby betrete, winkt mich Antonio geschäftig zum Desk.

„Señora Valle, sie werden an der Bar erwartet." Ich seufze und sehe an mir herunter, doch meine Kleidung ist weder feucht noch fleckig. Also wende ich mich um und betrete durch eine majestätische Flügeltür unsere Hotelbar. Sergio, der Barkeeper, fängt meinen Blick auf und weist auf eine Sitzgruppe in einer dunklen Ecke.

„Adrian!"

Er springt auf und steckt sein Handy weg. „Da bist du ja endlich." Er fasst mich an den Schultern und drückt mir links und rechts fette Küsse auf die Wangen. Aha, ja, gut, ich sagte doch herzlich.

Sergio steht plötzlich neben uns. „Was darf ich Ihnen bringen?"

„Hm, also ich ..." Unschlüssig sehe ich auf die Uhr. Es ist kurz nach sechs. Eigentlich bin ich nach der langen Fahrt müde und deprimiert bin ich auch. Schade, dass Marisol heute nicht im Hotel ist. Mit ihrer fröhlichen Art würde sie mich bestimmt wieder aufrichten. Also warum nicht? Ein wenig Ablenkung wird mir nach diesem Tag guttun.

„Gern einen Gin Tonic, danke, Sergio. Und du, Adrian?"

„Ich habe noch." Zwanglos lässt er sich in einen cognacfarbenen Ledersessel fallen. Ich nehme den gegenüber. „Da dachte ich, ich besuche dich und lenke dich von der Arbeit ab, weil du laut Marisol auch am Wochenende schuftest, und dann erfahre ich, dass du schon seit dem Morgen unterwegs bist …" In seinen Augen blinkt ein neugieriges Fragezeichen.

„Ja, ähm, lange Geschichte … Ich war zuerst in Algeciras im Krankenhaus, um Raúl die Sachen zu bringen, die ich nach seinem Unfall an mich genommen habe, und dann ist er mit mir nach Setenil de las Bodegas gefahren, um Kunstwerke für das Hotel zu finden, und wir sind erst jetzt wieder zurückgekommen." Mit einem Nicken danke ich Sergio, der vor mir den Drink auf das Tischchen stellt, und nehme gleich einen großzügigen Schluck.

„Raúl?" Adrian taxiert mich mit zusammengekniffenen Augen, als suche er nach einem Hinweis, doch dann sagt er aufgeräumt: „Er hat mir gerade eben geschrieben, dass er einen Unfall hatte und eine Weile nicht surfen darf, aber von dem Ausflug hat er nichts erwähnt. Tja, schön, dass er dich begleitet hat, er kennt sich als Geograf schließlich im ganzen Land gut aus …"

Nun kann ich meine Neugier nicht mehr im Zaum halten. „Warum hat er eigentlich mit der Profikarriere aufgehört? War er denn nicht gut genug?"

Adrian lächelt betrübt vor sich hin und schüttelt den Kopf. „Weil er ein Idiot ist, wenn du mich fragst. Er hat seine große Leidenschaft, nein, sein ganzes Leben für seine Schwester aufgegeben. Doch davon wird der Junge auch nicht normal …"

Bei seinen Worten, so wahr sie auch sind, wird es eng in meiner Brust. „Ich bin auch wegen meines Bruders aus dem Schwimmteam ausgestiegen", flüstere ich in mein Glas. Ob er mich überhaupt gehört hat?

Vielleicht sind Raúl und ich doch nicht so verschieden, wie ich dachte. Vielleicht standen wir beide an derselben Kreuzung und haben jeder für sich den falschen Weg genommen. Den aussichtslosen durch den nicht enden wollenden Tunnel.

Er liebte seine Schwester so sehr, dass er sich selbst aufgab. Und ich liebte Olivier so sehr, dass ich ihn aufgab.

Ich gebe Sergio einen knappen Wink, mir noch einen Drink zu bringen.

Die Wahrheit ist: Nicht die Zeit, die er nach dem Unfall im Koma verbrachte, war die schlimmste für mich. Nein, als er noch im künstlichen Tiefschlaf lag, um seinem Gehirn Zeit zur Erholung zu geben, da ging es nur um Leben oder Sterben. Das war im Vergleich unkompliziert. Ein reines, archaisches Gefühl, ein Grundgefühl – Lebenserhaltung. War es doch schon so ein großes Glück, dass die Ärzte nicht sagten *Es ist vorbei. Er ist tot*, sondern die Hoffnung, gleichsam wie ihn, am Leben erhielten.

Die furchtbarste Zeit war die, als Olivier aus dem Koma erwachte und die Ärzte nicht wussten, ob er jemals wieder sprechen, gehen würde, wieder richtig würde denken können. Das Schwimmen, das er so sehr liebte, stand jedenfalls sofort außer Frage.

Ungeduldig nehme ich Sergio das Glas aus der Hand und leere es in einem Zug.

ACHTUNDZWANZIG

Raúl

Gegen einundzwanzig Uhr, als Aleix bereits friedlich schlummert und Sara mit ihrem Manuel telefoniert, stromere ich wie ein Tiger im Käfig zwischen Couch und Kühlschrank hin und her. In den letzten beiden Tagen ist so viel passiert. Der Unfall und immer wieder Isabelle. Mir fehlt die Ruhe, das Meer. Schon zwei Tage stand ich nicht auf dem Surfbrett und in meinem Herzen zieht die Sehnsucht.

Wenn ich schon nicht aufs Wasser darf, dann will ich wenigstens in der Nähe des Meeres sein. Seine Unendlichkeit, den Wind, die Gesellschaft der Wellen spüren. Leise schließe ich hinter mir die Haustür und trotte zum Strand.

Der Wind ist heute kaum spürbar, ganz mild ist er, leise das Meer, nur die Möwen kreischen hysterisch wie immer. Links in der Ferne sehe ich Isabelles Hotel, doch ich werde mich hüten, ihr noch mal zu nahe zu kommen. Also wende ich mich in die entgegengesetzte Richtung und wandere über den breiten grasbewachsenen Hügel, der die kleine Bucht begrenzt.

Fasziniert blicke ich auf die Küste Afrikas. Nun, in dieser blauen Abendstunde, scheint sie wie durch Magie nähergekommen zu sein. Lächelnd trete ich an den höchsten Punkt des Hügels und atme tief durch, rieche Salz und Erde. Heimat.

„Scheiße, du bist echt überall."

Beim plötzlichen Klang ihrer Stimme fahre ich zusammen und wende mich ihr dann langsam zu.

Eingewickelt in eine Wolldecke sitzt Isabelle im Gras und starrt mich an. Ihre Augen sind gerötet und das ohne Wind. Als ich den Schreck überwunden habe, seufze ich schwer. Ihre Art macht mich so unsagbar müde. Was will sie von mir? Soll ich mich entschuldigen, weil ich sie störe? Hier, an MEINEM Strand? Soll ich einfach wieder gehen? Oder sie anschreien, obwohl sie offensichtlich geweint hat? Was will sie denn von mir, was diese Spannung, dieses zähe Etwas zwischen uns endlich auflösen würde?

Erschöpft lasse ich mich neben ihr auf die Knie fallen. „Sag mir bitte, was ich tun soll, damit du nicht ständig so zu mir bist", fahre ich sie händeringend an. „Ich will dir nichts Böses, wollte ich nie. Weder jetzt noch vor zehn Jahren. Soll ich dir aus dem Weg gehen? Dich ignorieren? Was soll ich …"

„Was meinst du, wäre gewesen, wenn der Unfall damals nicht passiert wäre?", unterbricht sie mich mit belegter Stimme. „Hättest du mich angesprochen? Nach meiner Nummer gefragt? Glaubst du, wir wären ein Paar geworden?" Der Zynismus – oder ist es Gehässigkeit? – in ihrer Stimme schmerzt. Und auch, dass sie mir anscheinend nicht mal zugehört hat.

„Pff. Was hat der Unfall damit zu tun? Ich habe mich davor nicht getraut, dich anzusprechen, und hätte es danach wohl auch nicht. Und selbst wenn? Du wärst zurück nach Frankreich gegangen und ich hätte weitergelebt wie zuvor."

„Und die Wettkämpfe aufgegeben", sagt sie leise.

Ich schlucke. „Das lag aber nicht an Oliviers Unfall!"

„Ich weiß … Aber schade drum. Ich hab dir manchmal zugesehen, wenn du gesurft bist." Sie blickt zu Boden und schnieft.

Die Härchen in meinem Nacken stellen sich eins nach dem anderen auf. „Hast du?" Selten war ich so überrascht.

Sie nickt und plötzlich laufen Tränen über ihre Wangen. Hastig wischt sie sie fort. „Und ich wollte dich beeindrucken, wollte dir zeigen, was für eine erfolgreiche Schwimmerin ich war, olympiareif. Deshalb habe ich Olivier zu dem Wettkampf aufgefordert, obwohl ich wusste, dass der Strandabschnitt voller Surfer war. Nur deshalb ist es … Nur meinetwegen ist er ein … also … behindert." Sie wendet sich gequält ab, versteckt ihr Gesicht vor mir.

Ich spüre ihren Schmerz, er drückt auf meine Schultern. Und in mir breitet sich Wärme aus, es ist nicht nur Mitgefühl. So gern möchte ich für sie da sein, sie trösten, ihr Leid besser machen. Ich rutsche neben sie und lege die Hand vorsichtig auf ihren Oberarm, da dreht sie sich impulsiv zu mir, schlingt die Arme um meinen Nacken und vergräbt die Nase an meinem Hals. Heiß und feucht fühlt sich das an.

In der Befürchtung, sie könnte sofort wieder einen Rückzieher machen, wage ich kaum, zu atmen, während die warmen Tropfen kitzelnd an meiner Haut hinunterlaufen. Erst zaghaft, dann immer mutiger streichle ich ihr über das Haar, vom Kopf aus über Nacken und Rücken. Es zerreißt mir das Herz, mir vorzustellen, was für Schuldgefühle sie all die Jahren quälen müssen. Und was für negative Erinnerungen sie mit mir verbindet. Wenn ich das gewusst hätte …

Aber sie hat mich beobachtet. War sie etwa auch ein kleines bisschen in mich verliebt, zumindest an mir interessiert? Der Gedanke macht mein Herz wieder ganz, weit und groß. Zärtlich schlinge ich die Arme um sie. Die Sonne ist längst untergegangen, auch Marokko liegt im Dunkeln und die Farbe des Himmels wechselt von Königsblau zu Marineblau. Auch Isabelles Schluchzen ist verebbt, sie atmet gleichmäßig, als wäre sie eingeschlafen.

Ich bewege mich beinahe unmerklich, da hebt sie, ohne die Arme von meinem Nacken zu nehmen, den Kopf. Wieder ist ihre Wimperntusche verschmiert, doch ich sage nichts. Auch so sind ihre Augen die schönsten, die ich kenne.

„Darf ich dich küssen?", bittet sie behutsam und es scheint ihr gar nicht peinlich zu sein. Mein Innerstes dagegen ist plötzlich in Aufruhr. So offen hat mich das in all den Jahren noch keine Frau gefragt. Stumm nicke ich.

Langsam nähert sie sich und in der gleichen Geschwindigkeit lasse ich mich nach hinten ins Gras sinken und ziehe sie mit. Sie schließt die Augen und lächelt. Als mein Kopf mit einem leichten Rumms zum Liegen kommt, ist ihr Gesicht nur noch einen Zentimeter von meinem entfernt. Sie liegt halb auf mir und bettet ein Bein zwischen meine.

„Ah, warte!" Hastig greife ich nach der Decke, die ihr von den Schultern gerutscht ist, und breite sie über uns aus. Es soll alles perfekt sein.

Ein Schmunzeln liegt auf ihren Lippen. „Darf ich jetzt?"

„Ja, klar. Los geht's." Himmel, bin ich nervös. Ich meine, das ist Isabelle und diesmal meint sie es ernst, sie macht es von sich aus. Hat sich nicht überreden oder überrumpeln, bezirzen oder verführen lassen. Nein, sie will es – also mich. Sie will mich.

Das Herz hüpft in meiner Brust wie eine übermotivierte Heuschrecke, als ihre Lippen auf meine treffen. Mein Atem zittert, während unsere Zungen sich begegnen. Mein ganzer Körper ist wie elektrisiert und viel empfindsamer als sonst. Wo war sie nur so lange? Ich wusste nicht, dass man sich so sehr nach jemandem verzehren kann.

Erst sind unsere Küsse sanft und zaghaft, doch schon bald werden sie wilder und ich kann meine Hände nicht mehr im Zaum halten. Sie wühlen in ihrem Haar, streichen über ihre Taille, graben sich in ihre Pobacken, umfassen eine ihrer Brüste. Was würde ich darum geben, sie jetzt splitterfasernackt zu sehen.

Auch ihre Finger wandern über meinen Körper, sind gefühlt überall gleichzeitig, krabbeln unter mein Shirt, während sich ihr Oberschenkel an meinem Schritt reibt. Halleluja! Sex am Strand, das wäre die Krönung. *Nein, Raúl. Nicht hier, nicht bei ihr, nicht heute,* sage ich mantraartig zu mir selbst. *Sie ist was Besonderes, das hier ist etwas Besonderes. Vermassele das jetzt nicht.*

Langsam nehme ich ihre Hände von meinem Körper und sie hebt fragend die Augenbrauen.

„Ich will nicht, dass du das später bereust." Wie die meisten Frauen. Ich will auch nicht, dass es der Anfang vom Ende ist. Wie mit allen Frauen. Dazu sind meine Gefühle für sie zu stark und gleichzeitig zu verletzlich.

Zerknirscht schlucke ich die Lust hinunter, dieses ein Jahrzehnt alte Verlangen abzuschütteln kostet mich meine gesamte Selbstbeherrschung.

Aus dem Konzept gekommen sieht sie mich nachdenklich an.

Immer noch halte ich ihre Hände in meinen. „Erzähl mir von Olivier", flüstere ich. Hoffentlich nimmt sie nicht gleich wieder Reißaus.

Doch sie bleibt und setzt sich auf. „Ich ... Ach, ich weiß nicht ... Was soll ich dir erzählen? Wie schrecklich es war, als er endlich aus dem Koma erwacht ist? Wie ein nicht enden wollender Horrorfilm war es. Das kannst du dir nicht vorstellen. Er war gefangen in seinem Körper. Er konnte gar nichts, weder sprechen noch koordinierte Bewegungsabläufe ausführen. Wie ein riesiges Baby!"

Das kann ich mir nur zu gut vorstellen. Auch wenn ihre Wortwahl mich irritiert. Ich kenne diesen Schock, ich kenne das Erdbeben, das dein ganzes Leben durcheinanderrüttelt. Und dennoch, irgendwann legt sich das Beben und man findet Wege, schreitet voran.

„Und wie geht es ihm jetzt?"

„Es wurde besser, ja, doch so wie früher ist er nicht."

„Was macht er denn für Therapien?"

„Ähm ... Keine Ahnung." Sie stiert vor sich hin, auf das Gras zwischen ihren Schuhen. „Ich besuche meine Familie nur einmal im Jahr, an Weihnachten. Und dann halte ich es keine zehn Minuten mit ihm allein aus. Er ist so verändert, so hilflos und so ... so eingeschränkt. Mir graut jedes Mal davor. Ich kann ihn kaum ansehen. Das ist nicht mehr mein Bruder, wie ich ihn kannte, mein Seelenverwandter, mein bester Freund. Den gibt es nicht mehr."

Mir bleibt für einen Moment die Luft weg. Verstört setze ich mich auf. „Du hast seit zehn Jahren nur hundert Minuten mit deinem Bruder gesprochen? Das sind weniger, als ein Disney-Film dauert." Besitzt sie überhaupt kein Herz? „Und deine Eltern sprechen noch mit dir?"

Sie presst beschämt die Lippen aufeinander. Zumindest hat sie ein Gewissen.

In den Jahren mit Aleix sind mir viele Menschen begegnet, die große Scheu vor Personen mit Behinderungen hatten. Zum Großteil war es Angst vor dem Unbekannten, Angst, jemandem zu nahe zu treten.

Aber das ist ihr Bruder, verdammt! Der Gedanke, jemand aus unserer engsten Familie würde Aleix so ablehnen, zerreißt mir das Herz.

„Aber warum denn nicht? Warum willst du nichts mit ihm zu tun haben?" Meine Stimme klingt genauso schockiert, wie ich bin.

Sie sieht mich tieftraurig an. „Weil ich … ihn so nicht sehen will. Weil er mich allein durch sein Äußeres daran erinnert, was ich getan habe. Dass ich sein Leben zerstört habe. Aus Eitelkeit. Ich habe Angst, dass er mir Vorwürfe macht, mich beneidet, weil ich unversehrt bin. Ich habe solche Angst, dass er mich abgrundtief hasst." Ihre Stimme wird immer leiser. „So sehr, wie ich mich hasse. Ich kann es einfach nicht. Du hast keine Ahnung, wie es sich anfühlt, diese Schuld zu tragen."

Ich schlucke. Nein, das habe ich wohl nicht. Ich durfte in meiner Familie der Good guy sein, der Retter in der Not, der Bruder, der Sohn, der Onkel, auf den sich alle verlassen können.

Und doch weiß ich, dass Schuldgefühle ein wunderbares Versteck sein können. Eine bequeme Ausrede, um nichts zu ändern. Ein Grund, um nicht zu wachsen.

Aber wäre ich nicht der schlechteste Lehrer der Welt, wenn ich jedes … *Ich bin halt zu blöd. Ich kann das nicht besser. Aus mir wird ohnehin nie etwas werden …* einfach so hinnähme?

NEUNUNDZWANZIG

Isabelle

Nun hasst er mich für meine Worte, verabscheut mich zutiefst. Und das zu Recht.

Warum habe ich nicht geschwiegen? Warum konnten wir nicht einfach Sex haben und dann getrennter Wege gehen? Seit wann will so ein Typ wie er lieber reden, als rumzumachen? Es hat einen Grund, warum ich kaum jemandem von Olivier erzählt habe. Denn kaum jemand kann mich auch nur ansatzweise verstehen.

„Du, sag mal, während der Vorsaison und auch aufgrund der Renovierung sind doch nur wenige Gäste im Hotel, oder?", fragt er da.

Was hat das jetzt damit zu tun? Oder will er einfach nur das Thema wechseln? „Äh, ja." Ich nicke misstrauisch.

„Und an wen muss ich mich für Buchungen wenden?"

„Am besten an Marisol."

„Gut. Komm, ich begleite dich zum Hotel zurück."
Er steht auf und streckt mir hilfsbereit die Hand hin.

Genau wie damals, als du in den Krankenwagen geschoben wurdest. Für einen Moment kann ich mich nicht rühren. Doch dieses Mal ergreife ich sie.

Schweigend gehen wir Seite an Seite über den leeren, dunklen Strand zurück. Er hält immer noch meine Hand und als wir an der Unfallstelle vorübergehen, drücke ich seine fest. Ich bin dankbar dafür, dass er da ist, dass er sie und mich hält und nicht losgelassen hat. Ganz besonders nachdem er so schockiert von meinen Worten war.

Vor dem Eingang bleiben wir stehen. Mit klopfendem Herzen starte ich einen letzten Versuch, auch wenn ich längst zu wissen glaube, wie die Antwort ausfallen wird. „Willst du doch noch mit rauf? Du kannst unbemerkt nachkommen. Es ist Zimmer 103. Besser, wenn die Belegschaft das nicht mitbekommt …"

Doch wie vermutet schüttelt er den Kopf. „Nicht heute, Isabelle." Zärtlich legt er eine Hand an meine Wange und zieht mich zu sich, küsst mich sanft und behutsam, beinahe vorsichtig. Wie schön das ist. Und riechen tut er, dass ich am liebsten in ihn hineinkriechen würde. Atemlos und schwindelig lässt er mich dann zurück und verschwindet in der Dunkelheit.

Noch ehe mein Gehirn wieder reibungslos arbeitet, rufe ich ihm nach: „Wann sehen wir uns?"

Und aus der Ferne ruft er zurück: „Morgen!"

„Morgen", murmle ich und lächle erleichtert. Er hasst mich nicht, er will mich wiedersehen. Ich drehe mich zum Eingang und betrete die Lobby.

Moment … Habe ich soeben einem Mann hinterhergerufen, wann wir uns wiedertreffen? Wie so eine armselige Klette? Was macht dieses Land nur mit mir?

Der nächste Tag ist ein Montag und von morgens bis zur Siesta ist er ausgefüllt mit Bewerbungsgesprächen und Telefonaten. In der Siesta absolviere ich erst meine Schwimmeinheit und esse dann draußen mit Marisol auf der Terrasse, doch heute höre ich ihr, wie schon zuvor den Bewerbern, nur mit halbem Ohr zu. Immer wieder schiele ich zum Strand hinüber, doch von Raúl keine Spur. Wie lange wohl sein Unterricht dauert?

Nach dem Essen werden die Kunstwerke gebracht und ich verbringe drei geschlagene Stunden damit, die Arbeiter anzuweisen, welche Bilder in welchem Raum an welche Stelle kommen. Danach geht es weiter mit dem Interviewmarathon. Ich kann die Fragen, die ich den Bewerbern stelle, schon auswendig. Und an jedes Interview schließt sich dann noch eine Führung durch das Hotel an, damit der potenzielle zukünftige Direktor auch weiß, was ihn erwartet.

Ich sage Direktor, denn ein Mann wird es wohl werden. Unter den Bewerbenden sind nur zwei Frauen und als Quereinsteigerinnen mit wenig Erfahrung werden sie es wohl nicht durch die strengen Augen des Vorstands schaffen. Das betrübt mich zwar, aber ich habe beschlossen, einfach den besten Mann für diesen Posten zu finden. Schließlich sind ja nicht alle wie Moreno.

Gegen neunzehn Uhr, als ich mein Büro gerade verlasse, höre ich laute Stimmen und Schreie in der Lobby. Trotz meiner hohen Pumps renne ich alarmiert die Stufen ins Erdgeschoss hinunter. Die Eingangshalle ist voll von Menschen, vielen Erwachsenen und ein paar Kindern und Jugendlichen. Diese sitzen in Rollstühlen oder werden von einem Erwachsenen an der Hand geführt, lassen unkontrollierte Schreie hören oder lachen ungebührlich laut. Mitten unter ihnen stehen Raúl und Marisol und jetzt erkenne ich auch Sara mit Aleix.

„Also meine Lieben, alle mir nach." Marisol steht mitten in der Menge und weist zu den Liften, die nach unten ins Untergeschoss fahren. Die Gruppe setzt sich fröhlich in Bewegung, doch Raúl, der mich am Fuß der Treppe entdeckt hat, bleibt stehen und wartet, bis ich bei ihm bin.

„Hi." Bei seinem Lächeln kitzelt ein angenehmer Schauer über mein Schlüsselbein.

„Hola." Ich beuge mich zu ihm, um ihm links und rechts ein Küsschen zu geben. Er dagegen denkt wohl an einen Kuss auf den Mund und so tanzen und wackeln wir unbeholfen hin und her, bis das Ganze in einer freundschaftlichen Umarmung endet. Wie peinlich. Ich spähe zum Concierge Desk, doch Antonio kontrolliert die Gästeformulare. Oder zumindest tut er so, als ob.

„Was wird das hier?" Skeptisch deute ich in Richtung der Gruppe.

„Nun, heute ist die Abschlussveranstaltung von Aleix' Schule und da die Bühne im Schulgebäude renoviert wird und wir die Aufführung behelfsmäßig im Freien abhalten wollten, habe ich spontan euren Kinosaal mit der großen Bühne gebucht. Marisol war so freundlich, den Lehrerinnen und Eltern mit den Vorbereitungen zu helfen." Er grinst.

Ach wie schade, aber vielleicht hat er ja später noch Zeit. „Großartig. Dann wünsche ich euch viel Spaß." Rasch wende ich mich zum Gehen.

„Nix da." Lachend dreht er mich an den Schultern um. „Du kommst schön mit. Sieh das als unser erstes Date an."

Unser erstes Date? Bei einer Förderschulveranstaltung?

Ich würde ja weglaufen, wenn er nicht so hinreißend wäre, nicht so sexy. Und meine Lust auf Sex ist seit gestern fast unstillbar. Mein Herz frohlockt.

Mit ihm an meiner Seite halte ich sicher auch diese Veranstaltung durch. Und danach, vielleicht danach …

Durchhalten ist allerdings leichter gesagt als getan. Bis im Saal einigermaßen Ruhe eingekehrt ist, sodass die Lehrerinnen ihre Begrüßungsrede halten können, bin ich schon erheblich verstört.

Geistesgegenwärtig habe ich mich ganz hinten in die letzte Reihe nahe bei der Tür gesetzt, doch Raúl fordert mich auf, weiter hineinzurutschen, und versperrt mir so den Fluchtweg. Als die Lichter ausgehen und das Programm beginnt, greift er nach meiner Hand in meinem Schoß und verschränkt seine Finger mit meinen. Das Kribbeln will gar nicht mehr aufhören.

Ohne da jetzt allzu viel hineininterpretieren zu wollen, muss ich feststellen, dass ich seine Hände liebe. Sie sind groß, die Finger lang, aber nicht zu dünn, einfach genau richtig. Sie sind trocken und warm, gebräunt und zärtlich, ja sanft, liebevoll. Nun bewegt er sie hastig, um mir zu verstehen zu geben, dass ich zur Bühne schauen soll. Also hebe ich gehorsam, wenn auch widerwillig, den Blick.

Den ersten Programmpunkt bilden zwei Mädchen mit angeborenen Augendefekten. Vielleicht können sie gar nicht sehen? Die beiden haben ein kleines Theaterstück einstudiert und bewegen sich erstaunlich sicher auf der ihnen unbekannten Bühne.

Erst schäme ich mich, sie so unverhohlen zu betrachten, hat man uns nicht beigebracht, Menschen mit einer Behinderung nicht anzustarren? In meinem Inneren tobt ein Kampf zwischen der mir gewohnten Höflichkeit, den Blick zu senken, und der hier geforderten Aufmerksamkeit als Zuschauerin. Doch dann schaue ich zu Raúl und dem restlichen Publikum. Keiner scheint sich in dem gleichen Zwiespalt zu befinden wie ich.

Als Nächstes folgt eine Tanzeinlage von einem Mädchen und zwei Jungen mit Down Syndrom, die vor Lebenslust nur so sprühen. Der ganze Saal johlt und klatscht im Rhythmus der Musik. Auch ich kann nicht anders, als mich von ihrer Freude anstecken zu lassen. Danach kommt Aleix ganz allein auf die Bühne und rezitiert ernst ein Gedicht. Langsam, mit vielen Pausen, doch verständlich und ohne Fehler kämpft er sich bis zum Ende durch.

Begeistert applaudiere ich mit den anderen und beuge mich dann flüsternd zu Raúl. „Unglaublich, so ein langes Gedicht!"

„Er hat das ganze Jahr geübt." Der Stolz lässt ihn strahlen.

„Und so deutlich! Ich habe jedes Wort verstanden." Das freut mich am meisten.

„Du hast dich nur schon daran gewöhnt." Belustigt lächelt er mir zu.

225

Wirklich? Kann das sein? Ich habe ihn doch erst zweimal sprechen hören, da habe ich mich aber auch ganz besonders bemüht, ihn zu verstehen. Egal. Es geht weiter.

Jedes Kind führt etwas auf, das es einstudiert hat. Manches ist bemerkenswert, wie der Tanz eines Mädchens ohne Arme, anderes wirkt auf den ersten Blick zu einfach wie der Schuss auf ein Fußballtor. Ist es aber nicht, wenn man eine spastische Lähmung hat.

Schon bei Aleix' Auftritt standen mir die Tränen der Rührung in den Augen, nun beginnt auch meine Nase zu laufen. Je länger ich zusehe, umso weniger „behindert" erscheinen mir diese Kinder. Und umso einzigartiger. Keines gleicht dem anderen, jedes ist auf seine Art ein Unikum und hat etwas geschafft, das vorher unmöglich schien. Eine Pionierarbeit.

Als sie am Ende des Abends alle zusammen im Chor ein Lied anstimmen, wirken sie wie eine Truppe Veteranen auf mich. Alle versehrt, manche nach außen hin sichtbar, manche nur innerlich, aber kampferprobt, ausdauernd und nicht bereit, so einfach aufzugeben. Ich tupfe mir die Tränen aus den Augenwinkeln und verbeuge mich innerlich vor dieser Kraft. Diese Kinder machen die Welt ein großes Stück reicher und bunter.

Erst jetzt wird mir bewusst, dass Raúl mich von der Seite ansieht, und ich spüre, wie mir die Röte in die Wangen schießt. „Ist was?"

Er lacht nur und schüttelt den Kopf. Glücklich sieht er aus. Da bin ich es auch.

DREISSIG

Raúl

Bingo, würde ich sagen. Was für ein Volltreffer. Da hab' ich wohl wieder jemandem was beigebracht. Wer ist der beste Lehrer der Stadt? ICH bin der beste Lehrer der Stadt! Jetzt wäre wieder ein sexy Siegestanz fällig, aber besser nicht vor den Kindern.

Die Entwicklung in ihr, ihren inneren Kampf konnte ich direkt an ihrem Gesicht ablesen. Erst abgestoßen, dann berührt, beeindruckt und schließlich begeistert. Es ist so leicht, vor etwas Angst zu haben, das man nicht kennt. Und es ist überhaupt nicht leicht, mit Behinderungen umzugehen, wenn man nie damit in Berührung gekommen ist oder, wie in ihrem Fall, nicht kommen wollte. Aber wirklich jeder, JEDER, der ein wenig Zeit mit einem so besonderen Menschen verbringt, wird verändert, geöffnet, geläutert. Ich habe es hundert Mal erlebt.

Für den Abschlussapplaus sind wir beide aufgestanden. Isabelle klatscht mit strahlendem Gesicht.

Große Wärme breitet sich in mir aus, wenn ich sie so sehe. In meinem Magen flattert ein Kolibri. Ganz langsam lege ich den Arm um ihre Hüfte und ziehe sie zu mir. Sie leuchtet immer noch von innen, lässt aber die Hände sinken. Mit meiner freien Hand streiche ich auf ihrer Stirn ein paar Babyhaare zurück, die sich aus dem strengen Dutt gelöst haben, den sie zum Arbeiten trägt. Dann lege ich meine Lippen auf ihre. Im selben Moment geht das Licht an und Isabelle reißt sich sofort los.

Überrascht und auch ein wenig gekränkt murre ich: „Ist doch nicht so schlimm, wenn sie von uns wissen." Sie war es schließlich, die mich gestern unbedingt küssen wollte.

Aber sie erwidert nichts, schüttelt nur abwehrend den Kopf. Vielleicht meint sie auch einfach, dass so ein Kuss nichts für Kinderaugen ist?

Da stehen Sara und Aleix plötzlich neben uns.

„Hey, das war großartig, Kumpel." Ich klopfe ihm auf die Schulter.

„Ja, einfach wundervoll!", ergänzt Isabelle.

„Vielen Dank, dass wir den Raum nutzen durften", sagt Sara und legt eine Hand auf ihr Herz.

Isabelle hebt unschuldig die Hände. „Das habt ihr Raúl zu verdanken, ich wusste gar nichts davon."

„So, jetzt aber schleunigst nach Hause und ins Bett. Das hat doch viel länger gedauert, als ich dachte." Sara winkt einer anderen Familie zum Abschied zu, dann wendet sie sich vielsagend an mich. „Hast du heute noch was vor oder fährst du mit uns?"

Da fange ich aus den Augenwinkeln Isabelles warnenden Blick auf. „Ich? Nein. Ich habe nichts vor … Also dann, danke noch mal, Isabelle. Und gute Nacht."

„Gute Nacht, Isabelle", sagt Sara.

„Gute Nacht, Isabelle", meint auch Aleix.

„Schlaft gut, ihr Lieben!" Sie wirkt nun wieder herzlich und winkt, als wir den Festsaal verlassen.

Ein wenig grummelig und nachdenklich folge ich meiner Schwester und meinem Neffen nach draußen und helfe Aleix ins Auto.

„Na, so still?", fragt Sara während der Autofahrt.

„Ich bin nur müde. Du weißt schon, Montag …" Das ist der längste Tag der Woche, und zwar unabhängig von der Anzahl der Unterrichtsstunden.

Zu Hause helfe ich mit, Aleix zu waschen und bettfertig zu machen. Als ich ihm noch eine gute Nacht gewünscht habe und das Licht ausmachen will, sagt er ernst: „Ich hab' Isabelle lieb."

„Ich auch, Kumpel." Lächelnd verlasse ich sein Zimmer. Auf der Treppe wird mir bewusst, was ich soeben gesagt habe. Abrupt bleibe ich stehen und lasse mich mit dem Rücken gegen die Wand sinken.

Wow. Ja, ich mag sie, mehr als das. Und mehr als meine dumme Schwärmerei von früher. Aber die gehört irgendwie auch dazu. Denn sie war die letzte Frau, mit der ich mir ein gemeinsames Leben ausgemalt habe. Und nun ist sie auch wieder die Erste, die solche Gedanken in mir auslöst. Wie genau dieses gemeinsame Leben aussehen könnte, weiß ich allerdings nicht. Dass sie nicht mit mir gesehen werden will, ist auch nicht gerade von Vorteil.

Seufzend stoße ich mich von der Wand ab und schlurfe in die Küche, um mir einen Tee zu machen. Doch Sara sitzt bereits an dem rustikalen Holztisch, vor sich zwei Becher mit dampfendem Kräutertee. Ich setze mich ihr gegenüber und ziehe ein Bein an. So lässt es sich entspannter lümmeln.

„Na, ist doch alles gut gelaufen … " Ich nehme einen ersten heißen Schluck.

Meine Schwester antwortet nicht. Was ist mit ihr? Sie lächelt nicht einmal, sondern kaut an ihrer Unterlippe.

„Sara?"

Da blickt sie auf und räuspert sich. „Du, ich … muss dir was sagen."

„Ja?" Eigentlich hätte ich doch gern Zucker im Tee. Also stehe ich auf und hole ihn.

Sie schweigt und wartet. Erst jetzt fallen mir ihre violetten Augenschatten auf. Schon an einem Montag?

Als ich mich wieder gesetzt und den Zucker im Tee verrührt habe, drehe ich meine Handflächen nach oben, um sie zum Weiterreden aufzufordern. Was kann denn so wichtig sein, dass sie meine ungeteilte Aufmerksamkeit dafür braucht?

Sie zieht hörbar die Luft ein, so als könnte sie schlecht durchatmen. „Ich möchte mit Aleix nach Málaga ziehen."

Mein Herz setzt aus, einen Schlag, zwei. „Was?"

„Ja. Er wird älter, bekommt langsam Bedürfnisse. Er sollte unbedingt mit Gleichaltrigen zusammenwohnen. Da gibt es eine Schule, die als Internat geführt wird, mit großartigen Förderprogrammen, ganz viel Unterhaltung und Gemeinschaft. Es wäre für mich, und auch für dich, um so vieles leichter. Ich kann ihn doch bald nicht mehr allein tragen. Manuel und ich wollen dann auch zusammenziehen. Seine Wohnung ist ganz in der Nähe der Schule und ich kann Aleix immer besuchen, wann ich will. Nach Beendigung meiner Weiterbildung werde ich auch viel mehr in Málaga zu tun haben, dann spielt sich ohnehin mein ganzes Leben dort ab. Es wäre nur klug, alles so einzurichten, wie es am leichtesten für uns ist …"

Mein Herz schlägt noch, das spüre ich, und doch fühle ich mich im ersten Moment wie tot. Ich schlucke schwer. „Ja, aber vielleicht nehmen sie ihn gar nicht auf. Die Schule hat bestimmt viele Bewerbungen?" Ein leiser Funken Hoffnung setzt sich in meine Brust.

„Es ist bereits alles arrangiert", erwidert sie leise.

Tok, tok, tok tropft die Wut in meine Brust. Fassungslos klammere ich mich an der Tischplatte fest und brülle: „Du hast schon alles entschieden, ohne mit mir darüber zu reden? Du stellst mich einfach vor vollendete Tatsachen? Nach dem Motto: *Danke noch mal, Raúl, und tschüss?"*

„Scht! Schrei nicht so laut. Du weckst ihn noch auf!" Sie versucht, mich zu beschwichtigen, sieht aber anscheinend keinen Grund, sich zu entschuldigen.

„Echt, Sara?" Ich stehe jählings auf, rausche mit rauchenden Nasenlöchern aus dem Haus und knalle die Tür so laut ich kann ins Schloss. Denn so, wie es aussieht, kann mir ab heute scheißegal sein, ob Aleix schläft oder wacht, was er braucht, wo er ist, wie es ihm geht.

Nach ein paar Metern bricht ein verzweifelter Schrei aus mir hervor und Tränen verschleiern meine Sicht. Wie kann sie mir das antun?

Kopflos laufe ich über den Strand. Im Licht des Vollmonds ist die Gischt jeder einzelnen Welle klar zu sehen. Wie weiße Spitzenbordüren. Bei diesem Anblick wird mein Atem ruhiger, mein Herz macht nur mehr sanft *pochpoch, pochpoch*. Doch auch wenn die erste Wut weggespült wurde, hängt sich die Traurigkeit schwer an meine Schultern, meine Familie, die letzte Familie, die ich noch habe, zu verlieren.

Als ich wieder den Kopf hebe, steht vor mir im Dunkel der Nacht Isabelles Hotel, finster, nur unten in Bar und Lobby sowie in ein paar wenigen Zimmern brennt noch Licht. Ich atme tief ein, nicke mir selbst zu und betrete das prächtige, weiße Gebäude durch den Strandeingang der Bar.

Sergio, der mit mir in der Grundschule war, wischt den Tresen und nickt mir zu. „Hola! Kriegst du was?"

Ich hebe die Hand zum Gruß und winke ab, haste an ihm vorbei in Richtung Lobby. Er soll nicht sehen, dass ich geheult habe. In der Eingangshalle wende ich mich sofort zur Treppe, doch Antonio hat mich natürlich bemerkt, genau wie vor ein paar Stunden bei Isabelles und meiner missglückten Begrüßung.

„Was soll das? Wo willst du hin? Zu Señora Valle? Dann muss ich dich anmelden." Hektisch greift er zum Hörer, doch ich höre nicht mehr, was er sagt oder ob er die Security ruft, denn ich bin schon mit großen Sätzen im ersten Stock angelangt. An der Ecke sind Pfeile, Zimmer 103 ist also rechts den Flur hinauf.

Im selben Moment, als ich vor der Tür mit ebendieser Nummer angekommen bin und die Hand zum Klopfen hebe, wird sie geöffnet. Vor mir steht Isabelle in einem überdimensionalen Männer-T-Shirt mit dem Aufdruck einer bekannten Sportmarke und nackten Beinen. In der einen Hand hält sie die Zahnbürste, in der anderen den Telefonhörer, die Augen bass erstaunt aufgerissen.

„Ja, alles okay, danke, Antonio." Dann geht sie drei Schritte zurück und legt den Hörer auf das Telefon, die Zahnbürste daneben.

Ich lasse den Arm sinken und verschränke beide Hände hinter dem Rücken.

Isabelle tritt wieder vor mich, greift nach meinem Ellbogen und zieht mich ins Zimmer, das nur durch das Licht aus dem Badezimmer erhellt wird. „Ist was passiert? Was mit Aleix?" Hektisch tastet ihr Blick mein Gesicht ab.

Ich nicke und schließe die Augen, um die Tropfen aufzuhalten, die sich schon wieder einen Weg ins Freie suchen. Im Zimmer riecht es nach feuchter Luft und einem fruchtigen Duschgel. Dieser Duft á la *Tropic Island* passt so gar nicht zu meiner Stimmung und verwirrt mich irgendwie. Unschlüssig stehe ich in der Mitte des Raumes, während sie eilig Badetücher und Kleidungsstücke vom Bett fischt und auf einem Sessel türmt. Dann schiebt und drückt sie mich an den Schultern, bis ich an der Bettkante sitze, bleibt aber vor mir stehen.

„Erzähl. Was ist los? Du siehst furchtbar aus." Schon wieder eine Sache, die noch keine andere Frau zu mir gesagt hat.

Mit einem schmerzerfüllten Seufzen lasse ich den Kopf hängen. „Sara zieht mit Aleix nach Málaga. Sie hat alles hinter meinem Rücken in die Wege geleitet und mich nun davon in Kenntnis gesetzt, dass mich auch noch der kümmerliche Rest meiner Familie verlässt."

Auch sie seufzt. „Verstehe." Sachte setzt sie sich neben mich auf die Bettkante. „Dann sind wir nun also beide mutterseelenallein."

Pathetischer geht's echt nicht. Soll mich das etwa trösten?

„Pff. DU kannst dich jederzeit bei deiner Familie für dein Verhalten entschuldigen und einen Neuanfang starten", motze ich.

„Und DU kannst die beiden so oft besuchen, wie du willst! Málaga ist schließlich nicht aus der Welt. Also heul jetzt nicht rum!" Das sollte wohl die Retourkutsche sein. Aber was für eine Frechheit. Wie unsensibel!

„Ich heul gar nicht rum!" Mit zwei Fingern gebe ich ihr einen kleinen Schubs gegen den Oberarm, sodass sie seitlich aufs Bett fällt.

Sofort rappelt sie sich auf und bläst die Haare aus dem Gesicht. „Leg dich nicht mit mir an, Freundchen!" Sie ballt die Fäuste, während sie sich ein Grinsen verkneift.

„Was willst du mit den Mäusefäustchen?", necke ich sie.

„Was? Oh, du bist gemein …" Gekränkt legt sie die Hände über ihren Busen.

Im ersten Moment blicke ich sie irritiert an, ehe ich verstehe. An diesen Ausdruck für kleine Brüste habe ich gar nicht gedacht.

„O Mann! Nein, das meinte ich nicht. Echt nicht. Sie sind perfekt. Du bist … perfekt." Meine Wangen fühlen sich plötzlich heiß an.

Langsam lässt sie die Hände sinken und ein peinliches Schweigen legt sich zwischen uns. Wie sehr habe ich dieses Spiel, die Ungewissheit an einem Flirt, einer Eroberung früher geliebt. Wird das was zwischen uns? Traut sie sich und geht gleich am ersten Abend mit mir ins Bett?

Doch Isabelle möchte ich am liebsten gar nicht anfassen, obwohl ich sie verschlingen könnte, so groß ist mein Verlangen nach ihr.

Aber die Angst, endgültig mein Herz zu verlieren und es wieder nur in Teile zerbrochen zurückzubekommen, ist größer.

Abgesehen von Gabriela wollte jede Frau, mit der ich in den letzten zehn Jahren im Bett war, eine Beziehung mit mir. Aber diese eine ist anders, diese eine durchschaue ich nicht. Was, wenn es gerade diese eine nicht will?

Wir müssen das langsam angehen, wir müssen uns besser kennenlernen. Sex ist kein adäquater Anfang.

EINUNDDREISSIG

Isabelle

Einem Impuls folgend – was behaupte ich, eher von langer Hand geplant – setze ich mich auf seinen Schoß und ziehe mein Schlafshirt über den Kopf. Darunter trage ich nichts als ein weißes Spitzenhöschen.

„Meinst du diese hier?", frage ich und wie konditioniert starrt er auf meine Brüste. Mein Herz klopft wie verrückt. Es ist schon eine Herausforderung, der einzige nackte Mensch im Raum zu sein. Man macht sich auch im übertragenen Sinne nackig. Doch die Tatsache, dass er gesagt hat, er fände sie schön, macht die Sache etwas leichter.

„Bitte nicht, Isabelle." Schwer atmend stemmt er die Hände hinter sich auf das Bett.

Himmel! Ich dachte, der Mann ist ein geübter Verführer. Er ziert sich wie eine Jungfrau. Aber sein Körper ist verräterisch genug und arbeitet gegen ihn. Die Beule in seiner Hose, auf der ich sitze, wird augenblicklich größer.

Ich bewege mich noch ein wenig hin und her und sein gequältes Stöhnen wird lauter. Mal sehen, wer von beiden hier den Ton angibt, der große oder der kleine Raúl.

Etwas grob ziehe ich an seinem Haar, bis er den Kopf in den Nacken legt, und küsse ihn leidenschaftlich, und schon rutschen seine Arme weiter nach hinten, sodass er vollends zum Liegen kommt. Ich gleite tiefer, schiebe sein Shirt hoch, küsse seinen Bauch, die Brust, die Kehle und lande wieder bei seinem Mund. Er öffnet die Augen, die er genussvoll geschlossen hatte, und sein verklärter Blick sagt mir sogleich, wer gewonnen hat.

Energisch drückt er mich von sich herunter und rollt sich zur Seite, während er gleichzeitig aus seinem T-Shirt schlüpft. Hocherfreut beginne ich damit, seine Jeans aufzuknöpfen, muss es aber bald aufgeben, da ich mich lieber voll und ganz auf die Empfindungen konzentriere, die seine Hände und sein Mund überall auf meinem Körper auslösen. Ach, das fühlt sich so gut an, ganz samtig und seidenweich, wie ein Bad in einer warmen Grotte.

Ich bin längst so weit, so ausgehungert war ich schon lange nicht mehr. Allein bei dem Gedanken daran, was wir alles miteinander anstellen werden, spüre ich den Orgasmus anrollen. Da schlüpft er endlich aus Jeans und Boxershorts und reißt mit den Zähnen ein Kondom auf. Gott, sein Körper ist so heiß, bei seinem Anblick fährt mein Magen Karussell. Voller Vorfreude schließe ich die Augen, entspanne mein

Becken und erwarte ihn mit geöffneten Armen. Und … es kommt nichts.

„Mierda!", flucht er und ich schlage ruckartig die Augen auf. Er kniet auf dem Bett und versucht fieberhaft, zu retten, was zu retten ist. Doch der kleine Raúl will nicht mehr.

Ich setze mich auf. „Hände weg. Lass mich mal ran." So schnell lasse ich mir den hart erkämpften Sex nicht verderben. Wir tauschen die Plätze. Er legt sich hin, ich knie vor ihm und gebe mein Bestes, was auch den gewünschten Erfolg zu bringen scheint. Doch als ich mich dann rittlings auf ihn setzen möchte, ist es schon wieder vorbei mit der Freude.

Raúl ist kreidebleich. „Das ist mir noch nie passiert. Das musst du mir glauben", stammelt er verzweifelt.

Mir ist echt total egal, ob ihm das regelmäßig passiert. Nur JETZT soll es nicht passieren.

„Und das nur, weil du mich unbedingt überreden musstest. Ich wollte es von Anfang an nicht", herrscht er mich an und dreht sich auf den Bauch.

„Ja, also, ENTSCHULDIGUNG, dass ich dich gezwungen habe! Ich dachte, es könnte dir auch gefallen." Angegriffen von seinem schroffen Ton verdrehe ich die Augen.

Seine Antwort ist nur ein Knurren ins Kissen.

„Na gut, wir können es ja später noch mal probieren." Ich versuche angestrengt, die Stimmung zu

240

retten. Vielleicht war der Schock über Sara und Aleix doch zu groß. Klar, dass ihn das emotional stark belastet. Das wird schon. Wieder zuversichtlich stehe ich auf und gehe zur Toilette, trinke einen Schluck Wasser, husche dann zurück ins Bett und ziehe die dünne Decke über uns.

„Raúl." Flüsternd streiche ich über seinen Po, doch er bewegt sich nicht. Sein Atem geht gleichmäßig, wahrscheinlich ist er eingeschlafen.

Ich selbst bin noch überhaupt nicht müde, also lege ich mich neben ihn und fahre mit einem Finger die unzähligen Wellen und Schnörkel, die Striche und Dreiecke auf seinem Rücken nach. So lange, bis auch ich übermannt werde. Vom Schlaf, wenn schon nicht von Raúl …

Ich werde geweckt, als sich ein warmer Körper in Löffelchenstellung an mich drückt. Es muss früher Morgen sein, ganz zaghaft blinzelt schon das blasse Tageslicht durch die Vorhänge. Weniger zaghaft spüre ich etwas Heißes, Hartes an meinen Oberschenkeln und Raúls feuchten Atem an meinem Ohr.

Mir entfährt ein wohliges Seufzen und ich drücke mich fester an ihn. Er spielt mit meiner Brust und küsst meinen Nacken und die Stelle hinter meinem Ohr, dann hebt er zärtlich mein oben liegendes Bein an und schiebt sich behutsam in mich. Wie wunderschön das ist. Wie gut er sich anfühlt. Zwei Puzzleteile, die ein Ganzes ergeben. Yin und Yang.

Für einen Augenblick hält er inne und umarmt mich, fast so, als wollte er diesen Moment festhalten. Und an meinem Rücken spüre ich sein aufgeregt klopfendes Herz. Ich schlucke und muss an den schüchternen Jungen im Surfer-Schuppen von damals denken. Er ist immer noch da. Vielleicht konnte ich ihn bisher nicht sehen, doch nun spüre ich seine Anwesenheit deutlich. Und das berührt mich tief.

Ich sollte verschwinden. Jetzt. So schnell ich kann. Es macht mir Angst, dass …

Da beginnt er, sich zu bewegen. Und wie er sich bewegt!

Als ich mein Gesicht verschwitzt und verzerrt im Kissen vergrabe, um meinen finalen Schrei zu ersticken, ist mir plötzlich so was von egal, wie lange ich auf diesen Sex gewartet habe, dass ich beinahe darum betteln musste. Es hat sich in jedem Fall gelohnt.

Als wir erneut engumschlungen erwachen, lächelt Raúl mich unsicher an und gibt mir einen Kuss auf die Nase. Ich hebe meine Hand, um auf die Uhr zu sehen, doch mein Handgelenk ist leer. Verdammt, die habe ich gestern zum Duschen abgenommen.

Raúl kramt nach seinem Handy in der am Boden liegenden Jeans und fährt beim Blick auf das Display auf. „Scheiße, es ist neun Uhr! Ich habe die erste Stunde verpasst."

Desorientiert sucht er seine Sachen zusammen und hüpft auf einem Bein aus dem Zimmer, während er in den zweiten Sneaker schlüpft.

„Lieb dich!"

Was?

Sein Ruf klang unbedarft, doch bevor die Tür ins Schloss fällt, kommt er betreten zurück. „Ich, also, das war jetzt nicht so ernst gemeint, ich …"

Schnell täusche ich ein Lachen vor und winke ab. „Schon gut! Lauf! Beeil dich!"

Als er rausrennt und die Tür hinter ihm ins Schloss fällt, atme ich tief durch.

Das hat er nicht ernst gemeint. Das KANN er nicht ernst gemeint haben. Die Spanier sind allesamt offenherzig und emotional. Ob mir das im kühlen Paris doch ein wenig fehlen wird?

Wird er mir fehlen?

Ich lasse mich noch einmal zurück auf das Kissen sinken und fühle mich herrlich entspannt und befriedigt. Was so ein kleines bisschen Durchhaltevermögen bewirken kann! Also meines und seines.

Zwar habe ich heute mein morgendliches Training verpasst, kann aber ganz einfach in der Mittagspause die doppelte Einheit absolvieren. Wie wundervoll, hier die Chefin zu sein und vor niemandem Rechenschaft ablegen zu müssen. Daran könnte ich mich durchaus gewöhnen.

ZWEIUNDDREISSIG

Raúl

Scheiße, scheiße, scheiße. Mit dem blöden Bus brauche ich doppelt so lange wie mit dem Auto, wenn es nicht kaputt wäre. So erreiche ich erst in der Mitte der zweiten Stunde die Schule. Abgehetzt, verschwitzt und in der Kleidung von gestern stolpere ich in die Turnhalle, in der zu meiner Bestürzung die Direktorin selbst die Aufsicht übernommen hat.

Als ich atemlos neben ihr zum Stehen komme, wirft sie mir einen Blick zu, der mir das Blut in den Adern gefrieren lässt. „Wir sehen uns nach Unterrichtsschluss in meinem Büro", zischelt sie. Dann macht sie erhobenen Hauptes einen Abgang.

Die Jungs haben weitaus mehr Verständnis.

„Yo, Raúl, ich hab auch schon oft verschlafen."

„Ist doch nicht so schlimm."

„Zum Glück bist du da und wir müssen mit der Galvez nicht weiter Völkerball spielen", ereifern sie sich.

Seufzend lasse ich mich auf eine Zuschauerbank fallen. „Männer, ich glaube, das war's für mich. Jetzt werde ich gefeuert."

Und obwohl meine Schüler nicht daran glauben wollen, teilt mir Señora Galvez am Ende des Schultages feierlich mit, dass ich nicht mehr wiederzukommen brauche. Zwar nehme ich meine Kündigung gefasst zur Kenntnis, doch erst als ich wieder im Bus nach Hause sitze, wird mir bewusst, dass ich diesen gutbezahlten Job gar nicht mehr benötige, denn Sara braucht meine Unterstützung nicht mehr. Sie hat nun Manuel und ein neues Leben in Málaga. Eigentlich schön für sie. Und wenn ich ehrlich zu mir selbst bin, irgendwie auch für mich.

Und doch fühle ich mich noch nicht bereit, ihr einfach so zu vergeben, also beschließe ich, sofort aufs Surfbrett zu steigen. Geschont habe ich mich in den letzten Tagen zwar nicht, aber der Unfall ist wohl lange genug her.

Um zum Strand zu gelangen, muss ich bis zur Endstation fahren, eine Haltestelle weiter als bis zu meinem Haus. Natürlich kann ich nicht widerstehen, einen Blick in den Vorgarten zu werfen. Sitzt Sara vielleicht da und macht sich meinetwegen große Vorwürfe? Das geschähe ihr recht. Doch zu meiner Überraschung sitzt Aleix in seinem Rollstuhl am Tisch und neben ihm sitzt Isabelle. Vor ihnen liegt die Muschelsammlung und sie scheinen in ein lebhaftes

Gespräch darüber vertieft zu sein. Gerade lacht Isabelle herzlich und stupst Aleix mit der Schulter an. Vor Freude und Überraschung hüpft mein Herz fast aus meiner Brust.

Ich stehe auf, laufe im Inneren des Busses ganz nach hinten und als sich die Türen öffnen, springe ich raus und renne die Straße zurück. Sara hat vielleicht ein neues Leben. Aber ich habe ISABELLE. Das Meer kann warten. Mein glückliches Herz fühlt sich an, als wären tonnenschwere, eiserne Ketten von meiner Brust gefallen. Wir haben zusammen die Nacht verbracht, auch wenn ich vor lauter Angst vor diesem Schritt beinahe nicht gekonnt hätte. Ich habe gesagt, dass ich sie liebe, und sie ist dennoch hier. Der Bann ist gebrochen, der Fluch vernichtet. Und die Galvez muss ich nie mehr wiedersehen! Ich bin der wohl größte Glückspilz auf Erden.

Als ich beinahe fliegend das Grundstück erreiche, ist Isabelle gerade im Begriff, in ihren Mietwagen zu steigen.

„Hey, du." Atemlos lehne ich mich über das offene Fenster, um sie zu küssen.

„Oh, hallo!" Sie wirkt überrascht und etwas überrumpelt von meinem Kuss. Aber nach DER Nacht wird der ja wohl erlaubt sein, oder?

„Musst du schon wieder los?"

„Ja, ich habe Adrian versprochen, mit ihm den neuen James Bond anzusehen."

Mein flirrendes Hochgefühl erstirbt, als hätte man den Stecker gezogen. Ach ja, Adrian, den habe ich ganz vergessen. Der hatte doch auch Interesse an ihr. Und sie? Hat sie Interesse an ihm? Und an mir keines? Verdammt. Das tut echt weh.

Vor den Kopf gestoßen trete ich einen Schritt zurück. „Also können wir uns heute gar nicht sehen?"

„Wir sehen uns ... jetzt?" Das ist eine Feststellung, doch sie klingt wie eine Frage. Will sie mich verarschen?

Meine Kiefer schmerzen, so fest beiße ich die Zähne zusammen. „Du weißt genau, was ich meine, Isabelle." Grollend warte ich darauf, dass sie jeden Augenblick zu lachen anfängt und mir sagt, dass sie nur Spaß gemacht hat. Doch sie tut es nicht, sondern zieht irritiert die Stirn in Falten.

„Onkel Raúl! Onkel Raúl!" Aleix will nun auch meine Aufmerksamkeit.

„Ich komm ja gleich!", brülle ich genervt zurück. Da tritt Sara aus dem Haus und stellt sich neben ihn.

Isabelle wirkt nun richtig verblüfft über meine Reaktion. „Äh, wenn du nichts anderes vorhast, kann ich dich nach dem Kino abholen und wir fahren zu mir." Sie lächelt sogar dazu, doch mittlerweile ist mein Zorn nicht mehr zu stoppen.

„Pff, wenn du lieber mit ihm weggehst ... Mach dir meinetwegen keine Mühe." Die alte Wunde, die Leyre mir zugefügt hat, reißt wieder auf und Blut spritzt heraus. Schon wieder dachte ich, ich wäre in einer Beziehung, und wieder täusche ich mich. Warum nur habe ich ihr mein Herz geöffnet? Es war doch klar, dass es wieder zertrampelt wird. Fuck, da liegt es am Boden und zuckt. Ich kann mir das nicht länger ansehen.

„Ich bin surfen", rufe ich Sara knapp über die Schulter zu. „Tut mir leid, Aleix." Dann marschiere ich, ohne Isabelle einen weiteren Blick zu schenken, in Richtung Strand.

Im Gehen versuche ich, alle Gedanken von Bord zu werfen, doch da ich nicht auf dem Brett auf dem schwankenden Meer stehe, will es mir nicht gelingen. *Nur keine Tränen, Raúl,* sage ich zu mir selbst. *Alles, nur nicht heulen. Das ist es nicht wert.*

Nach vielleicht zweihundert Metern höre ich ein leises Rauschen und neben mir taucht erst Isabelles Kühlerhaube und dann ihr Gesicht auf. Ich richte den Blick starr nach vorn und gehe weiter. Doch sie fährt auch weiter neben mir her.

„Raúl", sagt sie mit ruhiger Stimme. „Raúl."

Also bleibe ich doch stehen und drehe mich widerstrebend zu ihr um, kann mich aber nicht überwinden, ihr in die Augen zu sehen.

„Ganz ehrlich. Ich wusste nicht, dass du dich heute wieder treffen willst. Ich dachte, du hast andere Pläne. Es war schön gestern, oder vielmehr heute." Ich hebe den Kopf und sie lächelt ihr wundervolles Lächeln.

Und auch wenn ich mein zorniges Gesicht noch unter Kontrolle habe, mein Herz nicht. Es macht schon wieder Riesensprünge auf sie zu.

„Ich hole dich ab, ja? So gegen einundzwanzig Uhr?"

Stumm und mit strengem Gesichtsausdruck nicke ich ihr zu, doch als ich mich wegdrehe, kann ich mein breites Grinsen nicht mehr unterdrücken. Es erstreckt sich von einem Ohr zum anderen.

Isabelle ruft lachend: „Das hab' ich gesehen!" Dann wendet sie den Wagen und braust davon.

Es war nur ein Missverständnis. Sie sieht sich nur kurz einen Film an und dann gehört die ganze Nacht wieder uns. Sie will also doch mit mir zusammen sein. Ich hüpfe und tanze in den Surfer-Schuppen, Javier und seine Schülerin beglücke ich sogar mit meinem Siegestanz. Dann schlüpfe ich in den Neo und werfe mich mit einem kleinen, leichten Board abenteuerlustig in die Fluten.

DREIUNDDREISSIG

Isabelle

Während des ganzen Films, dessen dürftige Handlung nicht meine vollständige Aufmerksamkeit erfordert, muss ich an zwei Dinge denken. Einerseits daran, dass Raúl genauso heiß aussieht wie Daniel Craig, nur mit einem hübscheren Gesicht. Und andererseits daran, wie aufgebracht er war, als ich heute schon etwas vorhatte.

Auch wenn ich bisher mit Etiennes Diensten einmal die Woche zufrieden war, bin ich ja durchaus bereit, meine erquicklichen Treffen mit Raúl öfter abzuhalten und die Zeit zu nutzen, in der ich noch hier bin. Die Durststrecke war ja schließlich lang genug. Doch darüber hinaus muss ihm doch klar sein, dass ich bald wieder zurück nach Paris gehe. Irgendwelche Besitzansprüche oder Erwartungen sind da doch wirklich fehl am Platz. So wie das eben klang, könnte das *Lieb dich* heute Morgen doch ernst gemeint gewesen sein.

Aber wer weiß, vielleicht macht er das so. Vielleicht verbringt er mit jeder seiner Eroberungen exklusiv ein paar tolle Tage aka Nächte, bis er zur nächsten weiterschifft. Ist okay für mich. Ich mag ihn wirklich, die Nacht war wundervoll und um ehrlich zu sein, Zeit abseits der Matratze mit ihm zu verbringen, ist sogar viel schöner, als ich anfangs angenommen hatte.

Adrian ist etwas enttäuscht, dass ich nach dem Film nicht noch mit ihm was trinken gehe, doch mittlerweile hat er gemerkt, dass zwischen uns nur Freundschaft herrscht. Und da er am nächsten Tag für einen Wettkampf nach Portugal reist, sollte er ohnehin früh ins Bett.

„Mach's gut, Isabelle, pass auf dich auf, ja?"

„Das mach ich. Viel Glück für deinen Wettkampf. Ich halte dir die Daumen!"

Ich steige in mein Auto, er drückt von außen die Tür zu und sieht mir nach, als ich davonbrause.

Pünktlich um einundzwanzig Uhr fahre ich vor Raúls Haus vor, und da er nicht schon, wie ich angenommen habe, an der Tür auf mich wartet, steige ich aus und läute an.

Es dauert ein wenig, doch dann öffnet Sara mit überraschtem Gesicht.

„Ist Raúl nicht da?", frage ich erstaunt.

„Nein. Er war, seit du gefahren bist, nicht mehr zu Hause. Aber es kommt öfter vor, dass er bis in die Dunkelheit surft …"

„Schon, aber wir haben eine Verabredung …"
Mein erster Gedanke ist: *Typisch Frauenheld, hat dich
eben versetzt.* Doch ein kleiner Dorn hinter meinem
Herzen pikst: *Was, wenn ihm etwas passiert ist?*

Mir wird heiß unter den Achseln und kalt in den
Fingern. Ich kämpfe mit aufsteigender Übelkeit. Das
Herz klopft mir plötzlich bis zum Hals. Soll ich zum
Meer laufen? Wo sollte ich ihn suchen? Ich kann nicht
schon wieder … O mein Gott.

Da höre ich *Tap tap tap.* Und Raúl biegt mit
klatschenden Schlappen um die Ecke. „Perdón! Es tut
mir so leid!" Seine Stimme klingt zerknirscht und
abgehetzt. „Ich kann mit dem blöden Neopren nicht
auf die Uhr sehen und war zu weit draußen! Ich bin
gleich fertig."

Eine ganze Wagenladung Kies rasselt von meinem
Herzen und ich lächle ihn erleichtert an. „Kein Ding!
Lass dir Zeit." Seine Augen leuchten, wie jedes Mal,
wenn er aus dem Wasser kommt, und blauer sehen sie
aus, als hätten sie sich mit Meer gefüllt. Sie sind so
schön und gleichzeitig so erschreckend für mich, dass
ich seinem Blick ausweichen muss.

Sara bietet mir einen Sitzplatz auf der Bank vor
dem Haus an und nimmt neben mir Platz, während
Raúl nach oben sprintet, um zu duschen.

„Ich will nicht neugierig sein, aber du sagst, er war
bisher nicht zu Hause. Habt ihr nicht mehr gesprochen, seit er von eurem Wegzug erfahren hat?" Ich

kann mich gut an seine Gefühlslage erinnern, als er bei mir im Hotel aufgetaucht ist und nicht nur den Kopf hängen ließ. Seine Familie bedeutet ihm so viel, wie schrecklich, wenn sie sich entzweit.

Sie seufzt. „Nein, leider nicht … Ich kann ihn ja verstehen. Er hat Probleme mit Abschieden. Das war schon immer so. Doch manche sind eben unvermeidlich … Das müssen wir alle früher oder später einsehen, nicht wahr?" Sinnierend blickt sie zum Himmel.

Ich nicke zustimmend, doch eher für mich selbst. Gehen ist leichter als zurückbleiben, obwohl der, der geht, um so viel mehr verliert. Ich habe mich auch immer fürs Gehen entschieden, weg von Olivier, vom Schwimmteam, weg von den Männern, die mir hätten gefährlich werden können … Ob das immer die richtige Entscheidung war?

Einer von diesen Männern rauscht nun duftend und zivilisiert gekleidet aus dem Haus und bleibt vor uns stehen. Er sieht zuerst mich an, dann Sara, fährt sich verlegen durch das Haar und grinst entschuldigend. „Danke, dass ihr so viel Geduld mit mir habt."

Seine Schwester springt auf und schließt ihn in die Arme. Bestimmt ist sie sehr erleichtert, dass er nicht mehr böse auf sie ist. Das bin ich auch. Als sie ihm einen dicken Schmatzer auf die Wange drückt, ruft er: „Genug, genug! Heb dir das für Manuel auf!" Sie lacht glücklich. „Ach übrigens, ich wurde von der Schule geworfen." Er guckt wie ein ertappter Lausebengel.

„Gratuliere." Sara lacht. „Du warst früher schon ein paarmal knapp davor, mit einunddreißig hast du es endlich geschafft. Doch wer weiß, wofür es gut ist … Also, dann wünsche ich euch einen vergnüglichen Abend." Sie umarmt ihn noch mal und auch mich und verdrückt sich dann kichernd ins Haus.

Mit seiner ganzen gutaussehenden und wohlriechenden Präsenz wendet er sich mir zu. „Und wir zwei? Was wollen wir machen?"

Mein Herz trommelt: *Bring dich in Sicherheit!* Mein Körper bewegt sich keinen Zentimeter.

„Noch ein wenig hier sitzen bleiben?", schlage ich vor. Es ist schön hier in der Dunkelheit, ganz friedlich und ungestört.

Er setzt sich neben mich, so knapp, dass kein Blatt mehr zwischen uns passen würde, und legt den Arm um meine Schultern, was sich mittlerweile schon vertraut anfühlt. Ich schnuppere ein wenig an seinem Hals.

„Was ist das? Riecht toll."

„*Terre* von Hermès. Hat mir Sara mal geschenkt und seitdem bin ich dabei geblieben."

„Never change a winning team, hä?", necke ich ihn.

„So etwas in der Art." Er sieht mir lächelnd in die Augen, dass mein Magen Luftsprünge macht.

„Erzählst du's mir jetzt?", bitte ich.

„Was denn?"

„Was deine Tattoos bedeuten."

„Ach die." Er senkt den Kopf und kratzt sich befangen am Hinterkopf. Dann dreht er mir den Rücken zu und zieht das Shirt hoch. „Was willst du wissen?"

Mit einem Finger fahre ich die Linien und Zeichen nach. „Was bedeutet das?"

„Das sind Wellen und Haizähne."

„Und das hier?"

„Das Marquesas-Kreuz steht für die Balance der Elemente und Harmonie."

„Dieses hier?"

„Hei matau für Glück, Kraft und eine sichere Überquerung des Wassers."

„Ah, das ist wichtig für einen Surfer. Und diese gewellte Form und langen Striche? Sieht fast wie ein Frauenkörper aus …"

Nun schweigt er, ich sehe, wie sein breiter Rücken noch ein wenig breiter wird, als er tief einatmet. Dann sagt er leise: „Das bist du."

Wie bitte? „Du verarschst mich."

Er lässt das Shirt sinken und dreht sich um. Schweigend schüttelt er den Kopf.

„Das erzählst du jeder Frau, die du ins …"
Verdammt, er hat mich schon ins Bett gekriegt. Nun
bekomme ich keine Luft mehr, meine Kehle ist wie
zugeschnürt.

Erschüttert lehne ich mich zurück und auch Raúl
nimmt seine ursprüngliche Position neben mir wieder
ein. So sitzen wir da, in Gedanken oder vielmehr
Gefühlen versunken, die sich nicht sortieren und
schlichten lassen. Wer weiß, wie lange? Länger als
lange.

„Immer wenn ich nicht weiterweiß, rieche ich an
meiner Hand. Das beruhigt mich", sage ich, warum
auch immer. Vielleicht, weil ich die Stille nicht mehr
ertrage.

Wortlos greift er nach meiner Linken und riecht
daran. „Chlor", stellt er leise fest.

Ich nicke. Meine Hand bleibt in seiner, obwohl ich
nicht sicher bin, ob mir das recht ist. Aber dass er sie
loslässt, will ich nun auch nicht.

Einmal fährt der hell erleuchtete Bus vorbei und
ein älteres Ehepaar spaziert vor uns über den Geh-
weg.

„Buenas noches." Sie winken uns zu.

„Guten Abend", erwidert Raúl und erklärt: „Das
sind die Ortegas. Sie wohnen in der nächsten Straße.
Sind seit sechzig Jahren verheiratet."

Auch Molinas von gegenüber und die Familie
Vidal, die wieder ein Baby bekommen hat, laufen in

der nächsten halben Stunde vorüber. Dann wird mir kalt und Raúl bekommt Durst.

„Wollen wir reingehen? Ich hatte zwar noch nie eine Frau hier, aber Sara hat bestimmt nichts dagegen. Sie mag dich wirklich."

Echt noch nie?

Ich stehe immer noch unter Schock. Wenn mich gerade jemand fragen würde, wie es sich anfühlt, jemandes Tattoo zu sein, könnte ich nur einfältig den Kopf schütteln. Da mich aber niemand fragt, nicke ich nur einfältig und wir gehen rein.

Auf leisen Sohlen schleichen wir zuerst in die Küche, wo wir uns ein Glas Wasser teilen, und dann die Treppe hoch in den ersten Stock. Raúls Zimmer ist überraschend aufgeräumt und es hängen keine Bilder von nackten Frauen an den Wänden, so wie ich es mir ausgemalt habe.

VIERUNDDREISSIG

Raúl

„Ist dir noch kalt?" Sie ist richtig blass um die Nase. „Komm mal her." Behutsam umarme ich sie und sie legt den Kopf auf meine Schulter.

„Mmh. Hermès ist fast so gut wie Chlor", murmelt sie und zieht die Luft ein.

Ich muss lächeln. „Tut mir leid."

„Was denn?", flüstert sie.

„Dass dich das Tattoo so überfordert. Das wollte ich nicht." Sanft streichle ich über ihren Rücken und sie lässt es zu. „Ich war jung und dachte, ich sehe dich nie wieder … Das bedeutet doch nichts."

Sie hebt den Kopf. „Tut es nicht?"

Um der Wahrheit zu entgehen, küsse ich sie, doch dann geht mir auf, dass der Kuss vielleicht Antwort genug sein könnte. Und deshalb mime ich ein weiteres Mal den Frauenhelden, hebe sie hoch und werfe sie aufs Bett.

Überrascht lässt sie einen kleinen Schrei los, doch ihre Augen glitzern und als ich mich ihr nähere, zieht sie mich sofort am Hosenbund zu sich.

Die erste Nacht mit ihr war etwas Besonderes, weil es die erste Nacht mit ihr war. Die zweite Nacht ist besonders, weil ich sie schon wieder mit ihr verbringe. Ich erkenne nun an ihrer Körpersprache und den unterschiedlichen Tonhöhen ihres Stöhnens, was und wo es ihr besonders gut gefällt. Und ich glaube zu wissen, was sie nicht so gern mag. Also gebe ich ihr von Ersterem mehr, von Letzterem weniger und so dauert es nicht lange, bis sie in meinen Armen wie ein Feuerwerkskörper explodiert.

Als wir atemlos nebeneinanderliegen, sehe ich aus den Augenwinkeln, dass sie sich Tränen von den Schläfen wischt.

Erschrocken drehe ich mich auf den Bauch. „Was ist los? Warum weinst du?"

Sie winkt ab und schnieft. „Nichts, nichts. Das war nur der Orgasmus. Der war einfach … heftig."

War es wirklich nur das? Ich versuche, in ihrem Gesicht zu lesen, doch sie vermeidet es, mir in die Augen zu schauen. Stattdessen legt sie behutsam ihre Hand auf meinen Rücken, exakt an die Stelle, wo ich sie mir in die Haut habe stechen lassen. Und diese Geste geht mir mehr als unter die obersten Schichten. Sie sucht sich ihren Weg direkt in meine Seele. Es fühlt sich an, als hätte sich ein Kreis geschlossen.

„Lass uns schlafen", nuschelt sie träge. Ich lege meinen Kopf ab und bin im nächsten Augenblick ins Träumeland gesunken.

Als ich in der Früh erwache, ist Isabelle verschwunden. Sie ist nicht im Bad, nicht in der Küche und sitzt auch nicht in der Sonne vor dem Haus. Seufzend gehe ich wieder in die Küche und mache Kaffee. Ein kurzer Abschiedskuss, eine Nachricht, irgendetwas hätte doch drin sein können. Auch wenn sie arbeiten muss. Schon schade …

Da geht mir auf, dass ich im Gegensatz zu ihr ja arbeitslos bin und so mache ich mich direkt nach dem Frühstück frohlockend auf den Weg zum Strand. An einem Mittwoch!

Herrlichster Wind empfängt mich, traumhafte Wellen, kaum Leute unterwegs. Was für ein Leben! Den ganzen Tag verbringe ich auf dem Wasser, mit kurzen Unterbrechungen in der Strandbar, da ich Bärenhunger habe, und im Surfer-Schuppen, um Javier zu helfen, das neu angelieferte Material zu verstauen.

„Was machst du denn jetzt?", will er wissen, als wir fertig sind.

„Keine Ahnung. Hab' den ganzen Sommer Zeit, das rauszufinden."

„Kannst auch jederzeit bei mir einsteigen. Vielleicht kommen dann auch wieder mehr Frauen zum Surfen."

„Haha, ja. Danke, Javier." Befremdet trete ich wieder raus in die Sonne. Irgendwie fühlt sich das nicht wie ein Kompliment an. Oder anders gesagt:

Früher hat sich so ein Kompliment irgendwie besser angefühlt.

Ich hebe den Kopf und sehe rüber zu Isabelles Hotel. Zwei, vielleicht drei Sekunden stehe ich unschlüssig da, dann greife ich mir mein Shirt und marschiere über den Strand.

Kurz vor der Restaurantterrasse ziehe ich das Shirt über und betrete dann die Lobby. Am Desk steht diesmal ein junger Concierge, den ich nicht kenne.

„Wo finde ich denn Señora Valle?"

„Die Señora ist … ähm … in der Bibliothek … ja." Na, zum Glück ist es ihm noch eingefallen.

„Und die Bibliothek ist?"

„Hier entlang, im Untergeschoss, bitte."

Ich nehme den Lift, den er mir weist, und folge dann den Pfeilen. Durch die offene Tür der Bibliothek sehe ich Isabelle in der Mitte des Raumes, mit dem Rücken zu mir. Zwei Arbeiter stehen daneben und rücken eine große Statue, eines der Stücke, die sie bei Jesús ausgesucht hat, nach ihren Anweisungen an die rechte Stelle.

„Stopp. Ja, so passt es. Danke. Das war die letzte." Im selben Moment läutet ihr Telefon und sie entlässt die Männer mit einem Wink. Sie nicken mir stumm zu, als sie an mir vorübergehen.

„Renaud! Ja, danke für den Rückruf." Sie spricht Englisch und klingt sehr geschäftsmäßig. „Ich wollte dir berichten, dass die Renovierungsarbeiten hier abgeschlossen sind und ich auch einen vielversprechenden Kandidaten gefunden habe. Jung und motiviert, hat in den USA und in Südamerika viel Erfahrung in ähnlichen Häusern gemacht, gute Ausbildung. Er ist diese Woche verfügbar, also wenn du möchtest, mache ich mit deiner Assistentin einen Termin aus und wir treffen uns mit ihm morgen oder übermorgen in Paris für das finale Interview. Ja? Großartig. Natürlich. Ich freue mich sehr, dass du zufrieden bist. See you tomorrow." Sie legt auf und dreht sich leise mit triumphierendem Blick um. Bis sie mich bemerkt. Der Schreck ist ihr ins Gesicht geschrieben.

Auch ich bin wie erstarrt, fühle mich wie Stein.

Sie gibt sich einen Ruck und kommt auf mich zu. „Du wusstest, dass ich wieder zurückgehe …"

Irgendein Teil von mir dachte die ganze Zeit, sie würde bleiben. „Ich dachte, es würde nicht so schnell gehen", sage ich, um zumindest ein wenig das Gesicht zu wahren.

„Dank dir wird mir dieser Aufenthalt hier jedenfalls sehr positiv in Erinnerung bleiben. Danke." Darauf folgt ein wohlerzogenes Lächeln.

Scheiße, das klingt, als wäre ich ein Dienstleister. Kriege ich jetzt einen Bonus?

„Verdammt, Isabelle, warum hast du überhaupt was mit mir angefangen, wenn dir sowieso alles egal ist? Ging's dir nur um den Sex?" Gott, wie oft wurden mir diese Worte an den Kopf geworfen? Unzählbar oft.

Was, wenn ich für Isabelle bin, was andere Frauen für mich waren? Wenn sie, auch beim besten Willen, nicht in mich verliebt sein kann? Ich glaube, ich muss mich übergeben und mir das Herz herauskotzen.

Sie windet sich. „Nein … nicht nur … natürlich nicht."

„Also warum?" Wutentbrannt starre ich ihr ins Gesicht.

„Ich … Ich weiß nicht … Vielleicht, weil ich … Angst davor hatte?" Auch jetzt macht sie furchtsame Augen.

„Angst vor mir?", brülle ich verzweifelt. „Bin ich ein verdammter Punkt auf deiner Liste, den du nun abgehakt hast?" Wie kann sie vor mir Angst haben? Weil ich sie wegen Aleix am Strand angeschrien habe? Oder weil sie denkt, dass ich nicht treu sein kann? Ich kann treu sein!

Ihre Augen füllen sich mit Tränen. „Es tut mir leid", flüstert sie und rennt schneller davon, als ich den Mund öffnen kann.

Schwer verwundet taumle ich zurück und lasse mich in einen Ohrensessel fallen. Lange sitze ich so da, unfähig, wieder hinauf in die Sonne zu treten.

Es ist wieder passiert. Ich habe mein Herz und deshalb alles verloren. Meinen Job, meine Familie, die Frau, die ich liebe. Was ist das für ein Fluch? Für eine teuflische Welle? Warum darf ich nicht lieben? Diese Erkenntnis tut so weh, dass es mir schier das Herz zerreißt. Nun habe ich nichts mehr, aber auch GAR nichts, was ich verlieren könnte.

Heißt das, dass ich ab jetzt nur mehr gewinnen kann …? Oder heißt es nur, dass ich eben ein verdammter Verlierer bin?

Als ich mich etwas später leer wie ein ausgenommener Fisch über den Strand schleppe, ruft Adrian mich aus Portugal an.

„Hey", sage ich und versuche, so zu klingen, als wäre ich nicht gerade ausgeweidet worden.

Doch er hört eh nicht richtig hin. „Alter, du glaubst es nicht, Fabio ist in Peniche Erster geworden. Jetzt ist er noch überheblicher als bisher. Er denkt tatsächlich, dass er jetzt eine Sonderbehandlung und ein paar Tage Urlaub verdient hat. Pff, und das nach seinem ersten Sieg!"

„Hm", brumme ich. Mir fällt nichts Besseres ein und nichts und niemand könnte mir gleichgültiger sein als Fabio.

Adrian stockt. „Alles okay?"

„Nein, Sara und Aleix ziehen nach Málaga und … und Isabelle geht morgen nach Paris zurück."

„Oh", antwortet er verdrossen. „Ich dachte mir schon, dass da was zwischen euch war in Setenil."

„Ja. Nein. Erst danach oder eigentlich davor. Ich weiß nicht …"

„Liebst du sie denn?"

Mein verbittertes Lachen klingt hohl. „Liebe? Woher soll ich das wissen, Adri? Nach ein paar Tagen mit ihr?" Nach ein paar Tagen und zehn Jahren … Ich weiß nur, dass ich nun keine Chance mehr haben werde, herauszufinden, ob es wirklich Liebe ist. Und das tut höllisch weh.

Ich schnaube verzweifelt durch die Nase. „Das alte Spiel. Liebe ist wohl nichts für mich … Ruf mich an, wenn du wieder da bist. Adiós." Meine Tränen teile ich lieber nur mit dem Meer.

Er seufzt. „Nimm's nicht so schwer, Alter. Mach's gut."

FÜNFUNDDREISSIG

Isabelle

O Gott, tut das weh. Das habe ich nicht kommen sehen. Ich spüre seinen Schmerz in meiner Brust oder ist es mein eigener? Wie hat sich dieser Idiot nur derart in mein Herz geschlichen? Dieser Choleriker, der Playboy, der Mann, der mich mit seiner bloßen Anwesenheit ständig an den Unfall erinnert? Alles grauenvolle Voraussetzungen für eine Beziehung.

Doch die Angst, die Angst vor ihm kam erst später. Sie kam mit dem Herzklopfen und der Gänsehaut, mit dem flauen Gefühl im Magen und mit der Liebe in seinen Augen. Und sie wurde größer mit der Dankbarkeit für seine tröstenden Worte, seine Umarmungen, für die Lektion mit diesen wundervollen Kindern.

Ich hatte ein paar kurze, unreife Beziehungen vor dem Unfall, danach nur noch oberflächlichen Sex. Ich habe niemals einem Freund von Olivier erzählt, ich habe niemals vor einem Mann außer meinem Vater geweint. Ich bin dreißig Jahre alt und habe in Wahrheit noch kein einziges Mal geliebt. Nicht so.

Und das jagt mir eine Heidenangst ein. Was hat mir mein Vater beigebracht? Was tut man, wenn man die Angst besiegen will? Man macht die Augen zu, wirft sich ins kalte Wasser und schwimmt. Nun habe ich der Angst ins Auge geschaut. Nun muss ich rational entscheiden, was das Beste für mich ist. Und das ist mein Leben, das ist meine Karriere in Paris. Darauf habe ich hingearbeitet, das habe ich mir vorgenommen. Und ich führe immer zu Ende, was ich mir vorgenommen habe. Renaud hat angedeutet, dass der Beförderung nichts mehr im Wege steht. Morgen geht es los.

Nach einer letzten unruhigen Nacht verabschiede ich mich von der gesamten Belegschaft und dem nun wohlvertrauten Hotel. Der Abschied fällt mir schwerer, als ich dachte. Besonders Marisol wird mir fehlen. Aber auch der tägliche Blick auf das in der Sonne glänzende Meer sowie die Selbstbestimmtheit, mit der ich hier agieren durfte. All das ist mir ans Herz gewachsen und ich bezweifle, dass ich jemals wiederkommen werde.

Im Flieger ist es kalt und als ich in Paris ins Taxi steige, regnet es und der Himmel ist genauso grau wie meine Stimmung. Wie der Teufel es so will, ist Etienne der Erste, dem ich im Büro über den Weg laufe.

„Salut, Etienne, wie geht's dir?" Anhand seines überraschten Gesichtsausdrucks wird mir zu meiner Schande bewusst, dass ich ihn noch nie danach gefragt habe.

Claire begrüßt mich an der Tür zu meinem Büroraum und gratuliert mir zu der guten Arbeit. Es bleibt gerade noch Zeit, Tasche und Mantel aufzuhängen, dann müssen wir auch schon zum Meeting.

Ich präsentiere dem Vorstand den potenziellen Nachfolger Morenos, preise seine Qualifikationen und halte mich dann im Hintergrund, als er auf Herz und Nieren geprüft wird. Ich muss sagen, er schlägt sich wacker. Ich kann mit meiner Wahl zufrieden sein.

Als der Bewerber gegangen ist und sich auch der Rest des Meetings auflöst, winkt mich Renaud zu sich. „Kindchen, ich sage das nicht oft, aber die Bilder, die mir der Fotograf für die neue Imagekampagne vom Hotel geschickt hat, sind wirklich gut. Du hast fantastische Arbeit geleistet. Und so wie es aussieht, hat Moreno nicht gewagt, uns zu verklagen. Das wusste ich von Anfang an, wer legt sich schon gern mit einem Giganten an, nicht? Hahaha! Aber du siehst müde aus. Nimm dir heute und morgen frei, ein wenig Zeit für dich. Am Montag kriegst du deine neuen Visitenkarten, dann geht's richtig los. Na, wie klingt das?" Gönnerhaft legt er mir eine Hand auf den Arm, was ich nicht ausstehen kann. Muss ich mir das eigentlich gefallen lassen?

Ich ziehe meinen Arm weg. „Danke, Renaud. Ich freue mich." Oder auch nicht. Vielleicht bin ich einfach zu müde, um mich richtig zu freuen. Die letzten Tage waren doch sehr intensiv. Auch die Nächte … Doch gerade an die möchte ich nun nicht mehr denken.

Ein paar Tage Urlaub. *Wie geht Zeit-für-mich?* grüble ich, als ich mit meinem Koffer wieder vor dem Firmengebäude stehe. Was mache ich im grauen Paris, allein, ohne zu arbeiten?

Eine Sache gibt es noch auf meiner Liste, wie Raúl es genannt hat. Vor einer Sache fürchte ich mich schon so lange. Allein der Gedanke daran treibt meinen Puls in die Höhe.

Ich führe die Hand an die Nase, doch da heute Morgen die Zeit für ein Schwimmtraining nicht reichte, duftet sie nach gar nichts. Verdammt. Vielleicht sollte ich es lassen. Ich bin vermutlich noch nicht so weit …

Da fällt mein Blick auf die gegenüberliegende Straßenseite. Orange wie die untergehende Sonne Andalusiens leuchtet mir das Schaufenster entgegen.

„Bonjour, Madame", begrüßt mich die elegante Verkäuferin, als ich die Boutique betrete. „Was kann ich für Sie tun?"

„Schon gefunden. Wären Sie so nett?" Ich zeige auf die Vitrine in der Ecke.

„Eine gute Wahl, Madame. Soll ich es als Geschenk einpacken?"

„Nein, danke. Ich nehme es gleich so." Mit der Kreditkarte einmal durch den Schlitz und schon stehe ich mit Koffer und kleiner Papiertüte wieder auf dem Gehsteig.

„Taxi!", rufe ich. „Zum Flughafen bitte."

Im Auto packe ich das Fläschchen aus und sprühe den Duft großzügig auf meinen Handrücken.

Der Taxifahrer seufzt lautstark und öffnet das Fenster. Zur Sicherheit tränke ich auch noch meinen Seidenschal, den ich immer in der Handtasche habe, mit *Terre D`Hermès*. So kann garantiert nichts schiefgehen …

Einige Stunden später stehe ich in Toulouse vor meinem Elternhaus und wünschte, Raúl und nicht nur sein Duft wäre bei mir. Erst jetzt, wo ich sie so dringend bräuchte, merke ich, wie beruhigend seine Berührungen auf mich gewirkt haben. Und ich bewundere seine unbeschwerte Art Fremden gegenüber, seinen lockeren Umgang mit allen Menschen. Das hier wäre ganz bestimmt ein Klacks für ihn. Ich schlucke und läute an.

„Hallo?", tönt die Stimme meiner Mutter durch die Gegensprechanlage.

„Ich bin's, Maman." Angespannt kaue ich auf meiner Unterlippe.

„Isabelle!" Klingt das erfreut, überrascht oder entsetzt? Mit einem Surren öffnet sich die Tür, also zumindest werde ich nicht ausgesperrt.

Als ich im vierten Stock aus dem engen Lift stolpere, stehen Maman und Papa in der Tür zu ihrer Wohnung und starren mich an wie einen Alien.

„Salut." Schüchtern stelle ich den Koffer ab.

Gleichzeitig machen sie einen Schritt in den Gang und umarmen mich.

„Du bist hier!", schluchzt meine Mutter.

„Es ist so schön, dich zu sehen! Das ist ja wie Weihnachten!", ruft mein Vater strahlend.

In dem Moment wird unten die Eingangstür geöffnet und der Durchzug schmettert mit einem ordentlichen *Rumms* die Wohnungstür zu. Verdattert sehen wir einander an.

„Hast du den Schlüssel, Hugo?", fragt Maman.

„Leider nicht, mi amor."

Und während Papa und ich losprusten, stöckelt meine Mutter mit ihren rosa Hauspantoffeln mit Absatz in den zweiten Stock hinunter, um bei Tante Marinette den Ersatzschlüssel zu holen.

Als wir endlich in der Wohnung angekommen sind und ich mich umsehe, traue ich meinen Augen nicht. „Hier sieht es so anders aus. Wo ist Olivier?" Nirgends ein Rollstuhl, eine Sauerstoffflasche, Medikamente.

272

„Ja, mein Schatz, das wollte ich dir am Telefon sagen. Er wohnt nicht mehr bei uns." Meine Mutter strahlt vor Stolz.

„Aber ... Aber wo wohnt er denn dann?"

„Mit seiner Freundin zusammen."

„Er hat eine Freundin?"

„Aber ja, es ist Léa, die junge Physiotherapeutin, die ihn schon drei Jahre betreut. Aber verliebt haben sie sich erst im letzten Jahr, oder, Hugo?"

„Ja, ja, im Winter, denke ich. Na, das soll er dir selbst berichten. Aber erzähl von dir. Du hast so viel zu tun, oder? Du siehst ganz abgekämpft aus. Es muss sehr schwer für dich gewesen sein, wieder an den Unfallort zu kommen. Du bist so tapfer. Wir sind sehr stolz auf dich."

Augenblicklich werden meine Augen von Tränen überschwemmt. „Ich bin gar nicht tapfer, Papa. Ich laufe immer nur davon."

„Das ist nicht wahr." Er macht ein strenges Gesicht. „Weißt du noch, am Tag der Aufnahmeprüfung in den Schwimmkader? Du hattest solche Angst, dass du dich den ganzen Tag versteckt hast. Wir konnten dich nicht finden und so fuhren Olivier und ich allein in die Schwimmhalle. Doch als es losging, standst du plötzlich am Beckenrand, sprangst rein und zogst es durch. Eisern. So war es immer.

Und schon damals dachte ich: Sie braucht manchmal eben länger, bis sie sich überwunden hat. Vielleicht muss sie von weiter hinten Anlauf nehmen, bevor sie mit ganzem Herzen bei der Sache sein kann. Und mir fällt keine einzige Gelegenheit ein, bei der du nicht wiedergekommen wärst." Aufmunternd zwinkert er mir mit beiden Augen zu und ich falle in seine Arme.

Sein Parfum löst Kindheitserinnerungen in mir aus, an eine Zeit, in der alles noch leicht und unbeschwert war. An eine Ära, als ich noch wusste, dass ich sicher aufgefangen werde, wenn ich springe. Vielleicht hat diese Ära nie geendet, womöglich war ich nur zu beschäftigt, um die Zeichen zu erkennen.

Und er hat recht, was mich betrifft. Es hat lange gedauert, aber jetzt bin ich hier. „Wo kann ich Olivier finden?" Entschlossen wische ich mir die Tränen ab.

„Wir fahren dich hin, Chiquitita. Gleich übermorgen, wenn er von seiner Kur zurück ist."

Als ich das spanische Kosewort von meinem Vater vernehme, fällt mir wieder ein, was ich vergessen oder feig vor mir hergeschoben habe.

„Maman, hast du ein Blatt Papier für mich?"

„Aber natürlich."

Während ich in meinem Koffer krame, ein Päckchen herausziehe und öffne, wedelt meine Mutter mit dem Zettel.

„Wenn du willst, dass das heute noch rausgeht, musst du dich aber beeilen", sagt sie.

„Schon fertig."

SECHSUNDDREISSIG

Raúl

Die letzten zwei Tage waren eine Qual. Ja, ich kann schlafen, solange ich will. Ich kann den Tag bei schönstem Sonnenschein auf dem Surfbrett oder am Strand liegend verbringen. Ich könnte bis spät nachts ausgehen und schöne Frauen treffen, wenn ich denn wollte ...

Stattdessen verbringe ich die Abendstunden damit, Sara zu helfen, ein paar von ihren und Aleix' Habseligkeiten in Kisten zu packen, die sie bereits am Wochenende zu Manuel bringen will.

Meine Stimmung ist trüb und meine Gedanken sind leer. Zu viel habe ich über meine Situation gegrübelt, sodass keine mehr übrig sind. Ich vermisse Isabelle, noch mehr als damals vor zehn Jahren. Denn nun vermisse ich nicht nur ihren Anblick und die Vorstellung von uns, sondern tatsächlich uns.

Mir fehlen ihr Lächeln und ihr Duft, mir fehlen ihre wachen Augen und wie sich ihre Haut anfühlt. Mir fehlen ihre Widerworte und ihr Kampfgeist. Und mir fehlt die verletzliche Isabelle, die mich in ihr Herz schauen ließ und für die ich mehr sein durfte als nur eine flüchtige Bekanntschaft. Das dachte ich zumindest.

Ich weiß, dass Sara sich Sorgen um mich macht, dass sie damit hadert, mich mit meinem Kummer allein zu lassen. Und deshalb setze ich ein Lächeln auf und trage schwungvoll die Kartons zum Auto, auch wenn mich die Vortäuschung viel mehr Kraft kostet, als es die schweren Kisten jemals könnten.

Irgendwann am nächsten Vormittag, Sara und Aleix sind schon lange zur Arbeit und Schule, quäle ich mich mit steifen Muskeln aus dem Bett, kaue ein Stück trockenes Brot und latsche deprimiert an den Strand. Was sollte ich auch sonst tun?

Da ich zu faul oder zu gefrustet war, mir zu Hause einen Kaffee zu machen, lege ich in der Strandbar ein paar Münzen ab und bekomme ihn liebevoll zubereitet, sogar mit Milchschaumhaube und Schokostreuseln. Wenigstens versucht Dario, die Bedienung, nicht auch noch, ein aufmunterndes Gespräch zu beginnen. Denn dann müsste ich wohl schreien.

Während ich noch so an der Bar lümmle und überlege, wie ich es anstelle, dass mir Schaum und Streusel nicht alle im Bart hängen bleiben, surrt ein Moped über den hölzernen Weg und fährt quasi direkt in die Bar.

„Buenos días!", ruft Alvaro, der Postbote, beschwingt durch die ganze Hütte, obwohl nur Dario und ich zugegen sind, und zwar kaum einen Meter von ihm entfernt.

„Guten Morgen!", grüßt auch Dario. Ich nicke nur und widme mich wieder meinem Kaffee.

Alvaro reicht Dario, ohne auch nur vom Moped zu steigen, ein paar Briefe und Prospekte und startet dann wieder den Motor.

„Ach, Raúl, wenn ich dich gerade sehe … Hier!" Er wirft mir ein Päckchen zu, ungefähr so groß wie ein Kochbuch, nur viel leichter. „Dann spare ich mir einen Stopp!" Grinsend düst er davon, während er wie ein Cowboy zum Abschied zwei Finger an den gelben Helm legt.

Ich drehe das Paket zwischen den Händen. Kein Absender vermerkt. Es kommt aus Frankreich, aber der Poststempel sagt, dass es in Toulouse, nicht in Paris aufgegeben wurde. Kenne ich jemanden in Toulouse? Oder hat Sara etwas unter meinem Namen bestellt? Ich reiße das Päckchen auf, ein Zettel fällt zu Boden, doch ehe ich ihn aufhebe, betrachte ich die quadratische, um einen Holzrahmen gespannte Leinwand. Sie zeigt ein Acrylgemälde in Blau, Türkis und Weiß. Eine Welle mit schäumender Gischt, so echt, als würde sie mir im nächsten Augenblick ins Gesicht spritzen. Sorgsam fahre ich mit den Fingern darüber und muss lächeln. Kein Foto könnte meine große Leidenschaft, die Liebe meines Lebens, besser einfangen als dieses Bild.

Ich lege es auf den Tresen und bücke mich nach dem Papier. Als ich es entfalte und die hastig hingeworfene Schrift entziffere, ziehe ich hörbar die Luft ein. Hier steht:

Manchmal braucht man einen längeren Anlauf. Aber jetzt spring endlich!

In Liebe, Isabelle

Ich atme aus und atme ein und weiß nicht, was mich mehr aus der Fassung bringt. Die seltsame Aufforderung oder das Wort *Liebe*. Was soll das bitte bedeuten?

Dario beobachtet mich neugierig, also sammle ich schnell meine Sachen zusammen und verlasse die Hütte. Zwischen Bar und Surfer-Schuppen werde ich langsamer und betrachte erneut das Bild, halte es am ausgestreckten Arm und vergleiche es mit der Realität. Als ich es wieder herunternehme, laufen Adrian und seine Teamkollegen, alle leicht zu erkennen an dem Logo ihres Sponsors auf Neos und Riggs, aus dem Schuppen in Richtung Wasser.

Adri winkt mir zu. „Hey, Alter! Kommst du auch dazu?"

Und mit einem Mal fällt es mir wie Schuppen von den Augen und Ketten von der Brust. Und die unbändigste Freude trifft mich wie eine Keule mitten auf den Hinterkopf.

„Ja! Ja! Ich komme!", rufe ich, drehe mich um und laufe los. Ich muss nur noch ganz schnell telefonieren.

278

SIEBENUNDDREISSIG

Isabelle

Meine Eltern warten in der kleinen, behaglich eingerichteten Wohnung, während Olivier und ich am Canal du Midi spazieren gehen. Das heißt, ich gehe und schiebe seinen Rollstuhl. Mein Herz klopft laut, meine Absätze sind kaum zu hören, zu intensiv zwitschern die Vögel in den dichten Baumkronen, die den Kanal wie ein saftig grünes Dach beschützen. Am gegenüberliegenden Ufer wird eines der Hausboote geschrubbt. Es sind der Frieden und die Alltäglichkeit in dieser für mich so bedeutsamen Situation, die mich tief bewegen.

Von oben sieht Oliviers dichter Haarschopf genauso aus wie früher, nicht mal die lange Narbe ist zu sehen. Ich suche eine Bank mit Blick auf den Fluss, stelle den Rollstuhl fest und setze mich neben ihn. Meine Hände verschränke ich in meinem Schoß, sonst zittern sie vielleicht.

Zum ersten Mal seit zehn Jahren betrachte ich ihn aufmerksam und ohne Scheu. Er blinzelt mehrmals, bis er die Augen gerade auf mich gerichtet hat.

In einer vor Anstrengung gepressten Stimme mit vielen Atempausen sagt er: „Wie schön … dich … zu sehen." Seine Lungenfunktion ist nach wie vor eingeschränkt, wird es auch bleiben. Der eine Mundwinkel hängt nach unten, auch wenn er lächelt. Es tut weh, ihn so zu sehen und Abschied zu nehmen von früher, von dem Bild, dem Ideal, das ich von meinem Bruder hatte.

„Oli." Eine Flut von Tränen bildet augenblicklich ein Rinnsal, als wollte sie sich mit dem Kanal verbinden. „Bitte vergib mir. Den Unfall und dass ich nicht für dich da war. Für so lange Zeit. Ich weiß, das ist unglaublich viel verlangt, aber ich kann mit dieser Schuld nicht länger leben."

Er atmet mehrmals rasselnd. „Leben? … Du warst … mehr tot … als ich."

Beschämt senke ich den Kopf. Wie könnte er mir auch einfach so die Absolution erteilen? Nach zehn Jahren Versäumnis? Habe ich tatsächlich gedacht, die Sache wäre mit nur einem Gespräch aus der Welt geschafft? Kann ich mir denn selbst vergeben? Die traurige Antwort lautet: Niemals.

Da spüre ich seine Hand auf meinem Arm. „Wie ich … schon… sagte … Schön … dass du … da bist."

Erstaunt hebe ich den Blick. Ein plötzlich einsetzendes Glücksgefühl blubbert in meinem Magen. Und Dankbarkeit legt sich wie ein Sonnenstrahl auf mein Herz.

„Ich mach es ab jetzt besser, das verspreche ich. Ich will an deinem Leben teilhaben. Ich besuche dich jede Woche!"

Mein Zwilling zieht den einen Mundwinkel zu einem Grinsen hoch. „Das … schaffst … du nie."

Und ich weiß nicht, ob ich weinen oder lachen soll. Alle Arten von Gefühlen sprudeln vermischt aus mir heraus.

Viel hat sich verändert in den letzten Jahren, die ich freiwillig verpasst habe. Und vieles in mir hat sich verändert, in diesen letzten Tagen. Aber mein Bruder ist trotz allem immer noch derselbe geblieben.

Zurück in der Wohnung bei Kaffee und Kuchen lerne ich die wundervolle, energiegeladene, lockenköpfige Léa kennen. Sie plaudert von ihrer Arbeit, von Oliviers motorischen Fortschritten, von ihren Plänen für die Zukunft. Immer wieder fährt sie ihm übers Haar oder legt eine Hand auf seinen Nacken, wenn sie spricht, ganz beiläufig, wie aus Gewohnheit. Seine Blicke sprechen Bände. Auch meine Eltern lieben sie, das sehe ich ihnen an, und ich beschließe in dieser Sekunde, es auch zu tun.

Und noch eine Sache fällt mir auf. Eine winzige, riesengroße Sache. Die ganze Zeit denke ich: Raúl fehlt hier. Raúl würde richtig gut reinpassen in diese Familie. Ich will hier neben ihm sitzen und ihm über das Haar streichen. Ich will meine Hand auf seinen

Nacken legen und meinen Eltern erzählen, was für Pläne wir haben. Ich will …

Léa wendet sich warmherzig mir zu. „Und ich hörte, du hast eine neue Aufgabe, Isabelle? Eine Managementposition? Darf man schon gratulieren?"

Da lacht mich mein eigenes Herz aus und ich schüttle den Kopf. „Nein, nein, noch nicht. Entschuldigt mich bitte, ich muss kurz telefonieren."

Der Tag mit meiner Familie fliegt dahin. Es gilt so viel Versäumtes aufzuholen, Léa und meinen neuen, alten Bruder kennenzulernen und meine Eltern strahlend vor Glück zu erleben.

„Was meint ihr, Kinder? Wollen wir nicht morgen zu Rèmy zum Brunch gehen? Papa zahlt, nicht wahr, Hugo?"

„Aber natürlich, mi amor." Und er klopft auf die Geldbörse in seiner Brusttasche.

„Hahaha, dann ist ja wirklich alles so wie früher." Ich schüttle mich vor Lachen. „Meint ihr, Suzette setzt sich auch noch ans Klavier und singt?"

Olivier senkt ernst den Kopf. „Bitte … sagt ihr … mein Hörgerät … verträgt … solche Töne … nicht."

„Du hast ein Hörgerät?" Das wusste ich ja noch gar nicht.

„Nach ihrer … Darbietung … habe ich … bestimmt … eines nötig." Sein Lachen ist für mich das wohl schönste Geräusch der Welt.

Als ich später im Fonds des kleinen Autos meiner Eltern in ihre Wohnung zurückgefahren werde, kann ich kaum mehr die Augen offenhalten.

In meinem alten Kinderzimmer, dessen Wände immer noch voll von Postern ehemaliger Schwimmstars sind, fühle ich mich wie in einer Zeitkapsel. Aber in einer Kapsel fernab von Zeit und Raum lässt es sich einfach vortrefflich schlafen.

Oder falle ich deshalb, kaum dass mein Ohr das Kissen berührt, in einen tiefen Schlummer, weil ich schon jahrelang nicht mehr so viel gelacht und geplaudert habe?

Oder liegt es vielleicht doch daran, dass die Vergangenheit mich nicht mehr wach und wachsam hält?

Am nächsten Morgen steht mein Vater in seinem altmodischen Trainingsanzug in der Küche und trinkt seinen frischgepressten Saft.

„Guten Morgen! Was ist? Fährst du mit in die Schwimmhalle?" Er trainiert immer noch Kindergruppen.

Da fällt mir erst auf, dass ich seit Tagen nicht mehr im Wasser war. Nach der zweiten Nacht mit Raúl habe ich in der Früh direkt zu arbeiten begonnen und das Training seitdem gar nicht vermisst.

Danach ist so viel passiert, dass einfach keine Zeit dafür blieb. Normalerweise wäre ich nun schon aufgesprungen und mit fliegenden Fahnen unterwegs in die Schwimmhalle, doch irgendetwas hält mich zurück.

„Fahr du ruhig, Papa, ich bleibe hier bei Maman."

Er nickt gutmütig und macht sich auf den Weg.

Meine Mutter sitzt mit Lockenwicklern und einer Tasse Café au Lait am Tisch und blättert in der Zeitung.

„Maman, kann ich dich was fragen?"

„Bien sûr, natürlich, mein Schatz."

„Würdet ihr jemals wieder nach Tarifa fahren oder käme das für euch nicht infrage?"

„Ach, wegen des Hotels, das du gerade aufgehübscht hast? Natürlich würden wir das. Der Ort kann nichts dafür, was mit Olivier passiert ist. Das hätte überall sein können. Ist doch schön da unten, nicht?"

Ja, das ist es. Ich nicke. „Und Olivier? Wie wäre das für ihn?"

„Das musst du ihn selbst fragen, aber nachdem er mit Léa schon eine Woche in Barcelona verbracht hat und ihm die Meerluft sehr gutgetan hat, denke ich, dass das schon möglich wäre. Er hat damit abgeschlossen, musst du wissen. Viel schneller als wir. Und seit er verliebt ist, meint er sogar, er hätte die Liebe seines Lebens nie getroffen, wenn das nicht passiert wäre. Das Schicksal geht schon seltsame Wege … Huch, schon so spät, ich muss mein Kleid bügeln, deines aus dem Koffer ist sicher auch total zerdrückt. So kannst du nicht unter die Leute gehen. Mach es ein bisschen feucht und bring es mir rüber, ja?" Gut, dann werfen wir uns also in Schale.

Der Brunch in einem eleganten Restaurant in einem der rosafarbenen Prachtbauten, für die Toulouse so berühmt ist, untermauert noch einmal offiziell die geglückte Wiedervereinigung unserer Familie. Lange war ich nicht mehr so gelöst und geborgen inmitten von Menschen, die mich lieben. Und so fällt es mir gar nicht so leicht, wieder Abschied zu nehmen.

„Ihr Lieben, mein Flug geht in einer Stunde, ich sollte dann los. Léa, es war so schön, dich kennenzulernen, und ich hoffe, dass wir uns nun regelmäßig sehen." Ich drücke ihre Hände.

„Adiós, Papa! Bleib weiterhin so fit, ja? Ich will nicht wieder von Rückenschmerzen hören müssen." Ich drücke einen Schmatzer auf seine rasierte Wange.

„Adieu, Maman, es war so schön bei euch. Bis ganz bald." Sie bekommt links und rechts ein Küsschen.

Und dann Olivier. „Mach's gut, Bruder." Ich nehme ihn lange in den Arm, fester als für seine Lunge vielleicht gut ist. Doch er lacht leise und drückt mich ebenfalls.

Wie konnte ich nur so lange Zeit darauf verzichten? Auf ihn verzichten? Endlich fühle ich mich wieder ganz, wie ich, nicht wie ein halber Mensch. Und dieses Gefühl ist unbeschreiblich. Es weitet meine Lungen, es wärmt mich von innen, als säße eine winzig kleine Sonne direkt unter meinem Herzen. Das Taxi steht schon vor der Tür, als ich nach draußen trete.

Viel zu lange dauern die Fahrt und der Flug, viel zu lange das Warten an der Gepäckausgabe. Eine halbe Ewigkeit die Strecke von Málaga nach Tarifa. Dann bin ich da, vor dem Hotel und trete ein.

Antonio schaut verdutzt, als ich lächelnd auf ihn zu schlendere. „Señora?"

„Hallo, Antonio. Es gab einige Änderungen. Ich bin die neue Direktorin. Bitte lass das den Rest der Belegschaft wissen, ja? Und könnte ein Page das Gepäck in mein Zimmer tragen? Ich brauche nur …" Ich fische ein Paar Flipflops heraus. „Falls ihr mich sucht, ich bin am Strand." Ich winke dem verdatterten Concierge zu und laufe durch die Bar in Richtung Meer.

Am Strand vor dem Surfer-Schuppen sitzt Adrian und lässt die nassen Locken von der Sonne trocknen.

„Isabelle! Was machst du denn hier, ich dachte, du bist zurück in Paris?"

Mach die Augen zu, spring ins Wasser und schwimm.

„Ich bin wieder da. Wo ist denn Raúl?", frage ich atemlos vor rasendem Herzen.

„Äh, der ist noch draußen. Du kommst doch nicht etwa seinetwegen zurück?" Er steht auf und stellt sich vor mich hin. Ich zucke mit den Schultern und kann mir ein Grinsen nicht verkneifen.

Langsam schüttelt er den Kopf. „Hör zu, ich hab dich gern, Isabelle, deshalb gebe ich dir auch den gutgemeinten Rat, nicht zu viel zu erwarten. Er ist ein toller Kerl, das steht außer Frage. Ich liebe ihn wie einen Bruder. Aber er hatte noch nie eine ernste Liebesbeziehung, obwohl er es oft versucht hat. Und er leidet sehr darunter. Vielleicht surft er einfach auf einer anderen Welle. Setz ihn nicht auch noch unter Druck, indem du alles für ihn aufgibst."

Sorgenvoll blickt er mich an. Ich schlucke und richte den Blick raus aufs offene Meer, wo ein kleines Segel und daneben ein winziger blonder Haarschopf rasch näherkommen. Hat er recht? Ist das der letzte Moment, in dem ich mich noch unbeschadet in Sicherheit bringen kann?

ACHTUNDDREISSIG

Raúl

Rückwärts trage ich Brett und Segel aus dem Wasser, lege es ab und drehe das Brett nach oben, um es zu sichern. Dann streife ich mir die störenden Haare aus dem Gesicht, öffne den Reißverschluss und schlüpfe aus den Ärmeln meines neuen Neoprenanzugs, auf dem nun auch ein bunter Schriftzug prangt. Adrian wartet bestimmt schon auf mich für die Nachbesprechung vor dem Schuppen. Da ist er ja.

Doch neben Adri steht … Isabelle. Sie ist da? Ist sie wieder da? Ganz? Oder ist das nur eine letzte Folter?

Verwirrt bleibe ich stehen. Hält er da gerade ihre Hände in seinen? Doch sie löst sich von ihm und kommt langsam auf mich zu. Mein Herz hämmert auf einmal. Blass sieht sie aus. Ist sie genauso aufgeregt wie ich? Eine Armeslänge vor mir bleibt sie stehen und ich schlucke schwer.

„Du tust es." Sie lächelt zufrieden und ich nicke stumm. „Ähm … Ich schulde dir noch eine Erklärung", beginnt sie und legt den Kopf schief.

288

Hat sie Mitleid mit mir? Das versetzt mir einen Stich.

„Die Angst, die ich vor dir hatte, war die, dass ich mich richtig in dich verlieben könnte."

Hatte? Könnte? Und jetzt? Was bedeutet das?

„Adrian sagt, du kannst vielleicht nicht lieben, nicht treu sein."

Gequält schließe ich die Augen. Und wenn er recht hat?

„Aber ich bin anderer Meinung", sagt sie ernst.

Meine Augen springen wieder auf. Wirklich?

„Denn ich glaube, niemand ist treuer als du. Ich denke, du warst mir schon zehn Jahre lang treu. Und deshalb hatte in deinem Herzen niemand sonst Platz. Kann das sein?"

Meine Augen brennen. Ich presse die Lippen aufeinander und lasse den Kopf hängen. Ja, sie hat recht. Doch so, wie sie es sagt, klingt es schön und traurig, klingt nach edlem Ritter und nicht nach einem bindungsgestörten Arsch. Klingt nach selbstgewählter Loyalität und nicht nach der verzweifelten Einsamkeit, die es tief drinnen war.

Was macht sie jetzt damit? Gibt sie mich frei? Sagt sie, ich soll sie endlich vergessen? Jetzt, wo sie keine Angst mehr hat, dass ich eine Gefahr für sie bin?

„Raúl." Sanft reißt sie mich aus meinen Gedanken.

Ich hebe den Kopf, doch bin nicht sicher, ob ich hören will, was sie mir sagt.

„Kannst du mich bitte noch weiterhin lieben? Mir noch ganz lange treu sein?"

Es dauert eine Weile, bis es bei mir angekommen ist.

„Was?" Mein Herz springt in den Himmel und mir wird klar, jede, absolut jede Welle bricht einmal.

Der Wind pfeift und das Meer singt, die Möwen kreischen ihr verrücktes Lied. Und sie lächelt.

EPILOG

„Kommst du? Sie sind da!" Ich laufe aus dem Haus. Am Gartentürchen stehen meine Eltern, Léa und Olivier sowie Sara, Manuel und Aleix.

„Kommt rein, kommt rein!" Dann begrüße ich alle der Reihe nach.

„Raúl ist gleich da, er ist vorhin erst aus Lanzarote zurückgekehrt. Setzt euch doch."

Vor dem Haus steht nun ein größerer Tisch, sodass die gesamte Familie daran Platz hat. Ich reiche kalte Getränke und wir tauschen die Neuigkeiten der letzten Wochen aus.

Léa und Olivier haben einen Ort für ihre Hochzeit ausgewählt und ein ehemaliger Schüler meines Vaters wurde in das Nationalteam berufen.

Aleix ist nun in der Theatergruppe und Sara will klöppeln lernen.

Meine Mutter will wissen, wann du wieder wegmusst und bietet an, mich dann zu besuchen.

„Ich habe die letzten Ergebnisse nicht verfolgt, wie läuft es denn bei ihm?", will Manuel wissen.

„Sehr gut. Nachdem er letztes Jahr in der Gesamtwertung schon auf Platz sieben war, sieht es so aus, als würde er dieses Jahr unter die Top Fünf kommen."

Alle freuen sich und meine Mutter nimmt mich vertraulich beiseite.

„Schatz, hier, ich habe dir meine Lieblingscreme mitgebracht. Die beste in Paris gegen erste Fältchen."

In dem Moment kommst du heraus und lächelst entschuldigend. „Da wollte jemand nicht aufstehen und musste noch kuscheln."

Du reichst mir unser kleines Mädchen, das ich jedoch sofort an Oma weitergeben muss.

Dann setzt du dich neben mich und ziehst mich an dich.

„Ich hab dich so vermisst", raunst du mir ins Ohr und küsst mich auf die Schläfe.

Es ist wahr, im letzten Jahr habe ich so oft und lange an Sofias Bett gewacht, dass es mir tiefe Augenschatten beschert hat. Und ich habe eine Zornesfalte bekommen, weil du und ich immer noch streiten können wie am ersten Tag – was sage ich? Besser.

Und ich habe so viel gelacht, dass etliche Lachfalten meine Augenwinkel bevölkern, habe so intensiv geliebt, dass mein Herz auf doppelte Größe gewachsen ist, und habe endlich mit ganzer Seele gelebt.

Doch wenn ich nun mein Gesicht betrachte, wie es sich in deiner Liebe widerspiegelt, dann braucht es nicht perfekt zu sein. Dann ist es so, wie es ist, genau richtig zum Glücklichsein.

„Seid ihr bereit?", frage ich lachend in die Runde und nehme deine Hand.

„Dann los! Auf auf! Zum Meer!"

ENDE

DANKSAGUNG

Danke an meinen Bruder, der müde aus dem Nachtdienst kam, sich auf die Terrasse setzte und erst wieder aufstand, als er mein Manuskript zu Ende gelesen hatte. Deine Unterstützung bedeutet mir die Welt.

Große Liebe an meinen Mann, der nie und nimmer Liebesromane liest, außer wenn sie von mir sind.

Danke an meine unermüdlichen Testleserinnen Melitta, Elisabeth, Julia, Nati und Sandra, die sich auch mit Zeitmangel durch die Seiten kämpften und mir erstes, wertvolles Feedback gaben. Ohne euer Go geht kein Buch mehr ins Lektorat.

Ein Riesendankeschön an meine wunderbare Lektorin Elja Janus. Liebe Elja, dir entgeht einfach nichts und du schaffst es, alles besser zu machen, nicht nur Texte, sondern auch Launen.

Britta, du bezaubernde Korrektorin, danke für deine pointierten Anmerkungen, deine Unterstützung und dein großes Herz.

Ich verneige mich vor dem unglaublichen Talent meiner Coverdesignerin Renee. Ein kurzes Briefing und die Entwürfe sind besser, als ich sie mir je erträumen hätten können, denn du fängst die Stimmung jedes Buches höchst professionell ein.

Ihr lieben, lieben BuchbloggerInnen, die ihr mich vor, während und nach der Veröffentlichung unterstützt. Dank euch macht das Marketing auf Social Media einfach riesengroßen Spaß. Ich bin so dankbar, euch verrückte Buchmenschen kennengelernt zu haben.

Und schließlich zu euch, ihr lieben LeserInnen. Danke dass ihr bis hierhin gelesen habt. Danke für euer Interesse an meinem Buch. Vielen Dank für all eure Sterne und Rezensionen, denn sie sind für eine noch unbekannte Autorin von unschätzbarem Wert.

Schreibt mir gerne über Social Media oder meine Website, wenn euch etwas auf dem Herzen liegt oder sich ein Fehler eingeschlichen hat. Für konstruktive Kritik bin ich immer offen und dankbar.

In diesem Sinne: Ich hoffe, wir sehen uns beim nächsten Buch! Es wäre mir eine Ehre.

Rezensiere meine Bücher gern auf:
amazon.de – lovelybooks.de – thalia.de

ÜBER DIE AUTORIN

Johanna Moertl wurde in Wien geboren und liebte das Lesen und Schreiben von Geschichten von Kindesbeinen an. Stand zu Schulzeiten noch fest, dass sie Journalistin und Autorin werden wollte, entschied sie sich letzten Endes doch für ein Wirtschaftsstudium. Mit dem Abschluss in der Tasche gründete sie mit zweiundzwanzig Jahren ein Unternehmen, in dem sie bis heute tätig ist.

Doch Leidenschaften kann man vielleicht aufschieben, aber niemals ablegen, und so wuchs der Wunsch, es endlich wieder mit dem Schreiben zu versuchen.

2021 erschienen ihre Romane *So nah von dir entfernt* sowie *Alles bleibt besser*. Sie lebt mit Mann und Kindern in Wien.

Weitere Infos zu Johanna Moertl und ihren Büchern finden Sie auf www.johannamoertl.com oder Instagram @johanna_moertl

WEITERE BÜCHER

SO NAH VON DIR ENTFERNT

276 Seiten
ISBN 9783755786443
Auch als E-Book erhältlich

Die 22-jährige Leni ist Krankenschwester und hat einen Grundsatz im Leben: Nie und nimmer funktioniert eine Beziehung zwischen Arzt und Pflegekraft.

Mats ist hinreißend, will Leni - und er ist Arzt! Wie soll die junge Frau nur an ihren Vorsätzen festhalten, wenn die Anziehungskraft zwischen ihnen beiden so groß ist?

Und dann ist da noch Mats' schwerkranker Vater, der Lenis Hilfe dringend benötigt ...

ALLES BLEIBT BESSER

241 Seiten
ISBN 978375342687
Auch als E-Book erhältlich

Kein gewöhnlicher Liebesroman

Katharina ist Ende Dreißig und hat sich mit ihrer Teenie-Tochter gut arrangiert, trotzdem oder vielleicht sogar, weil ihr Ex-Mann genau gegenüber wohnt. Gerade als der um dreizehn Jahre jüngere Max in ihr Leben tritt, macht sie einen seltsamen Fund, der ihr Leben in der beschaulichen Wiener Vorstadt gehörig durcheinanderwirbelt.

Ein schwungvoller Roman mit jeder Menge Verwicklungen, einer Handvoll Geheimnisse, aber auch einer großen Portion Liebe.